U0900786

# 隆庆皇帝全传

## 内阁争斗几时休

戊戌桂秋王立鋒题

廖心一 著

金城出版社 GOLD WALL PRESS · 北京 BEIJING

**图书在版编目（CIP）数据**

隆庆皇帝全传 / 廖心一著 .—北京：金城出版社有限公司，2021.7
（明史纪实小说系列）
ISBN 978-7-5155-2186-2

Ⅰ.①隆… Ⅱ.①廖… Ⅲ.①长篇历史小说—中国—当代
Ⅳ.①I247.5

中国版本图书馆 CIP 数据核字（2021）第 063746 号

隆庆皇帝全传
LONGQING HUANGDI QUANZHUAN

作　　者　廖心一
责任编辑　王媛媛
责任印制　李仕杰
责任校对　王秋月
开　　本　710 毫米 ×1000 毫米　1/16
印　　张　17
字　　数　300 千字
版　　次　2021 年 7 月第 1 版
印　　次　2021 年 7 月第 1 次印刷
印　　刷　天津旭丰源印刷有限公司
书　　号　ISBN 978-7-5155-2186-2
定　　价　58.00 元

出版发行　**金城出版社有限公司**　北京市朝阳区利泽东二路 3 号　邮编：100102
发 行 部　（010）84254364
编 辑 部　（010）64399870
总 编 室　（010）64228516
网　　址　http：//www. jccb. com. cn
电子邮箱　jinchengchuban@ 163. com
法律顾问　北京市安理律师事务所（电话）18911105819

## 明帝世系表

| 名讳 | | 庙号 | 谥号 | 陵寝 | 年号 | 在位公元纪年 |
|---|---|---|---|---|---|---|
| 朱元璋 | | 太祖 | 高皇帝 | 孝陵 | 洪武 | 1368—1398 |
| 朱允炆 | （太祖孙） | | 惠皇帝 | | 建文 | 1399—1402 |
| 朱棣 | （太祖子） | 太宗<br>（嘉靖十七年改成祖） | 文皇帝 | 长陵 | 永乐 | 1403—1424 |
| 朱高炽 | （太宗子） | 仁宗 | 昭皇帝 | 献陵 | 洪熙 | 1425 |
| 朱瞻基 | （仁宗子） | 宣宗 | 章皇帝 | 景陵 | 宣德 | 1426—1435 |
| 朱祁镇 | （宣宗子） | 英宗 | 睿皇帝 | 裕陵 | 正统 | 1436—1449 |
| 朱祁钰 | （宣宗子） | 代宗 | 景皇帝 | 景泰陵 | 景泰 | 1450—1456 |
| 朱祁镇 | | 英宗 | | | 天顺 | 1457—1464 |
| 朱见深 | （英宗子） | 宪宗 | 纯皇帝 | 茂陵 | 成化 | 1465—1487 |
| 朱祐樘 | （宪宗子） | 孝宗 | 敬皇帝 | 泰陵 | 弘治 | 1488—1505 |
| 朱厚照 | （孝宗子） | 武宗 | 毅皇帝 | 康陵 | 正德 | 1506—1521 |
| 朱厚熜 | （宪宗孙） | 世宗 | 肃皇帝 | 永陵 | 嘉靖 | 1522—1566 |
| 朱载垕 | （世宗子） | 穆宗 | 庄皇帝 | 昭陵 | 隆庆 | 1567—1572 |
| 朱翊钧 | （穆宗子） | 神宗 | 显皇帝 | 定陵 | 万历 | 1573—1620 |
| 朱常洛 | （神宗子） | 光宗 | 贞皇帝 | 庆陵 | 泰昌 | 1620 |
| 朱由校 | （光宗子） | 熹宗 | 哲皇帝 | 德陵 | 天启 | 1621—1627 |
| 朱由检 | （光宗子） | 思宗<br>（后改毅宗） | 烈皇帝 | 思陵 | 崇祯 | 1628—1644 |

# 明朝文职简表

| 衙门 | 职官 | 职掌 | 备注 |
| --- | --- | --- | --- |
| 内阁 | 殿阁大学士，预机务，称阁臣或辅臣，初加低品职衔，后均加尚书职衔 | 票拟圣旨，批答奏章 | 史称阁臣，有相权而无相名 |
| 六部（吏户礼兵刑工） | 长官尚书，佐官左、右侍郎，属官郎中、员外郎、主事等 | 分掌庶务 | 以上衙门长官合称七卿 |
| 都察院 | 长官左、右都御史，佐官左、右副都御史，左、右佥都御史；属官十三道监察御史等 | 纠劾百司，会审大狱重囚 | |
| 通政使司 | 长官通政使，佐官左、右通政，左、右参议等 | 进内外章疏 | |
| 大理寺 | 长官卿，佐官左、右少卿 | 审谳平反刑狱 | 与刑部、都察院合称三法司。以上衙门长官称大九卿 |
| 太常寺 | 长官卿，佐官少卿 | 掌祭祀礼乐等 | 以下至苑马寺，长官称小九卿 |
| 光禄寺 | 长官卿，佐官少卿 | 掌祭享宴劳等 | |
| 太仆寺 | 长官卿，佐官少卿 | 掌牧马政令 | |
| 詹事府 | 长官詹事，佐官少詹事 | 辅导太子 | |
| 翰林院 | 长官学士，佐官侍读学士、侍讲学士 | 掌文翰、备顾问 | |
| 鸿胪寺 | 长官卿，佐官左、右少卿 | 掌朝会等仪礼 | |
| 国子监 | 长官祭酒，佐官司业 | 掌国学训导 | |
| 尚宝司 | 长官卿，佐官少卿 | 掌宝玺等 | |
| 苑马寺 | 长官卿，佐官少卿 | 掌各监苑马政 | |

续表

| 衙门 | 职官 | 职掌 | 备注 |
|---|---|---|---|
| 六科（吏户礼兵刑工） | 都给事中，左、右给事中，给事中 | 侍从、规谏，稽察六部 | |
| 中书科 | 中书舍人 | 掌殿阁书写事 | |
| 行人司 | 司正，左、右司副，行人 | 掌颁诏、册封等 | |
| 督抚 | 总督、总制、总理、巡抚，加佥都御史至尚书、都御史衔 | 总督军务，巡抚地方 | 俗称封疆 |
| 顺天府 | 府尹、府丞等 | 掌京府政令 | |
| 应天府 | 同上 | 同上 | |
| 承宣布政使司 | 左、右布政使，左、右参政，左、右参议 | 掌一省之政 | 与都指挥使司合称三司 |
| 提刑按察使司 | 按察使、副使、佥事 | 掌一省刑名 | |
| 府衙 | 知府、同知、通判等 | 掌一府之政 | |
| 州衙 | 知州、同知、判官等 | 掌一州之政 | |
| 县衙 | 知县、同丞、主簿等 | 掌一县之政 | |

## 明朝武职简表

- **五军都督府**（中、左、右、前、后）
  **长官**左、右都督
  **佳官**都督同知
  都督佥事
  - **都指挥使司**——**卫指挥使司**——**千户所**——**百户所**
    - 都指挥使司：**长官**都指挥使；**佐官**都指挥同知、都指挥佥事
    - 卫指挥使司：**长官**指挥使；**佐官**指挥同知、指挥佥事；**属官**镇抚等
    - 千户所：正千户、副千户、镇抚
    - 百户所：百户
  - **京卫指挥使司**　官制如卫指挥使司，南、北两京卫共计四十八，其中三十三卫隶属都督府，余十五卫与亲军卫不隶属都督府
  - **总兵官**——**副总兵官**——**参将**
    游击将军
    守备等

**亲军卫指挥使司**　司宿卫，设官同京卫，其中，锦衣卫又司缉捕、刑狱，下设南、北二镇抚司，北司专治钦定重案，即所谓诏狱。

## 明朝宦官简表

<table>
<tr><th>衙门</th><th>职官</th><th>职掌</th><th colspan="2">备注</th></tr>
<tr><td>司礼监</td><td>提督、掌印、秉笔等太监</td><td>掌内外章奏，御前勘合</td><td>有内相之喻</td><td rowspan="20">司礼监——司苑局合称二十四衙门</td></tr>
<tr><td>内官监</td><td>掌印、总理、管理等太监</td><td>掌宫室、陵墓等营造</td><td rowspan="11">以上十二监</td></tr>
<tr><td>御用监</td><td>掌印、把总、掌司等太监</td><td>掌御用物什</td></tr>
<tr><td>司设监</td><td>掌印、总理、管理等太监</td><td>掌仪仗、卤簿等</td></tr>
<tr><td>御马监</td><td>掌印、监督、提督等太监</td><td>掌御马房、象房等</td></tr>
<tr><td>神宫监</td><td>掌印、佥书、掌司等太监</td><td>掌太庙洒扫、香灯等</td></tr>
<tr><td>尚膳监</td><td>掌印、提督、总理等太监</td><td>掌御膳、宫内食用等</td></tr>
<tr><td>尚宝监</td><td>掌印、佥书、掌司等太监</td><td>掌宝玺、敕符、印信等</td></tr>
<tr><td>印绶监</td><td>掌印、佥书、掌司等太监</td><td>掌铁券、诰敕、勘合等</td></tr>
<tr><td>直殿监</td><td>掌印、佥书、掌司等太监</td><td>掌各殿、廊庑扫除</td></tr>
<tr><td>尚衣监</td><td>掌印、管理、佥书等太监</td><td>掌御用冠冕、袍服等</td></tr>
<tr><td>都知监</td><td>掌印、佥书、掌司等太监</td><td>随驾前导警跸</td></tr>
<tr><td>惜薪司</td><td>掌印、总理、佥书等太监</td><td>掌薪碳之事</td><td rowspan="4">以上四司</td></tr>
<tr><td>钟鼓司</td><td>掌印、佥书、司房等太监</td><td>掌出朝钟鼓及诸内戏</td></tr>
<tr><td>宝钞司</td><td>掌印、佥书、管理等太监</td><td>掌造粗细草纸</td></tr>
<tr><td>混堂司</td><td>掌印、佥书、监工等太监</td><td>掌沐浴之事</td></tr>
<tr><td>兵仗局</td><td>掌印、提督、管理等太监</td><td>掌制造军器、火药</td><td rowspan="4"></td></tr>
<tr><td>银作局</td><td>掌印、管理、佥书等太监</td><td>掌打造金银器饰</td></tr>
<tr><td>浣衣局</td><td>掌印、佥书、监工等太监</td><td>安置老年及罢退宫女</td></tr>
<tr><td>巾帽局</td><td>掌印、管理、佥书等太监</td><td>掌内用帽靴</td></tr>
</table>

续表

<table>
<tr><th>衙门</th><th>职官</th><th>职掌</th><th>备注</th></tr>
<tr><td>内织染局</td><td>掌印、管理、佥书等太监</td><td>掌染造御用、内用缎匹</td><td rowspan="4">以上八局</td></tr>
<tr><td>针工局</td><td>掌印、管理、佥书等太监</td><td>掌造宫中衣服</td></tr>
<tr><td>酒醋面局</td><td>掌印、管理、佥书等太监</td><td>掌造宫中食用酒醋糖酱</td></tr>
<tr><td>司苑局</td><td>掌印、管理、佥书等太监</td><td>掌蔬菜瓜果</td></tr>
<tr><td>东厂</td><td>掌印、掌班、领班等太监</td><td>掌刺缉刑狱之事</td><td>与锦衣卫合称厂卫</td></tr>
<tr><td>西厂</td><td>同东厂</td><td></td><td>不常设</td></tr>
<tr><td>守备</td><td>南京、天寿山守备太监嘉靖时设承天府守备太监</td><td>护卫留都及守陵</td><td></td></tr>
<tr><td>镇守</td><td>各省各镇镇守太监</td><td></td><td>时人比之督抚</td></tr>
<tr><td>织造</td><td>提督织造太监</td><td>掌织造御用龙衣</td><td>设于南京、苏州、杭州</td></tr>
<tr><td>市舶司</td><td>提督太监</td><td>掌海外朝贡、交易</td><td>设于广东、福建、浙江</td></tr>
</table>

# 目录

# 第一章

隆庆元年正月初三日，吏部尚书杨博去首辅徐阶、三辅郭朴府上拜过年后，回到衙门，坐等本部右侍郎吴岳。

按照二人的计议，吴岳合该去次辅李春芳、四辅高拱府上拜年。去此二家，与去彼二家，差不多的路程，即便不能同时回到衙门，也应该相差无几。谁知这一等，竟等了将近一个时辰。既然时间不会耽搁在路上，一定是耽搁在某一府上。

杨博估计，他耽搁在高拱家里。

太宰、少宰分别给阁臣拜年，以前不知是不是曾经有过；今次杨博、吴岳分头去各家，却是因为事情迫在眉睫。在内阁草拟的大行皇帝遗诏中有一款：对正德十六年大行皇帝登极以来的建言得罪官员做个清理：已死的，该赠恤的赠恤；活着的，该录用的录用。此事深得人心，举朝皆议。吏部的责任，是在百官议论的基础上，尽快列出个名录。名录列出来，杨博、吴岳各持一份，以拜年为由，分别去征询阁老们的意见。

郭朴、李春芳都是谦谦君子，既不会对吏部的事务多加过问，更不会对吏部拟出的名帖横加指责。就是徐阶，也只是泛泛地议论一两句，适可而止。唯有高拱不同。他性格刚强，勇于任事，这么大一件事，肯定有不少话要说。

终于把吴岳等回来，一看他满脸疲惫之色，就知道耗费不少精力。

“汝乔先生，千万别动气！”杨博首先劝告他。

吴岳字汝乔，山东汶上人，嘉靖十一年进士。他苦笑着问：“和谁动气？和唯约先生，还是和人家？”

“我的意思，新春伊始，办的又是一件天大的好事，无论和谁，都别动气！”杨博说。

“和人家动气，我怎敢；对唯约先生，我心里有愧，哪有脸动气！”吴岳道。

“汝乔先生所谓人家，是一个，还是两个？”杨博问。

“一个还不够！”吴岳道。

“他阅过本部所列名帖，颇有啧言？”杨博问。

二人心照不宣，你用“人家”，我就说“他”，都知道指的同一人。

“他若仔细阅过名帖，你我也无甚可说。”吴岳道。

“汝乔先生是说，吏部所拟，他看都不看？”杨博也觉吃惊。

“看是看，但仅匆匆扫一眼。”吴岳道。

“那么，他以为哪个不当赠恤，哪个不当录用？”杨博问。

“他说，海瑞海汝贤辱骂大行皇帝，是不能录用的。”吴岳道。

“海汝贤？”杨博皱起眉头，“吏部名帖上，并未列他呀！”

“我也这么对他说的，他又改口：如海汝贤者，上章言事，迹似辱骂，有损大行皇帝圣明，是不能录用的。”吴岳道。

“那么，对本部所列人物，他有何话说？”杨博不等吴岳回答，自己说道，“他一定会说，迹似海汝贤者，皆不可录用。”

“知此公者，吾公也。”吴岳说。

“但一两句话而已，不至于耽搁这么久呀！”杨博道。

“此公为人，唯约先生还不清楚吗！天生的讲官，一个小题目，尚且可以一而十、十而百地讲下去，况且摆在面前的是个大题目。”吴岳说。

杨博会意地笑了笑。高拱既是大行皇帝的经筵讲官，又是今上册封裕王时在王邸的讲官，他恨不得把全天下的人都拿来当门生看待，也在情理之中。

“唯约先生，我等如何应对？”吴岳问。

“应对何事？”杨博一时没反应过来。

“就是唯约先生自家揣摩出来的那句话呀！”吴岳道。

“噢！”杨博恍悟，“你是说，本部所列人物，有无如海汝贤者？其实，我看他问的不仅是有无如海汝贤者；他还在问，所列人物是否多？”

“不错，他确有此意。”吴岳说。

“这还真有点儿为难。”杨博沉吟着，忽问，“汝乔先生，你知道存翁是如何对我说的？”

徐阶别号少湖，又号存斋。他为首辅之前，有人称他少翁，有人称他存翁，还有人以字称他子升先生；自严嵩罢相，他成为首辅之后，朝廷上下几乎都以存翁称呼他。

“不管如何说的，总不会把吏部所列名帖说得一无是处吧！”吴岳道。

“若以为一无是处，倒也好办。”杨博说，“存翁示曰：宜集思广益，切莫遗漏，有负朝廷恩泽。”

“存翁是否仔细阅过吏部所列名帖？”吴岳问。

“至少比他人阅得仔细。”杨博说。

“但存翁未说，如海汝贤者，亦可录用吧？”吴岳问。

“说是未说，却未必没有这一层意思。”杨博道。

“是啊，未必没有这一层意思。”吴岳认同他的说法。因为朝野都知道，海瑞得以保命，全赖徐阶在大行皇帝面前极力陈言。“而且，存翁唯恐吏部所列人物少，这是听得出来的。内阁诸公，一则唯恐多，一则唯恐少，难怪唯约先生觉得为难。”

“其实，想透了，就不觉得为难。”杨博又说。

“怎么？”吴岳问。

“权当没有今日你我各府之行呗！”杨博道。

“唯约先生的意思，谁家之言也不听？”吴岳问。

“对，就是这个主意。”杨博道。

五日，吏部奏上请录用的建言得罪诸臣及请赠恤的死难诸臣的名单。

建言得罪诸臣包括：

通政使樊深；

都给事中丘橓、杨思伊、尹相、魏良弼、李用敬，左给事中陈瓒，给事中吴时来、周怡、沈束、顾存仁、赵輄、张选、袁世荣；

御史何维柏、赵锦、张登高、黄正色、方新、张槚、凌儒、申仲、王时举、冯恩；

郎中徐学诗、周冕，主事张翀、董传策、刘世龙、唐枢；

大理寺正毋纯德。

当日补官的有：

陈瓒、吴时来，吏科；赵輄，礼科；袁世荣，兵科；

张登高、凌儒，浙江道；方新，江西道；张槚，湖广道；何维柏、赵锦，河南道；申仲，山东道；王时举，山西道；

张翀、董传策，刑部。

死难诸臣分为三等：

第一等，被处死者，包括兵部员外郎杨继盛、左中允郭希颜、锦衣卫经历沈錬、给事中杨允绳。

吏部议，此等官员当赠荫谕祭。

第二等，被杖死者，包括太仆寺卿杨最，翰林院编修王思，给事中薛宗铠、何光裕、裴绍、张原，御史浦鋐、曾翀、叶经，主事周天佐、仵瑜、臧应奎、殷承叙。

吏部议，此等官员宜复官赠荫。

第三等，被谴而死者，包括左侍郎唐胄，都御史李璟，翰林学士丰熙，修撰杨慎，编修杨名，检讨王元正，赞善罗洪先，大理寺左少卿徐文华，都给事中张翀、张侃、刘济、刘琦，御史马录、程启元、卢琼、陈让、桑乔、包节、王宗茂、余翱、方一桂，郎中余宽、黄待显、陶滋、相世芳、王与龄，员外郎刘魁，佥事章钥。

吏部议，此等官员宜复秩赠官。

此外，如吏部尚书熊浃谏止箕仙，御史杨爵弹击权贵，例与第三等同，但宜与第一等同恤。

皇帝批复，如吏部所议。

# 第二章

一名近侍手提食盒而来。皇帝从他迈步进殿起，两眼就没离开他；或者更准确地说，两眼没离开他手里提的食盒。当近侍把食盒放下，揭开盒盖，从里面取出一个精致的食盘时，皇帝的两眼又盯住食盘；当近侍双手捧着食盘，躬身走到近前，双膝跪地，双手把食盘高高举起时，皇帝的两眼又盯住食盘上放的糕点。他不但看得清清楚楚，也闻得出来，那由香料、松子、榛子、核桃仁等和在面粉里烘制而成的糕饼，正是自己想吃的。

“甜食房恭制、尚膳监恭进百果糕，请爷试用。”近侍说。

“好！”皇帝取一块，要往嘴里放；但多年来在裕王府养成的节俭习惯，还是让他先问一句，“尚膳监有没说，制此糕饼花费多少？”

“奴才倒是问来人一句。”近侍讨好地答道。

“来人怎说？”皇帝问。

“他让爷放心，花费不多。”近侍道。

“不多是多少？”遇到用银子的事，皇帝一定要问出实数。

“约三千两银子。”近侍道。

“多少银子？”皇帝怀疑听错。

“或不足三千两，但也不会相差很多。”近侍小心地说。

“哈，他等给朕吃的是龙肝凤脯吧！”皇帝呼叫一声，把糕饼放回食盘里，两眼开始左右寻摸。

近侍们知道，皇帝嫌银子用多。他们和尚膳监、甜食房常打交道，有些人和尚膳监的公公、甜食房的师傅关系还不错；不过，要他们说用三千两银子制作皇帝想吃的糕饼便宜，谁也不敢；而要他们迎合皇帝，说银子确实用得太多，谁也不情愿。总算有名近侍脑筋转得快，没让众近侍尴尬很久。

“爷要找谁？”该近侍问。

“老陈呢？”皇帝果然在找人。

“爷找哪个老陈？”该近侍又问。

“御用监的老陈呀！”皇帝说。

“是陈叔呀！”提食盒进来的近侍接过话头，“奴才进殿时，见他在院子里转悠来着。”

“唤他进来！”皇帝命道。

“是，奴才这就去唤，”该近侍往外走两步，又回过头问，“爷，陈叔若是已走呢？”

“那就把他找回来！”皇帝道。

“是。有爷这话，就不会找不到他。”该近侍说。好像没有皇帝这句话，老陈就会丢了似的。

皇帝要找的御用监的老陈，名洪，是皇帝在裕邸时的旧人，皇帝登极后，命他在御用监办事。

陈洪仍在院子里转悠，近侍很快把他领进殿来。

“奴才给爷叩头。”陈洪磕过头，起身。

“近前。”皇帝命道，等陈洪走近，皇帝指着食盘里的糕饼问，“老陈，还识此物乎？”

“怎会不识！爷居潜邸日，每回想吃此物，都是奴才去东长安大街勾栏胡同买的。”陈洪说。

“你会买东西，朕才让你在御用监办事嘛！”皇帝说句笑话，复命道，“老陈，你告诉他等，在勾栏胡同买一盒糕饼，用几两银子。”

他用手比画着，表明是一大盒。

“用不了几两，五钱足矣！”陈洪回奏。

“朕问的是银子。”皇帝强调一句。

“是，奴才说的也是银子。”陈洪道。

“尔等听到吧？”皇帝问众近侍。

“照这么说，甜食房制作此糕饼，是贵一点儿。”一近侍说。

“岂止贵一点儿！”皇帝道，又说，“再者，也怪不得甜食房，在外采购分明是尚膳监的事。”

一近侍被批驳，众近侍都不开口。

“这糕饼是宫里自制的吗？”陈洪说着，又往盘子里看一眼，“不错，宫里所出，与胡同里所出，确是不同。”

“老陈，你看看，这糕饼拿到胡同里去，要卖多少银子？”皇帝给他出个题目。

陈洪显然受近侍“贵一点儿”那句话的误导，而忽视皇帝的反驳。他估价道：“怎么也得卖上五两银子吧。”

“五两银子，会有人买去吃吗？”皇帝表示怀疑。

“是啊，京城里像爷这样的主顾再无第二个；所以，胡同里也做不出这等糕饼。”陈洪退一步说。

“胡同里卖它，是贵是贱，且不去管它。”皇帝说着，命近侍，“尔等告诉老陈，尚膳监制作此糕饼，用多少银子。”

“是，”一近侍应着，伸出三指，“陈叔，是这个数。”

“三十两？”陈洪自以为在往多里说。

近侍摇头，不仅表示不对，而且包含着差得远的意思。

“难道会用三百两不成？”陈洪惊道。

近侍又摇头，并示意他再往多说。

“三——”陈洪却怎么也说不出这个数目，“爷，这可是天价。”

“他却以为仅贵一点儿。”皇帝指着一名近侍说，又指指众近侍，说，“而且，朕说岂止贵一点儿，居然无人回应。”

“反正是贵。奴才原来以为，贵一点儿是贵，天价也是贵，并无多大分别。”一近侍企图分辩。

“越说越不成话，天价与贵一点儿居然无多大分别！”皇帝斥道。

“爷别怪他，他胡言乱语，无非怕得罪人。”陈洪说。

“怕得罪哪个？”皇帝问。

“爷想一想，今日在尚膳监主事的是哪个，就知道他怕得罪哪个。”陈洪说。

“你是说，老孟？”皇帝听明白他的意思。孟冲也是裕邸旧人，很得皇帝信赖，难怪近侍们都不愿说他坏话。“老陈，你倒不怕得罪他。”

“于爷而言，奴才与老孟是手心手背，故而奴才不怕得罪他；再者，奴才也算不上得罪他。”陈洪说。

“天价都说出口，还不算得罪！”皇帝道。

“老孟素来有大手大脚的毛病，所以在潜邸，爷从来不让他外出采买。奴才说天价，并没冤枉他。这是其一。奴才称此糕饼在胡同里要卖到五两银子，爷以为贵，奴才也以为贵。五两都贵，这个数，”陈洪说着，也伸出三指，“自然算天价。这是其二。奴家早就听说，宫里在外采买，商贾开价都高出原价数倍、数十倍乃至百倍，尚膳监以天价制作糕饼，事出有因。这是其三。宫里以前没制作过这等糕饼，乍一开炉，需要添置许多家什，这些钱是应该另计的；除去这些钱，或许就不是天价。这是其四。此糕饼与胡同里买的糕饼，到底有些不同，只要爷吃得合口，银子用得多，也是值得的。这是其五。”他一连举出五个理由，最后归纳为一句，“故而奴才说天价，并未得罪老孟。”

“你的意思，得尝一尝，才知银子用得冤不冤？”皇帝问。

“奴才正是此意。”陈洪说。

“你的意思，此糕饼朕吃得？”皇帝问。

“爷贵为天子，以天价制作的糕饼，爷吃不得，谁吃得！”陈洪道。

“说得好，朕不吃，岂不辜负天价！”皇帝说着，拣一块糕饼，咬一口，细细品尝。

# 第三章

上元节百官放假十日，定为制度，是新朝的恩典之一。节假日期间，有些人可能还要想些什么，做些什么；但对大多数人来说，就是轻轻松松地休息。假日一过，大家都感到精力充沛，精神焕发。

有几个人，还多一份春风得意。他们是：翰林院侍读学士张居正、南京右通政郑世成、原兵部主事海瑞。假日后的第一次早朝，百官才站好朝班，有内臣宣旨：张居正升礼部右侍郎兼翰林院学士，郑世成为都察院右佥都御史，海瑞升尚宝寺丞。当然，郑世成是不是春风得意，须到南京宣旨后才能知道。

张居正精力充沛，精神焕发，春风得意，三者兼有。但他只让人看到他的精力充沛，精神焕发，而把春风得意深深地掩饰起来。散朝后，无论谁祝贺他荣升，他都淡淡地答以“皇恩浩荡”，多一个字也不肯说。这可真是需要有一番修为。

“叔大先生荣升，可喜可贺呀！”身后又有人向他道贺。

“皇恩浩荡！”张居正说罢，回过头去。见走在后面的是高拱，他侧过身子，给高拱让路；等高拱走到前面，他再赶上去，并肩而行。“肃卿先生先进，休得取笑后进。”

“我升礼侍在先，是因中第在先；算起来，你之进取，还是要快过我呀！”高拱说着，具体计算，“我嘉靖二十年进士，四十一年晋礼侍，其间相隔二十一年，还没有即刻兼学士；叔大先生嘉靖二十六年进士，四十五年才过，即升礼侍，且兼学士，其间相隔，不到二十年，这不是快过我许多吗？”

“不对呀！”张居正反驳道，“我记得，肃卿先生升的是左侍，而我是右侍，其间并非没有差异；而且，肃卿先生升礼部左侍郎没多少日子，就改吏部左侍郎，且兼学士。这是我望尘莫及的。”

“是吗？”高拱对左侍、右侍，吏侍、礼侍，并不太在乎，他在乎的是另一事，“我之升迁，叔大先生为何牢记在心？”

“我怕肃卿先生有一日要与我计较进取的快慢呀！”张居正说。

二人拊掌大笑，引得走在前面的官员放慢脚步，走在后面的官员加快脚步，都想知道他二人为什么还没出宫就肆意谈笑。他二人都不在乎旁人的关注；旁人越是关注，他二人越是谈笑自若。

“叔大先生荣升之际，我倒想起一句俚语。若要说出，恐有得罪；若待不说，又如鲠在喉。”高拱道。

“肃卿先生但说无妨。”张居正揖了揖。

“晓日斜熏学士头。”高拱道。

“肃卿先生这可不是一句简单的俚语，这是出个上句，命我对个下句呀！”张居正说。

“俚语也有句子可对？”高拱并不否认。

“我来试试，”张居正略一思忖，说，“有了，我回肃卿先生七个字：春风正贯先生耳。”

“叔大先生，我说的这个头，不仅是学士头，还暗含着你楚人的一个俗称。”高拱道。

“那是何物？”张居正问。

“干鱼头呀！”高拱道。

“肃卿先生把张某之头喻为干鱼头，真是抬举。肃卿先生只知楚人俗称干鱼头，却未必知道楚人皆喜爱此物吧？早想到这一层，我不该把肃卿先生喻为中州人人厌恶之物。”张居正说。

“先生耳，也有讲究吗？”高拱问。

“有啊，”张居正应道，“我这个耳，不仅是先生耳，亦为驴耳。岂不闻俚语称：西风贯驴耳？”

“驴耳不如干鱼头吗？为何我中州人厌恶？”高拱问。

“驴耳、干鱼头，本无优劣之分，然此驴耳非一般驴耳，中州人俗称偷驴贼，此驴耳乃该驴之耳也。”张居正说。

“也是。落入贼人手里，驴耳难以保全。”高拱说。

二人复拊掌大笑。走在前后的官员，听得他二人互拿对方取笑，虽然很巧妙，但也不值得再听下去。于是，走在前面的官员又加快脚步，走在后面的官员又放慢脚步。

等到拉开距离，高拱再开口说话时，神情改变，声调也改变。

“叔大先生荣升，固可喜可贺，然有美中不足者。”他说。

“请教肃卿先生，何事美中不足？”张居正问。

“与海某同升，日后将是污点。”高拱说。

这个说法未免太可笑。即便海瑞为大奸巨蠹，与他同日升迁，也不会成为污点呀！要是与大奸巨蠹同升就是污点，那么，与大奸巨蠹同科中第，岂不人人身上都有污点！况且，高拱指责海瑞，无非因为他那篇言辞过激的奏章，这是很难服人的。

但张居正更多的是感到为难。高拱说他美中不足，说他日后将有污点，其实并非针对他，甚至也不是针对海瑞，他针对的是徐阶。徐阶救海瑞一命，是耶非耶，姑且不论，他这时坚持复海瑞的官，升海瑞的官，却是大错特错。

徐阶、高拱不和，当大行皇帝在世时，已经有所显露；但那时还没有一个足以让二人的不和公开化的议题。大行皇帝宾天，围绕着隆庆初的新政，二人的不和开始公开化，日趋公开化。在徐阶的周围，聚集着一大批官员；在高拱周围聚集的官员，数量上可能不及前者，但同样不能忽视。可以预测，剑拔弩张的局面很快就会出现，最可能出现的结局是一留一去。

以性情而言，张居正与高拱，都勇于任事，都讲求实效，而不尚虚谈。二人在翰林院共事多年，相处融洽，否则，也不会出现今天的戏谑相讥。另一方面，张居正和徐阶也保持着很好的私人关系，他看重徐阶在内阁多年的经历和经验，徐阶也看重他的才干。大行皇帝宾天，徐阶以首辅的身份主持遗诏的草拟，他没有与高拱商量，没有与其他阁臣商量，却接受张居正许多建议。如果说，张居正还能更进一步的话，得益于徐阶肯定多一些。在这种情势下，他可不愿介入徐、高二人的争斗。

“海刚峰倔是倔，但非一无是处。”张居正决定还是从正面回应。

“唉，糟就糟在他并非一无是处。”高拱道。

话说到这里，开始不投机。好在二人也该分手，高拱去内阁，张居正去礼部衙门上任。

# 第四章

进入四月，高拱的火气遽升，终于有一天爆发。

阁臣的午饭是光禄寺供给的。那日，四阁臣共进午饭后，他忽叫住徐阶，说："子升先生，某有一事请教。"

"不敢，请讲！"徐阶道。

"读书人不知耻，可乎？"高拱问。

李春芳、郭朴听得出，也看得出，这是在寻衅。当然，他们也知道，高拱一腔怒火，不仅是因为气温升高，还有别的缘故。

"天气怎么一下就燥热，质夫先生，你我不如去院子里走走。"李春芳想拉郭朴避开。

"二位别走，此事正好一起议议。"高拱拦住他们。

徐阶一如往日的沉稳。他说："肃卿先生是说我不知耻吧？这该是我请教肃卿先生的呀！"

"那就彼此都不必请教，有问则问，有答则答。"高拱说着，抢先兴师问罪，"子升先生于先朝撰写青词，从未后人吧？"

"是。"徐阶承认半句，反驳半句，"撰写青词，我确曾下过功夫；但说起从未后人，未必恰当。有人于此，比我下过更大功夫。"

"大行皇帝才刚宾天，即予背弃，恐怕无人更甚！"高拱道。

他指的是徐阶草拟的大行皇帝遗诏中停止斋醮的举措。徐阶深知在这一点上，自己是占理的，是得人心的，因而毫不迟疑地说："肃卿先生难道以为，斋醮不当停止？"

"不当停止？为何不当停止？"高拱已觉出，不是徐阶的话有毛病，而是自己选择发难的题目有毛病。毛病有二：第一，撰写青词的勾当，不仅徐阶做过，李春芳、郭朴，包括他自己，也都做过。第二，停止斋醮写在遗诏里，固是徐阶动笔，但李春芳、郭朴，包括他自己，都不曾反对。所以，如果说这是背弃大行皇帝，那是众人都背弃，并非徐阶一人背弃。

高拱不肯公开承认自己的话有毛病，他强词夺理地说："我所言背弃不是不当停止斋醮。背弃，是知耻吗？"

"知错而改，于大行皇帝，于我等臣子，未必就不是知耻，未必就不是近勇。"徐阶针锋相对地说。

高拱张张嘴，说不出话来。又让徐阶占去上风。他知道，不能再纠缠这个话题；但转到哪个话题，他又没想好。

"肃卿先生，同僚间有话慢慢说。"郭朴在一旁劝解。由于他和高拱的特殊关系，如果高拱不是和徐阶，而是和别人发生争执，他一定会站在高拱一边。

他的劝解起到作用，在这一瞬间，高拱想好新的话题。

"那么，交结言路，以驱除旧邸臣为务，也是知耻吗！"高拱道。

"肃卿先生这话怎讲？"徐阶问。

"两京科、道连章弹劾于我，你敢说不知？"高拱责问。

"肃卿先生说的是朝中的一道奏章和南京的两道奏章吧？皇上已有批复，我怎会不知！"徐阶说。

"你敢说，两京科、道不是秉承你的意旨行事？"高拱又责道。

"这话我却敢说。"徐阶边说，边招呼李春芳、郭朴，"子实先生，质夫先生，你二位也来评评这个理：本月初四日，南京吏科给谏岑用宾、湖广道御史尹校等拾遗奏章送入朝中，颇刺及肃卿先生；次日，兵科都给事中欧阳一敬疏论肃卿先生专擅。肃卿先生以为他等是秉承我的意旨上疏，合不合逻辑？欧阳一敬在京师，我和他打过招呼，还说得过去；岑用宾、尹校远在南京，自大行皇帝宾天以来，我既未见过南京来的人，又未见过要去南京的人，却怎么和他等打招呼？即便我与科、道，与南京科、道，都打招呼，也应该与科、道打招呼在前，与南京科、道打招呼在后。亦即上疏的话，应该科、道在前，南京科、道在后。而今怎么南京科、道的奏章，却比科、道的奏章早到一天？"

李春芳、郭朴都在想，徐阶本性，顾大体，不拘泥于琐事，而关于两京科、道弹劾高拱一事，他却说这么多，说这么细，显见是竭力在摆脱干系。但他的辨析漏洞很多，这个理还真不好评。

好在高拱不要他们评理。

"不就是南京科、道的奏章应该比科、道的奏章晚到吗！今日南京广东道御史李复聘等的奏章送抵，算不算晚到？"高拱道。他听出徐阶话里的漏洞，但没分辨出根本的问题是什么，因此他的话里漏洞也很多。

“好吧，就算欧阳一敬、岑用宾、尹校、李复聘等皆秉承我的意旨行事，”不知为什么，徐阶忽然不想就此事分辩，“肃卿先生，我倒要问问你：言路人多嘴杂，我难道能悉数交结，以攻足下吗？我能交结言路以攻足下，足下就不能交结言路以攻我吗？”

“谁说不能！”高拱道，“我若交结言路相攻，恐就不是今日局面。”

“好啊，不仅老夫要拭目以待，子实先生、质夫先生二位，我看也要拭目以待。”徐阶的话里，隐含着挑拨的味道。

高拱哼一声，表示听出他的用意，但不惧怕。他对李春芳说：“子实先生不是想去院子里走走吗，走，一起去。”

李春芳心想，方才我要出去，被你拦住；现在你和徐相闹成这样，却约我出去，我怎好答应！就算我答应你，说不定徐相又要阻拦。

徐阶并无阻拦李、郭二人的意思，他只想留下高拱一人。

“肃卿先生可否慢一步走，我还有话。”他说。

“子升先生的话，只说与我一人听？”高拱问。

“对，我只想说与肃卿先生一人听。”徐阶道。

“用不着吧，我的话不怕人家听，难道子升先生的话反倒怕人听？”高拱延续着寻衅的腔调。

“我是怕对肃卿先生不好；既然肃卿先生自家不怕，二位就一起听听吧。”徐阶对李春芳、郭朴说，“肃卿先生方才责我背弃，却又不给我机会辨析，这不公道。”

“我想说就说，不想说就不说，有什么公道不公道的！这会儿我连听也不想听，子升先生又奈我何！”高拱真有点儿害怕重拾这个话题，想以蛮横的态度迫使徐阶也放弃。

徐阶既然想说，当然不会轻易放弃。他说：“事关肃卿先生，肃卿先生不听，却要子实先生、质夫先生听，这不好吧？”

高拱走不脱，只得说：“子升先生想说就说，总算公道吧！”

“多谢肃卿先生，容我一吐为快。”徐阶道，“肃卿先生责我背弃，背弃的是何人呢？是大行皇帝。这个罪名，我万万承担不起。肃卿先生责我背弃，背弃的是何事呢？是撰写青词助斋醮于前，草拟遗诏止斋醮于后。这我倒要辩一辩。肃卿先生责我，是责我不该撰写青词以助斋醮呢，抑或责我不该在遗诏里列上停止斋醮一款？”

“子升先生心里明白得很呀！我是责你不该撰写青词助斋醮于前，复草拟遗诏止斋醮于后。”高拱说。

“但二者是有区别的。”徐阶说，“若以为不该撰写青词，则停止斋醮并无错处；若以为不该停止斋醮，则撰写青词并无错处。肃卿先生以为不该停止斋醮，我无话可说，此所谓道不同不相为谋。肃卿先生以为不该撰写青词，有一事却不可不说。昔日，大行皇帝曾以密札问我：礼侍高拱有疏，愿效力于醮事，可许否？肃卿先生，此事如何解释？”

高拱一张脸涨得通红，再也说不出话来。

此事李春芳、郭朴皆不与闻。

李春芳心想：原来他并非不愿撰写青词，只是没有机会撰写青词，以后不用在我等面前摆出高人一等的样子；徐相到底厚道，不想当着我等的面揭你短处，但你不领情呀！

郭朴心想：高肃卿啊高肃卿，此事千万别传播开来，否则，你还有什么脸面留在朝中！存翁韬光养晦，老谋深算，与严嵩同在内阁十余年，安然无恙，你是斗不过他的。

# 第五章

御史齐康大步跨进高拱书房，大声说道：“老师还忍得下这口气，弟子却是忍无可忍！”

他是嘉靖四十一年进士。该科主考官袁炜，是以善写青词而得大用的，但齐康偏偏对文字上的功夫不屑一顾，而热衷于切合实用的学问，因而拜在高拱门下。

“太和坐吧。”高拱招呼着他，自己却坐不住。他站起身来，倒背双手，在屋里踱来踱去。

齐康字太和，是北直隶永年人。他说：“老师说过蓄势待发，待得已够久！”

“待得够不够，要看蓄得够不够，这得问你呀！”高拱边踱步边说。

“要弟子说，势已蓄够，该当发力！”齐康道。

“据你昨日所言，十三道御史几无闲人，三五成群，都在写弹劾我的奏本，你的箭却发向谁？”高拱问。

“射人须射马，擒贼先擒王！”齐康道。

“太和可知，哪个是贼王？”高拱问。

“六科也罢，十三道也罢，凡上章奏者，皆一人指授。老师在内阁的那个对头，正是贼王。”齐康道。

“其人一呼百应，你也见到；上疏论他，你就不惧？”高拱问。

“一日为师，终身为父。辱老师者，即辱我父；害老师者，即害我父。我与他势不两立，何惧之有！”齐康道。

“好，太和有骨气！”高拱赞道。

他在齐康面前站定，拍拍他肩膀，然后接着踱步。齐康也站起来，跟在他后面踱步。走了几个来回，高拱忽然停住，回转身来。齐康多走两步，和他几乎面对着面。

“太和，你打算如何弹劾？”高拱问。

“拟从纠合言路、必逐天子旧日邸臣论起。”齐康说。

“不可！”高拱摇着头说。

“为何不可？老师不也说过，势上不如他，情上则要胜过他，邸臣二字不是最容易让人联想到圣上吗？”齐康问。

“这两个字，我说得，你却写不得；私下里说得，对簿公堂却说不得。”高拱道。

“弟子还是不太了然。”齐康皱着眉说。

“你想啊！你劾他纠合言路，欲逐旧日邸臣；别人会问：这个齐太和与旧日邸臣有何干系，要为他抱打不平？一查，他二人原是师弟。于是会有人说：旧日邸臣也在纠合言路吧？这岂不是弄巧成拙，祭起法宝去打别人，却砸到自家身上！”高拱道。

“是，是，老师所虑极是！”齐康迎合道，“既然纠合言论不能写，老师看，怎的论他才好？”

“论他人品！”高拱说着，伸出四指，“我送你四个字：险邪贪秽。”

“险恶、奸邪、贪婪、污秽，人之性恶，无不囊括在此四字中。不过，弟子称他人品拙劣，有人偏要称他人品高尚，弟子一人敌不过群口呀！”齐康继续讨教。

“再论他作为。”高拱又伸出四指，“我还送你四个字：专权蠹国。”

“此四字好是好，然太过空泛，恐难敌他的三句箴言。”齐康说。

所谓三句箴言，是大行皇帝将西苑原严嵩值庐赐予徐阶时，他在里面张挂的条幅。三句话是：以威福还主上，以政务还诸司，以用舍刑赏还公论。且不论徐阶是否身体力行，他能写出这三句话，就绝不可能被“专权蠹国”四个字扳倒。

“空泛好呀。”高拱却说。

“空泛好？”齐康不解。

“是！”高拱的态度十分肯定，表明他不是在说胡话，“论他人品，论他作为，原本是虚晃一枪，你只要着落在一件事上即可。”

“老师说的是何事？”齐康问。

“旧话重提吧。”高拱说着，忽问，“我曾对你说过，邸臣二字最容易让人联想到圣上，对吧？”

“是啊，老师日前说过这话，今日又说这两个字写不得。”齐康道。

“太和呀，你脑筋怎么转不过弯来！以情胜出，为何非要从邸臣联系到圣上，难道就不能直接写到圣上！”高拱道。

“老师的意思是——”齐康问。既然高拱说他脑筋转不过弯，他干脆不去转弯。

“你想想，圣上想到哪一件事最为伤心？”高拱启发他。

“嘉靖朝，立过两位储君，皆早薨；轮到该立圣上为储君时，却迟迟未立。这件事应该是最让圣上伤心的。”齐康说。

“不错，有见地！”高拱称赞一句，又问，“那么，圣上迟迟未被册立为储君，应归咎于谁？”

归咎于羽流辈呀，要不是他们妄言二龙不得相见，皇帝早就被册立为皇太子。但齐康知道，这肯定不是高拱所要的答案。

严氏为首辅时，应归咎于严氏；徐氏为首辅时，应归咎于徐氏。他找到这个答案，也就找到了回击徐阶的方向。

# 第六章

户部尚书葛守礼只管想着自己的心事，任本部左侍郎徐养正、右侍郎刘自强或前或后，或左或右，翻来覆去地陈述理由。他根本没听进去，或者，听进去也不为所动。

“与公，各衙门都有动作。”先开口的是徐养正。

葛守礼字与立，别号与川，其中都有个与字，晚辈或属下称他与公，就是自然而然的事。

“是吗？”葛守礼心不在焉地应着。

“与公看，户部是不是也该有所动作？”徐养正请示。

“我从未说过，户部不该有动作呀！”葛守礼道，他看徐养正一眼，说，“吉甫先生欲上疏，”看刘自强一眼，又说，“或欲与体乾先生联名上疏，或欲联络户部各官上疏，都可以呀！”

徐养正字吉甫，广西马平人，嘉靖二十年进士。刘自强字体乾，河南扶沟人，嘉靖二十三年进士。

“吉甫先生与我以为，其他衙门都是公疏，户部也以公疏为好。”刘自强说。

“那就公疏吧。”葛守礼道，见徐、刘二人眼巴巴地看着自己，他忽然醒悟，“对，户部公疏，最好由我领衔。”

“不是最好由与公领衔，是须得由与公领衔；不然的话——”刘自强留下半句话，让葛守礼自己去想。

“不然的话，人家还以为户部公疏，为的是弹劾本部尚书呢。”葛守礼替他把话说完。

“绝无此意！”刘自强忙否认，“我只是说，户部公疏，大司徒却不具名，怎么也说不过去。”

“吉甫先生说各衙门都在动，难道各衙门上疏，都是正卿领衔吗？”葛守礼问徐养正。

“据我所知，吏部公疏，是贵同年领的衔；都察院公疏，则是子正先生领的衔。”徐养正说。

他说的葛守礼同年，即杨博。吏部公疏，杨博领衔，都察院公疏，王廷领衔，分量实在很重。

“难怪二位以为，户部也该有所动作；难怪二位以为，户部公疏，须由葛某领衔。”葛守礼道。

听不出他是答应，还是不答应。刘自强觉得，要打动本部这位正卿，还有一个筹码可以加上。

“记得与公言及，贵科进士中，以虞坡公最具干才，最为沉稳。他都在公疏上具名，可见是不得不然。”他说。虞坡是杨博的别号。

“体乾先生的话，不是没有道理呀！”葛守礼回应一句，忽问，“体乾先生，你是河南人吧？”

刘自强不明白他为何要问，应道：“乡贯河南扶沟。”

“扶沟、新郑，皆属开封吧？”不等他回答，葛守礼又问徐养正，“吉甫先生出自嘉靖辛丑科吧？”

“是。”徐养正应道。

“二位看啊，”葛守礼不慌不忙地解说他的用意，“吉甫先生与高阁老是同年，而体乾先生与高阁老是同乡。但二位皆主张，户部公疏纠劾高阁老。怎么说呢？我只能说，二位不以私情，义无反顾。那么，唯约兄虽与我同年，虽为我敬佩，但我未必事事皆以其是为是，以其非为非。他以为是者，我以为非，则非之；他以为非者，我以为是，则是之。这也是不计私情呀，也是义无反顾呀。二位说呢？”

徐养正、刘自强都无话可说。他们知道，葛守礼把话说到这种程度，再怎么劝说都没有用。他们抱定一个心思，既然葛守礼不肯具名，只好由他们联络本部各官共疏。

葛守礼好像看穿他们的心思，说：“二位欲联络各官具名上疏，乃正经事，我不敢阻拦。但若是不甚急，先与我议议户部正经事，如何？”

既是正经事，徐、刘二人不能拒绝。徐养正边问“与公欲议何事”，边找把椅子坐下来。

“体乾先生也坐吧。”葛守礼招呼刘自强。

“好。”刘自强边应，边坐下。

“近来，畿内、山东流民四徙，二位看，是何缘故？”葛守礼问。

“此乃积弊。”刘自强道，“畿内、山东，土地本就贫瘠；一遇灾荒，百姓难以维持生计，只得流离。”

“在体乾先生看来，全在天灾？”葛守礼问。

“不仅天灾，还有地力。”刘自强把自己的意思补充完整。

“我看，与公的意思，不仅在地力加天灾。”徐养正插话。

“还应加以何事？”刘自强问。

“人为。”徐养正说。

“人为？吉甫先生，你具体说说。”刘自强道。

“豪强兼并，小民失所。”徐养正举一事。

“如吉甫先生所言，官吏贪墨，致使民家破产，也应包括在人为里。”刘自强自己又加上一事。

“确如体乾先生所言。”徐养正道。

“与公问的是畿内、山东二地流民四徙，若把豪强兼并、官吏贪渎也作为缘故，我倒要问问，畿内、山东有豪强，其他地方就没有吗？畿内、山东有墨吏，其他地方就没有吗？”刘自强诘道。

“至少畿内势豪之家比其他地方更多。”徐养正说。

这是无法否认的。刘自强不能驳倒徐养正，又没有被徐养正说服，心里难免发急。他在想着如何再辩时，徐养正却咳嗽一声，并冲着葛守礼那边努努嘴。他瞥了葛守礼一眼，自己也觉着好笑：此事是葛守礼提出来讨论的，现在他却像个旁观者，若无其事地听他二人争论。

“与公既关注畿内、山东流民，想是早有成见吧？”刘自强问。

“有些想法，算不得成见；适才听二位高论，深以为然。”葛守礼说。

“深以为然？”刘自强怀疑他是不是听进他们的争论，“是对敝见深以为然，还是对吉甫先生高论深以为然？”

“皆深以为然。”葛守礼说。

“这话不对，我和吉甫先生可是各执一词。”刘自强道。

“不然！”葛守礼摇摇头，道，“首先，畿内、山东流民四徙，二位就没有各执一词。”

“也是。”刘自强应道。

“其次，体乾先生以为，畿内、山东流民四徙，是因为地力加以天灾，吉甫先生不以为然吗？”葛守礼又问。

“吉甫先生以为，不仅为此。”刘自强说。

“但他以为，地力加以天灾，并非流民四徙的起因吗？”葛守礼问。

“那得问吉甫先生本人。”刘自强说。

徐养正不等葛守礼问，主动说道：“毋庸置疑，地力加以天灾，乃流民四徙的主要起因。”

“体乾先生看，这说不上各执一词呀！”葛守礼得出结论。

“吉甫先生以为流民四徙，除地力加以天灾外，还有人为。”刘自强提醒道。

“对，吉甫先生是加上这一条。但体乾先生当真以为，畿内、山东流民四徙，非人为所致？”葛守礼问。

“我说的是：豪强兼并，官吏贪墨，非畿内、山东独有。”刘自强说。

“这也说不上各执一词呀！况且，所谓人为，在我看来，也不光是指豪强兼并、官吏贪墨。”葛守礼说。

他绕着圈子问来问去，这才透露出自己的想法。

“且慢！”刘自强体会到他话里的意思，反问一句，“与公是说，所谓人为，不光是指豪强兼并、官吏贪墨？”

“是啊！”葛守礼应道。

“还有何事？”刘自强问。

“譬如，随意变乱成法。”葛守礼说。

虽然他说的好似全不经意，但徐养正已抓住他要议的主题。

“与公是否指所谓一条鞭者？”他问。

“对，一条鞭是变乱成法的集大成者。”葛守礼说。

“我等愿闻其详。”徐养正、刘自强齐道。

“好！”葛守礼正好借这个机会清理自己的思绪，“国初，赋和役分开，赋以田亩计，役以人丁计。今一条鞭者，欲将二者混同。如工匠及富商大贾，因无田，皆可免役，遂使农夫极受其困。如江南富庶，田赋乃高；畿内贫瘠，田赋乃低。今欲天下均赋，不唯畿内，即河之南、北，山之东、西，农家皆难以承受。再者，国初征粮，户部定仓库名目及石数价值，通行所司，分派小民，随仓上纳，完欠之数一目了然。一条鞭者，计亩征银，不论仓口，不问石数。遂使吏书夤缘为奸，增减洒派，弊端百出。至于收解，又演变出一串铃法，收则伙收，解则分解，收者不解，解者不收。遂使收者获积余之资，解者受赔补之累。”

“在与公看来，当如何处置？”徐养正问。

“四个字：酌复旧规。”葛守礼道。

“一条鞭既弊端百出，当尽复旧规，与公为何却要酌复旧规？”刘自强问。他未必主张尽复旧规，只是敏锐地觉察到，葛守礼在这里使用“酌”字，大有文章。

“我大明立国二百年，时过境迁，旧规难以尽复，亦不宜尽复。”葛守礼十分理智地说。

“与公可否举一事例？”刘自强道。

“如国初江南官田田粮畸高，经多少代有识之士兴革，今大体持平。此事即不宜再复旧额。”葛守礼说。

“与公持议有理有节，体乾先生，”徐养正与刘自强商议，“我看，我二人可附与公共进此议。”

“我亦是此意。”刘自强说。

“那再好不过；但有一事，须说在前面。”葛守礼道。

“我知道，与公是担心，我等附与公所议，为的是强迫与公附我等所议。”徐养正说。

“不错，我还真有些担心。”葛守礼道。

“两回事！”徐养正摆摆手，说，“此所议者，如与公所言，是户部的正经事。体乾先生与我，身为少司徒，对户部的正经事，怎能置之不顾！体乾先生，是不是啊？”

“吉甫先生所言甚是；不过，与公也说，具名上疏，同样是正经事。”刘自强对葛守礼领衔还抱着一线希望。

“是正经的事，不一定是户部的正经事；大司徒一门心思用在户部的正经事上，其他的正经事，就交给你我来办吧。”徐养正说。

葛守礼听出他语涉讥讪，一笑而已，并不反驳。

# 第七章

高先生上疏乞休？皇帝听到这个消息，一方面是吃惊，一方面又感到气恼。让他气恼的，不仅有弹劾高拱的科、道官，不仅有弹劾高拱的大臣，也有高拱本人。因为高拱曾是裕邸讲官，较之内阁其他大臣，和皇帝有一种更亲近的关系。所以，当南京给事中岑用宾、御史尹校等拾遗上疏，刺及高拱时，皇帝以阁臣例无拾遗为由，切责之；当都给事中欧阳一敬请斥高拱时，皇帝根本不予理睬；当南京御史李复聘论劾高拱时，皇帝又切责之。皇帝对高拱倚为股肱，寄予厚望，是有目共睹的呀，高拱自己心里也该有数呀！

至于近日科、道和大臣接连上章，皇帝没有马上批驳，那是因为其来势汹汹，让人发蒙，但这绝不意味着皇帝改变初衷呀，高拱自己怎么却打起退堂鼓！

“大臣被劾，照例是要请辞的。”侍驾太监李芳说。他虽供职内官监，但皇帝对他格外信任，与他谈论的不仅是宫室营造、各库管理之事；而他也以持正为己任。无论该他管的，不该他管的，皇帝问到的事，只要他说得上来，总要说上一两句。

“朕知道，前些日子，御史齐康弹劾徐先生，徐先生也曾上疏乞休。但彼时徐先生乞休，与今时高先生乞休，不可并论。”皇帝说。

“爷是说，彼时弹劾徐先生的，只有一二科、道？”李芳问。

“李大伴，你该琢磨得出朕的心思。”皇帝道，“徐先生，高先生，朕都不欲放走。但要留住他等，总得处置弹劾者吧？彼时弹劾徐先生的，只有一二人，朕将齐康谪外，风波自然平息；而今时上疏者连篇累牍，除言路外，还有部、院大臣，却让朕如何处置！”

“爷说的是，此事果难处置。”李芳应道。

“再者，齐康弹劾徐先生，虽罗列许多罪状，落实下来的只有一事：皇考欲建储，而徐先生妄言不可。徐先生则辩曰：在礼部时，曾四次上言，请立东宫，无奈皇考不报。朕想，他既然提到四次上言，一定是可以稽查的；齐康劾他阻止皇考建储，却不知有何凭据？两下里一比较，是非看得很清楚。将齐康谪外，一点儿也不委屈他。至于科道众人及部、院大臣弹劾高先生，各有所指，而高先生但乞辞官，一句辩白也没有。别说人多不好处置，就是朕想为他处置一二人，也不知道该处置哪一个呀！”皇帝更具体地诉说难点在哪里。

“奴才想，正因为众人各有所指，高先生欲辩而无从辩起；他不分辩，可见去意已决。”李芳有他的判断。

“去意已决？这不像高先生的为人。”皇帝道。

“高先生才高气傲，从不服输，确如爷品鉴。奴才闻得，他原本也没想不做分辩、辞官了事的，后来是因为听从他人劝告，才忽然下定决心。”李芳说。

“谁人劝告，不会是徐先生吧？”皇帝问。

“群臣齐攻高先生，谁都看得出，是因徐先生而起，徐先生怎会劝告他！若是徐先生劝告，高先生恐怕要分辩到底。”李芳说。

“也是。”皇帝点头，二相水火不容，皇帝深知，他所以还提及徐阶，不过为第一个把他排除，“不是徐先生，却是谁人？”

“张先生。”李芳道。

“哪个张先生？”皇帝问。

“内阁张先生。”李芳道。

“张居正？”张居正二月以吏部左侍郎兼东阁大学士入阁，他会劝高拱辞官，是皇帝没想到的，“皆称张先生与高先生是挚友，他劝高先生辞官，岂不是有背友之嫌？”

“奴才以为，此举与其说背友，倒不如说救友。”李芳道。

“这话怎讲？”皇帝问。

“爷想呀，高先生当真分辩起来，一定是和徐先生打官司，而不会和言路打官司，和各衙门大臣打官司。这场官司打起来，该如何处置？”李芳自己马上分析前景，以表示不是在向皇帝提问，“无非有二：或是高先生留，徐先生去；或是徐先生留，高先生去。奴才计算过，今者弹劾高先生的奏本有二十八篇。到一留一去时，爷若想留高先生，恐怕挽留徐先生的奏本会有二百八十篇。那时，高先生要留也是留不住的；爷想留徐先生，恐怕弹劾高先生的奏本会有二百八十篇。那时，高先生欲全身而退，亦不可得。”

“照你这么说，张先生劝说高先生不分辩，就此辞官，倒是帮他一个大忙？”皇帝问。

“奴才胡乱想的，胡乱说的，也不知对不对。”李芳道。

“对不对，要看朕。”皇帝说，“朕让高先生全身而退，你就对；朕让高先生灰溜溜地回籍，你就不对。”

“奴才想，爷一定让高先生全身而退。”李芳揣摩着皇帝的心思。

“这又要看你。”皇帝说着，问道，“李大伴，你告诉朕，高先生辞官，怎样就算全身而退？”

“奴才看得前朝，大臣荣归，皆命水路驿站供给车、船。”李芳首先想到的是一件最普通的待遇。

“这不必说；别说是内阁大臣，即便三四品大臣还乡，也是要供给的。”皇帝道，并吩咐，“再说一事。”

“大臣休致，朝廷多赐以金币，以示荣耀。”李芳说。

“是否还要赐以羊、酒？”皇帝问。

“奴才只听说，犒军以羊、酒，不知大臣荣归是否赐予。”李芳道。

“高先生喜爱宫酿，让他多带几坛回去。”皇帝说。

“是。”李芳应着。

“李大伴，朕记得大臣荣归的最高规格，是朝廷遣人护送导行。有这事吧？”皇帝最后问道。

“有这事。”李芳回答。

“那就让陈洪或孟冲走一遭，算是代朕送行。”皇帝说。

“高先生常说内外有别，最不喜与各衙门太监交往。宫中差人，奴才怕两不方便。”李芳反对。

“那就差个行人导行。”皇帝说。

# 第八章

礼部三位堂官，尚书高仪，左侍郎潘晟，右侍郎殷仕儋，都是嘉靖二十年的进士。潘晟是该科榜眼，高仪、殷仕儋皆以庶吉士入翰林。

三人都是从嘉靖朝走过来的，深知眼下做礼部堂官不容易；甚至可以说，对礼部来说，是多事之秋。因为先帝太热衷于变更礼仪，大者如议皇考，议天地祀典，小者如郊社、袝享、袝葬之仪，无不更定。有的更定，是在恢复祖制的名义下进行的；有的更定，则是公然修改祖制。而且，所谓祖制，也有可议之处：太祖皇帝时定的制度，是祖制；成祖皇帝时定的制度，也是祖制。如果二者不同，该以哪一个为祖制呢？所以，改元之后，难免有在历次议礼中失意之人，或好事之徒，要在礼仪上做做文章。对此，三人有心理准备，他们的态度是慎之又慎。半年以来，他们以这种态度计议过许多次。

六月中旬的一天，三人集于堂上，高仪说："内官监李公公又出面议天地合祀，二兄意下如何？"

"此事不是已集廷臣议过吗？怎么又议！"潘晟道。

"人家要议，思明兄有什么办法，能不议吗！"殷仕儋其实也有点不耐烦，故意激他一句。

潘晟字思明，号水帘，浙江新昌人。

"你别说，我还真能不议。"他回应道，"打此刻起，我一言不发，静听二兄议论。"

"在其位，不谋其政，这可不像思明兄为人呀！"殷仕儋说。

"不是不谋其政，而是不重复议政。天地分祀不必改，是我日前的主张；今日我的主张又没变，为何还要议！"潘晟道。

"照思明兄的说法，我的主张也没变，也可以不议。"殷仕儋说。

"二兄是想让我做一言堂主呀！"高仪笑道，并说，"好，我就来做一回一言堂主。礼部议复：前者集议，天地分祀不必改；今内官监太监李芳复请合祀，臣等仍以为不可。二兄看如何？"

“等等，大宗伯在问谁人？”殷仕儋打断他的话。

“问二位年兄呀！”高仪道。

“思明兄，一言堂主会问人如何吗？”殷仕儋又问潘晟。

“不会，除非他是假一言堂主。”潘晟说。

“真的也罢，假的也罢，今日我还真要做一回一言堂主。”高仪高高举起手掌，向下一劈，以示断然不变，“天地分祀、合祀之事，就议到此，多一句也不再议。”

“子象兄如此怠慢李公公所议之事，不怕惹得他恼怒？”殷仕儋问。

“二兄皆不欲议，为二兄得罪李公公，值得！”高仪道。

“其一，此公仅喜爱议事而已，为人倒是正派。管你礼部主张天地分祀不必改，还是内阁主张天地分祀不必改，只要他觉得应改，他一定一吐为快。至于礼部是否再驳回，他不会在意的。其二，子象兄做这个一言堂主，恐怕不是为我二人才不议的。”潘晟说。

“那是为的何事？”殷仕儋问。

“是另有事情要议。”潘晟道。

“哈！”殷仕儋干笑一声，道，“我与思明兄所见略同。”

“难得，正甫兄向来说在前面，今日却说迟一步。”高仪拿他打趣。

“虽说迟一步，却说深一层：思明兄料到子象兄另有事要议，却未必知道子象兄欲议何事。”殷仕儋说。

“思明兄认可吗？”高仪问。

“认可！”潘晟说着，朝殷仕儋一揖，“我确不知子象兄欲议何事，正甫兄既然知道，那就请教。”

“好说！”殷仕儋还一揖，“子象兄欲议之事，不可谓不大。御史某议改回宫中各门旧额，此事虽非专属礼部；但改与不改，子象兄一定以为，礼部比其他衙门的责任更重大。”

潘晟以目光向高仪查询。见对方点头认可，他问：“御史为谁？”

“思明兄对此事一无所闻？”高仪反问他。

“确是不知。”潘晟回答。

“那你不如正甫兄耳聪目明。”高仪说。

“是，是，论起聪明，我难望正甫兄项背。”潘晟道。

高仪称殷仕儋耳聪目明，潘晟称自己难望其项背，多少都有点讥讽的味道。殷仕儋与各衙门太监，特别是与司礼监太监过从甚密，所以，皇帝交代外廷议论的事，他多能早一刻知道。

好在殷仕儋不以为这有什么不好，并不介意。

“子象兄既然看重此事，那就抓紧议吧！”他说。

“抱歉，二兄还没告诉我，御史是谁呢！”潘晟道。

“子象兄无端把话岔开，让他告诉你。”殷仕儋说。

“是张叔养。”高仪道。

“原来是他！”潘晟道，“此生殊多议论，先朝曾被杖责，不但不收敛，反而变本加厉，今又从宫城之外议到宫城之内。”

张槚被杖责，是在两年之前；至于他为什么事被杖责，潘晟已记不清楚。

“思明兄的意思，张御史所议，和李公公所议一样，也不值得多费工夫议复？”殷仕儋问。

“不，不！”潘晟连连摆手，“各门，乃至各殿，要不要恢复旧额，倒真该好好议出个头绪来。”

“思明兄是说，此事没有头绪？”殷仕儋摇着头说，“不对呀，太祖高皇帝定宫中各殿、各门旧额于前，此头也，世宗肃皇帝更宫中各殿、各门新额于后，此绪也。这个头绪还用得着梳理吗？”

言外之意，是小题大做。潘晟立即反驳：“宫中各殿、各门，太祖高皇帝为何定以旧额，此头也；世宗肃皇帝为何更以新额，此绪也。这个头绪，不该理一理吗？”

“思明兄说的是，这个头绪，别人可以不梳理，我礼部却不可以不梳理。”高仪支持潘晟。

“二兄都这么说，那就一起来梳理吧。”殷仕儋说着，指指潘晟，“思明兄，是你的提议，你先说。”

三人议事时，他经常不经意地把自己置于高仪的位置，要不是高仪大度，二人恐怕难以同衙共事。

“正甫兄要我说什么？”潘晟问。他对殷仕儋的做法有点儿反感，但高仪都不在意，他又能说什么！充其量在殷仕儋的表现太出格的时候，他不给予配合。

“先说说太祖高皇帝为何定以旧额吧。”殷仕儋说一句，忽然发觉，这话应该由高仪来说，他于是问，“子象兄，你的意思呢？”

“好啊。”高仪不反对。

“那就以奉天门、奉天殿为例，如何？”潘晟道。

“思明兄选个好例子，奉天二字最有讲究。”高仪说。

“奉天二字，开宗明义，乃我大明朝奉天而创建，我天子奉天而登极，实千古独见，万世不易。故皇帝手执大圭，上有‘奉天法祖’字样；皇帝颁下诏敕，起首必曰‘奉天承运’四字；成祖文皇帝起兵，则曰‘奉天靖难’；封赏功臣，则曰‘奉天翊运’。故以奉天名门，意即天下第一门；以奉天名殿，意即天下第一殿，其名称再恰当不过。”潘晟说一大通。

“思明兄的意思，至少奉天门、奉天殿当复旧额？”殷仕儋问。

“正甫兄这么说，却未免失之于武断；我才说个头，还没说到绪呢。”潘晟道。

“是，是，我等再接着听绪。”殷仕儋说。

“宫中各门、各殿更定新额，在嘉靖四十一年。”潘晟接着说，“其先，宫中走水，奉天等殿、门俱焚，直延及午门。朝廷兴工修复，历时凡五载，我世宗肃皇帝乃命更易其额，以奉天殿为皇极殿，奉天门为皇极门，并以华盖殿为中极殿，谨身殿为建极殿。其他各门，如以左顺门为会极门，右顺门为归极门。各殿、门均用极字，盖取自《尚书·洪范》。《洪范》乃箕子为周武王讲授的功课，历来被视为天地之大法。由此观之，皇极与奉天，蕴意其实是相通的。”

“那么，改不改回旧额，思明兄以为在两可之间？”殷仕儋问。

“也不尽然。”潘晟道，“虽蕴意相通，终归是太祖高皇帝定旧额于前，世宗肃皇帝更新额于后，所以——”

“宜改回旧额。”殷仕儋抢着说。

“不，亦维持新额。”潘晟却说。

“这是为何？”殷仕儋问。

“蕴意相通，而先帝钦定易以新名，必有深意。此非臣子得轻议，亦非皇上当轻改。再过几十年或一二百年之后，其时君臣以为旧额为好，再改回不迟。”潘晟说。

“思明兄倒推得干净，这话也可以写在疏里吗？”殷仕儋责问。

“自然不可以，我不过私下里对二兄说说而已。”潘晟道。

“维持新额，既全先帝与我等君臣之体，又全先帝与当今皇上父子之体，我看，写在疏里也不妨。”高仪说。

于是，礼部议复：天地分祀，及宫中殿、门新额，皆不宜更改。皇帝批复从之。

# 第九章

吴时来因弹劾严嵩被发戍广西横州，是先帝钦定的狱案；虽严嵩败没，也不会平反。直到今上登极，他才被召回复官。吴时来向来以徐阶门生自居，相隔两地，唯恐连累老师，连一纸书信都不敢写；回到京师以后，他自然成为徐府的常客。

“唯修，听说你改工科？”徐阶问。

吴时来原官刑科给事中，近日升任工科左给事中。

“是，学生已在工科坐值数日。”吴时来回答。

“发至刑科的文档，多是一个一个案例，你要琢磨的是细节；发至工科的文档，则不同吧？”徐阶关心地问。

“是，文档的内容不同，感受也不同。”吴时来说。

“想不到去工科几日，唯修已有感受。”徐阶话里带着几分嘲弄。

“只要用心，一日也会有感受。”吴时来正正经经地说。

“言之有理。”徐阶称是，并命道，“唯修，说说你的感受！”

“学生以为，在刑科要做的，是惩恶扬善；在工科要做的，是兴利除患。”吴时来认认真真地说。

“好，言简意赅！”徐阶对这两句话很是欣赏，他像当年做考官一样出题，“唯修，我来问你，天下第一大患为何事？”

“河患。”吴时来回答。

“唯修于治河一事有所思乎？”徐阶问。

“有所思。”吴时来道。

“说来听听。”徐阶命道。

“是。”吴时来应一声，说道，“近年以来，治河之议甚繁，学生以为，一言以蔽之，是议论繁而不得要领。”

“怎讲？”徐阶问。

“如言新河之弊有三：其一，谓马家桥易搁浅；其二，谓沙河易淤塞；其三，谓薛河易冲决。”吴时来举例。

“此三弊难道说得不对？”徐阶问。

“对是对，却不知此三弊乃是其表，并非其源。”吴时来道。

“在唯修看来，何为其源？”徐阶问。

“学生详审山东舆图，见新河与青原山极近，而东平、兖州以南，费、峄、邹、滕诸水注焉。试想，以新河一堤，怎禁得住群流？加之山洪不时泻下，如何保得不溃？新河其搁浅，其淤塞，其冲决，根源皆在于此。”吴时来道。他说起新开一段运河的周边环境，如数家珍，看来舆图的确看得很仔细。

“根源在此，如何治理？”徐阶问。

“一是疏浚之谋宜备，一是蓄泻之计宜慎。”吴时来说。

“在唯修看来，宜于何处疏浚？”徐阶问。

“夏村。”吴时来回答，“夏村一段新河，迤逦数十里，地势高亢，冲决薛河之水，即由此而下，宜开支流以杀其势。”

“在唯修看来，宜于何处蓄泻？”徐阶又问。

“三河口、鲇鱼泉等处，”吴时来回答，“于该处筑堤置闸，既可免冲决之虞，又可免淤塞之患。”

“唯修呀，你既详审舆图，周到设计，何不上疏言之！”徐阶道。

“学生还想到一事，不知当不当言之。”吴时来说。

“何事？”徐阶问。

“治河事权不一，既设宪臣督工，复遣部臣分理。事出，彼此推诿；事竣，相互争功。”吴时来说。

“何处有部臣分理？”徐阶不知其情。

“济沽、南旺二处。”吴时来说。

“唯修以为，可撤回部臣？”徐阶问。

“是。”吴时来应道，“学生以为，差都御史一人总领治河，地方以布、按二司官佐之，可矣；分理之郎中、员外均可撤回。”

“唯修的用意，我总算听懂。”徐阶说，“宪臣大权在握，指挥得动藩、皋；部臣虽朝廷差遣，遇事却做不得主。不过，”徐阶沉吟着说，“治河到底掌于工部，此事尚须工部议之。”

# 第十章

李芳明知内阁的话皇帝一句也不爱听，但还得一字不落地禀奏。因为他的责任是重复大臣们的话，而不是拣皇帝爱听的话说；再者，内阁对此事的态度，他也是赞成的。

皇帝要去天寿山谒陵、祭陵，臣子们本来应该支持和称颂，因为这是圣孝的体现。好动的武宗毅皇帝，曾去过天寿山，自不必说；持重的嘉靖肃皇帝也不止一次驾临天寿山。当今皇帝欲有此行，有什么不对！

但此时的形势和五十年前不同，和二十年前也不同。那时的鞑靼部主要聚集在河套，即便越过边墙，也是小股。而今河套的俺答、辽东的土蛮，动不动以数万骑犯边内侵。

土蛮为小王子打来孙之子。小王子是插汉部首领的名号，曾被奉为鞑靼部共同的首领，但自从打来孙为避俺答，迁徙辽东，小王子名号已废，而各以名称之。土蛮成为首领，插汉部复呈强盛之势。

近日据边臣奏报，俺答有犯山西、宣、大之势，土蛮有大举入关之势。一旦俺答逼近宣、大，土蛮入关，则天寿山虽距京城仅百里路程，亦无安全可言。

阁臣们顾虑的，正是这一点。

徐阶等言：圣孝所发，异于游幸；然天子之孝，保安社稷为大。故累朝送葬，止于午门；祭礼，唯太庙亲奉；山陵皆遣官，未尝轻出。此皆以重社稷也。今东、西虏伺边，冒危而往，后悔何及！

“李大伴去过天寿山吗？”皇帝问。

“奴才曾去过。”李芳答道。

“朕听说，山以北有个黄花镇？”皇帝问。

“天寿山东北黄花镇是个大去处，奴才也去过，。”李芳说。

“你在黄花镇可曾见过虏寇？”皇帝问。

“在镇上倒不曾见过。”李芳说。

“那怎么有人说，镇外即虏地？镇外既为虏地，虏寇还不是想来即来，想去即去！”皇帝道。

“或曰虏出没之地，更为恰当。奴才虽不曾在黄花镇见过虏寇，但弘治爷时在该镇置渤海守御千户所，可见确有虏骑出没。”李芳说。

“那有何妨！”皇帝不以为然，“京城外还有虏骑出没呢，难道朕就不住在宫里，就不上朝！朕本想请徐先生等择个日子，既然徐先生等不欲朕去，朕就亲自择日，定于重阳前一日起驾吧。”

“徐先生等说，天子之孝，保安社稷为大。此实为至理之言，乞爷三思。”李芳还想继续劝说。

“朕意已决，李大伴不必多言。”皇帝说。

话虽这么说出口，但徐阶等说的“东、西虏伺边”，让皇帝自己也不放心。第二天，他差人去唤陈洪、孟冲，哪一个在司礼监值房，就让哪一个来回话。他二人现在均改在司礼监办事，陈洪还升任司礼掌印，成为太监中第一人。

陈洪在值房，奉召匆匆赶进宫里。

皇帝一见他就问:“老陈，你在司礼监坐值，送去司礼监的奏本，你都看不看呀？”

“奴才不敢偷懒，凡送至司礼监的奏本，奴才都看。”陈洪说。

“宣、大总督，蓟、辽总督，近日有无奏本？”皇帝问。

“奴才未见。”陈洪回奏。

“宣府、大同、山西巡抚，还有那个辽东巡抚呢？”皇帝又问。

“亦不曾见有奏本。”陈洪回奏。

“那么，东、西虏伺边，从何说起？”皇帝问。

“爷问的是这事呀！”陈洪看来听得很多，他说，“东西虏伺边，朝中几乎天天在议，奴才听得耳朵都生茧子。”

“是啊，朕就是想问，督、抚都未上奏章，朝中怎的就在议论东、西虏伺边？”皇帝道。

“这却不足为怪。”陈洪随口说道。

“朕百思不得其解，你却说不足为怪！”皇帝嗔道。

“奴才说走嘴，爷恕罪！”陈洪忙请罪，并解释，“奴才的意思，督、抚虽未上奏章，东、西虏的动向先传到京师，也是有的。”

“怎会如此？”皇帝问。

“如宣府，如蓟镇，距京师仅咫尺。督、抚接到探报，正在写奏章呢，而有见过虏骑之行旅之人已到京师，消息就一下子传开。再者，督、抚除写奏章，将敌情报与朝廷，还与内阁老先生及部、院大臣有书信往还。有些事，探得不切实，不敢贸然上疏，但写在书信里是不妨的。每一书信到京，总会伴随着许多的消息。”陈洪说。

据他所说，至少有两个途径，可以和边臣的奏章同时把敌情传到京师，或者早一步把敌情传到京师。这解开皇帝的一个疑问，同时，又让皇帝产生另一个疑问。

“老陈，东、西虏伺边，你都听到一些什么消息？”皇帝问。

“奴才听说，在西边，宣、大总督王大人正在调度兵马；在东边，土蛮部正大入山海关。”陈洪说。

“是行旅之人带来的消息，或是督、抚与朝中大臣互通书信带来的消息？”皇帝问。

“是兼而有之。”陈洪说。

“可信吗？”这是皇帝新的疑问。

“奴才以为，不可全信，也不可不信。”陈洪说。

“朕欲亲临天寿山祭陵，你看去得去不得？”皇帝问。

“以奴才今日听到的消息，去得。”陈洪说得毫不犹豫。按照他的计算，东虏即便进山海关，西虏即便在大同生事，都在千里之外，不可能很快到达京师；皇帝祭陵只是一两天的事，不会有危险。

皇帝计算一下日子，问：“若是十天之后呢？”

“不知那时又有什么消息，奴才不敢妄言。”陈洪说。

第三天，内阁已三次复旨，坚持说皇帝不宜亲往祭陵。皇帝一如前两日，不让李芳多说话，但这次没有立即让他再去内阁传旨，而是让他且退下。同时，皇帝点名把孟冲唤来回话。

“老孟，知道朕唤你来，为的何事？”皇帝问。

“奴才不知。”孟冲答道。

“朕对你说过，欲赴天寿山秋祭，你还记得吧？”皇帝问。

“奴才记得。”孟冲道。

“李大伴这人你是知道的，无论朕要去哪里，他都会反对。老陈则说，朕这一两日往天寿山去，不会出意外；十天后赴天寿山，他不敢担保。”皇帝略述这两天的谈论后，问道，“老孟，你的意思呢？”

“陈哥说，这一两日爷去天寿山无碍？”孟冲一脸的惊愕。

“是啊！”皇帝道。

“陈哥这么说，太离谱！”孟冲说。

“朕想也是，怎会这一两日无碍，十天后就不成！”按照皇帝的理解，离谱的是短短十天，局势会有什么扑朔迷离的变化？

不料，孟冲的意思正好相反。

“爷，奴才说的是这一两日，不是十日之后。”他说。

“怎么？”皇帝忙问。

“奴才奇怪，陈哥怎敢说这一两日无碍！”孟冲道。

“你是说，这一两日也去不得天寿山？”皇帝听明白了他的话。

“奴才是说，这一两日去天寿山，并非无碍。”孟冲道。

“碍于何事？”皇帝问。

“还不是为的东、西虏伺边。”孟冲说。

“朕知道，不就是东虏欲入山海关，西虏有犯边迹象，宣、大总督在调度官军。这能碍着朕祭陵！”皇帝道。

“爷从何得知？”孟冲问。

“老陈说的。”皇帝道。

“他从何得知？”孟冲又问。

“或于街谈巷议得知，或于士大夫之口得知，朕懒得问他。”皇帝说。

“果如陈哥所言，奴才就不说这一两日去不得天寿山了。”孟冲道。

“你听到的，和老陈听到的，有所不同？”皇帝问。

“相差甚远！”孟冲道。

“哪一边有差别？”皇帝问。

“两边都有差别。”孟冲道，“奴才听说，西虏俺答率数万骑，于宣、大一线游弋，其把都儿部已越过宣、大，欲犯古北口；东虏土蛮早入山海关，正分兵数支，侵昌黎、抚宁、乐亭、卢龙等城。”

在皇帝印象里，这几个县都不隶属顺天府。他不以为意地说：“不是还没有进入顺天府！”

“爷说的是，此数县均隶永平府。”孟冲答一声，紧接着问，“可爷知道，永平府距京师有多远？”

“恐怕不到一千里吧？”皇帝道。

“五百里。”孟冲唯恐光嘴上说引不起皇帝重视，又伸出手指比画。

根据昨日消息，东、西虏还在千里之外，仅一天工夫，就逼近五百里，皇帝不能不为之震惊。

“据你所言，土蛮岂不很快就要到顺天府？”皇帝问。

“是。奴才听兵部的人议，土蛮多半是从遵化喜峰口进入。”孟冲说。

“朕早就听说，喜峰口是京师东北的第一关隘，却不知喜峰口距京师有多少里程？”皇帝问。

“奴才问过，约三百里。”孟冲说。

“古北口呢？”皇帝又问。

“古北口在密云，应比喜峰口更近京师。”孟冲说，又补充道，“奴才听说，越过古北口，很快就到黄花镇。”

皇帝不由得想起，阁臣们说的黄花镇外即虏地，以及李芳说的黄花镇外即虏出没之地，确信这一两日去天寿山并不安全，十日之后亦未必安全。他这才打消亲祭祖宗陵寝的念头。

# 第十一章

宣府膳房堡守备张臣，以延绥游击将军入卫京师，分派在蓟镇。他率部赶到遵化时，这里已热闹非常，除原开府于此的顺天巡抚耿随卿、总兵官李世忠外，蓟、辽总督刘焘、保定巡抚曹亨、昌平总兵官刘汉、辽东总兵官王治道也都会聚于此。

刘焘是最高长官，他与众文武大臣商量后做出部署：他本人与耿随卿、李世忠率军正面御敌；曹亨移守通州；刘汉率军西移，防黄台吉部；王治道率部仍尾随土蛮之后。

“都堂大人，如何差使末将？”张臣问。

刘焘还真把这个入卫的游击将军给忘掉了。他想了想，说：“耿大人，张将军奉旨援守蓟镇，你来定夺吧。”

“好！”耿随卿应一声，问道，“张将军愿战还是愿守？”

“末将愿战！”张臣答道。

“李帅留驻蓟镇，刘帅驻地西移，皆重于守；王帅随敌而动，随时可能交锋。张将军既愿战，与王帅同行吧。”耿随卿说。

“末将得令。”张臣应道。

他率所部与王治道一同回到辽东官军驻地。路上，王治道取笑他做的是个愚蠢的选择。

“王帅为何这么说？”张臣问。

“一静一动，你老兄就分不出哪个辛苦吗？”王治道问。

“虽则辛苦，但跟随王帅，也有个好处。”张臣说。

“有何好处？”王治道问。

“留在蓟镇，我不敢轻举妄动呀！”张臣说。

换句话说，和王治道同行，就可以不受束缚。王治道有点儿不快，嗔道：“张将军欺我手里没有尚方宝剑吗？”

“绝无此意！”张臣分辩说，“我对王帅敬佩唯恐不及，怎敢小觑！”

“我也没什么可让你敬佩的。”王治道嘟囔。

“怎的没有！”张臣郑重其事地说，“今夏，东虏于辽东开马市之际，冒充朵颜部入犯。王帅当机立断，捕得三百七十余人，实为我在辽东第一件大功。卑职选择跟随王帅，无非是想立一两件小功。”

对此事，其实是褒贬参半的。有人就说，那次抓捕，引得东虏频频滋事，得不偿失。王治道听张臣称之为第一件大功，心里高兴，但故意表现得并不在乎别人的评价。

“老兄莫奉承，且说说打算怎样轻举妄动吧。”他说。

“譬如，我欲出战，王帅不会硬阻吧？”张臣道。

“硬阻不会，但会劝阻。”王治道说。

“王帅会怎样劝阻？”张臣问。

“敌众我寡，出战不利。”王治道说个最简单的理由。

“不试其锋，焉知利害！王帅率部尾随土蛮入关，就没派将与其大战一场？”张臣问。

“我帐下也有十数员战将，一路过来，我曾问过他等，谁愿闯闯敌营，却无人敢应。我身为主将，自然不能轻举妄动。”王治道一面埋怨部将怯懦，一面为自己开脱。

“王帅何不再问一次？”张臣道。

“你是何意？”王治道问。

“卑职愿闯敌营！”张臣道。

“老张，你可要想好！”王治道警告他，“土蛮气势正盛，敢主动出战，灭其气焰，绝不是一件小功；但战而不胜，战而大败，将来一切过失都推到你头上，那也不是一件小罪。在蓟镇时，你也看到，几位都堂、镇帅，皆主张慎战。”

“众大人的主张，卑职知道。但慎战不是避战，两位都堂既命卑职随王帅同行，战与不战，就在王帅一句话。卑职想说，若出战果胜，皆王帅准战之功；若出战不利，卑职甘愿领罚。”张臣态度诚恳地说，并问，“王帅，你看可使得？”

“你若建功，我不会冒领，只要你不连累我就好。”王治道并不是坚拒不允。

张臣辞别王治道，率所部千余人欲正面迎击土蛮大军。

“大人有必胜的把握吗？”一将佐问。

“没有。”张臣一边回答，一边催促部下加紧搜寻。

“既无必胜把握，大人为何一定要犯险出战？”将佐问。

“我虽无出战必胜的把握，却深知不出战绝不可胜。两军相逢勇者胜，战都不战，还有什么勇可言，岂不是拱手让敌方成为胜者！”张臣说着，问道，“那年西虏环攻膳房堡，你在不在？”

“末将在。”将佐应道。

“你还记得，当时堡中官军若干？”张臣问。

“不足二百。”将佐说。

“西虏围堡者若干？”张臣问。

“不下五千。”将佐说。

“以五千人攻堡，二百人守得住吗？”张臣问。

“守不住。”将佐说。

“结果呢？”张臣问。

“西虏未攻下膳房堡，夜半时大人率我等安然而退。”将佐说。

“怎会如此？”张臣问。

“大人命我等以水代酒，欢呼歌饮，以歌声高者为功，以饮水猛者为功，以能戏谑者为功，以作醉态者为功。西虏为堡中声势震慑，不知虚实，不敢妄动。”将佐说。

“这就是‘勇’字在起作用！”张臣道，“你不妨想想，若是西虏更勇，不为堡中的欢呼声所动，一拥而上，我等岂不呜呼哀哉！”

“所以，大人要和东虏再比一比勇？”将佐问。

“不错！”张臣道，“东虏、西虏，哪个声势更大？我看，应该是西虏；要不，土蛮也不会放弃好好的河套东迁。我能把西虏比下去，不信不能把东虏比下去。”

在滦河畔，张臣所部与一队土蛮游骑遭遇。张臣身先士卒，纵马奔驰，部下呐喊声、欢呼声一浪高过一浪，在山谷间回荡。土蛮部无论在辽东，还是入关以后，都没见过士气如此高涨的官军，一时手足无措。另一方面，他们打心眼里不相信官军能战，因此，仅遣数骑迎上探探虚实。但数骑怎抵挡得住上千人马，很快悉数被杀。这队游骑意识到遭遇劲敌，为时已晚。在官军的冲击下，他们且战且退。退到一个叫棒槌崖的地方，退无可退，或是转身拼命，或是狠心跳崖。此役，土蛮部被斩杀百余人，坠崖而死者难计其数。

# 第十二章

宣、大总督王之诰听罢探马的禀报，惊道："石州失陷！"

宣、大总督一度开府宣府，两年前移驻怀来。王之诰心里盘算着：石州属汾州府，是山西的腹地，失陷的消息先要报到山西巡抚处，山西总兵处，大同巡抚处，大同总兵处，最后才传报到他这里。石州在山西算得上中等城市，它的失陷肯定使整个山西乱成一团。

他得先问问石州失陷的情况，以便确定责任。

"石州城墙坚固，怎的说失陷就失陷？"他问。

"小的听说，是源自内乱。"探军说。

"你是说，有俺答的奸细混进城里？"王之诰问。

"有没有奸细混进城去，小的没听说；小的只听说，乱民糊里糊涂地把知州王大人杀害。"探军说。

"乱民把王知州杀害？"王之诰愈发吃惊。

"是。"探军应道。

"究竟怎么一回事？"王之诰急不可待地问。

"小的得从前几日说起。"探军却不急，或者，他确信都堂大人是要从那时听起，"前几日，俺答军马犯境的消息传到石州，知州王大人把城里一些富户召集到衙门里。"

"他不召集官军、壮勇，召集富户做甚？"王之诰问。

"小的听说，他是逼着富户们纳银。"探军道。

"召集壮勇，要钱要粮；官仓不足，征之于富民。王知州倒也懂得未雨绸缪的道理。"王之诰称赞一句。

"知州王大人征银可不是用作召集壮勇。"探军道。

"那是用作何事？"王之诰问。

"他准备用作礼金，赂使俺答部弃石州而去。"探军道。

王之诰说不出话来。进献钱物，换取一地平安，是几十年来地方官员常常采取的做法。从道理上讲，这种做法是不能提倡的，是要加以禁止的。一来，因为它有损国威；二来，它以邻为壑，把祸水引向其他府、州、县。但朝廷也知道，以一县一州一府的兵力，很难抵挡强大的鞑靼军马；因此，虽然禁止这么做，但禁止得不坚决，留有余地。

何况，知州王亮采已死，王之诰更不愿多加指责。

"富户们是不是因此怀恨在心？"他起个头，让探军接着往下说。

"小的想，应该是知州王大人对富户们怀恨在心。"探军说。

"此话怎讲？"王之诰问。

"知州王大人伸手要银子，却无一户肯捐。他一定在想，国难当头，这些人怎么连银子都舍不得！"探军虽是小人物，却深明大义。

"照你说来，杀王知州的并非富户？"王之诰问。

"不一定是富户。"探军更准确地说，"眼看着俺答军马呼啸而来，转眼间驰至城下，准备攻城。知州王大人一怒之下，下城而去，并未指挥军民守城。"

"在富户，是为富不仁；在王知州，却是失职。"王之诰评论道。

"城民见知州王大人下城，气愤不已。一人道：大人拿朝廷俸禄，食小民膏脂，却将我等弃与虏贼，要他何用！众人应道：要他何用！城民有的手里拿着刀剑，是准备听知州王大人号令，助守城池的。不知是谁把刀架在知州王大人的脖子上，小的想，他开始是不想让知州王大人离开。知州王大人叱他为乱民，持刀的城民恨恨地说：有昏官，才有乱民！他将刀往下一按，知州王大人即刻丧命。"探军讲述道。

一口一个"知州王大人"，王之诰听得有点不耐烦。他说："你唤他王大人也罢，直呼其名王亮采也罢，用不着这么啰唆。"

"小的是石州人，不敢直呼大人名讳；但王大人太多，都堂大人也是王大人，小的只好啰唆一点儿。"探军却有很充分的理由。

"好，好，你称知州王大人吧。"王之诰只得由他，"你的这位知州王大人不知民心可用，却伤透民心，实在是可惜。"

"他不是小的知州王大人，小的劝都堂大人也别把他认作自个儿的知州王大人，他这次可是罪莫大焉！"探军说。

"我知道，失城之罪，朝廷一定要追究的。"王之诰说。

"都堂大人只知他失城之罪，还不知百姓被屠的惨景呢。"探军说。

"可不！我正要问你，石州死难者有多少？"王之诰道。

“上万。”探军道。

“多少？”王之诰自己也说不清，今日是第几次惊呼。

“数万！”探军觉得方才说得不准确，改个字。

天哪！王之诰这次是在心里惊呼。所谓数万，可以是两三万，可以是五六万，可以是八九万。石州居民能有多少！不用往多说，死个两三万，差不多已等于屠城。

他让自己稍稍平静下来，道：“你能不能再说准确些？”

“小的在城外，看到的是个大概；未等俺答部离城，又匆忙来给大人报信。死者数万，是小的在城外所窥，估摸出的数字。”探军说。

王之诰只能暗自寄希望于他估摸得过多。但又一想，城池失守，这个罪名就够；死者上万，或者数万，又有多大的区别！这一事件，王亮采无疑是有责任的，他是知州嘛，知州就有守城之责。但他已死，而且可以说死于国难，无法再追究他的责任。

其实，就算王亮采不死，第一个要负责任的也不是他。俺答大举入犯，在山西境内进行全面防范的，是山西巡抚，山西总兵官，还有王之诰自己，总督宣、大、山西三镇军务的都御史。他们的责任都比王亮采大。但是，王之诰心有不甘，对山西全境的防范，应该说是很周密的，怎么竟会让俺答军马攻占一座州城？王之诰记得，根据他的部署，山西总兵官申维岳，参将刘宝、黑云龙、尤月，各率一营官军尾随俺答军马南下；大同总兵官孙吴、山西副总兵官田世威等，出天门关，阻俺答部东进；山西巡抚王继洛，驻扎代州，守太原以北。不说把山西守得如铁桶一般，但各方面都照顾到了呀！石州被围，无论哪一部官军驰援，都不可能让俺答部肆无忌惮地攻城，肆无忌惮地屠杀呀！

“虏部攻石州，巡抚王大人在何处？”王之诰问。

“在代州。”探军说。

“不曾驰援？”王之诰问。

“据小的所知，巡抚王大人按兵未动。”探军说。

“总兵孙将军、副总兵田将军呢？”王之诰又问。

“兵出天门关。”探军说。

“也不曾驰援？”王之诰问。

“孙爷、田爷率官军出天门关后，不曾前进一步。”探军说。

“代州、天门关，距石州路程尚远，他等就是闻风而动，恐怕也解救不及。”王之诰对王继洛、孙吴、田世威等坐视城陷很是不满，但又无可奈何。他最为不解的，是申维岳等部，“总兵申将军等尾随俺答部而下，相距不会太远吧？”

“都堂大人所料极是，俺答军马攻打石州时，申爷、刘爷等部离得最近。”探军说。

“到底有多近？”王之诰追问。

“不过四十里。”探军说。

“多少里？”王之诰唯恐听错。

“不足四十里。”探军相信，改一个字，更为准确。

“不足四十里，不用一个时辰就可赶到，申将军等为何不速往救援？”王之诰问。

“这个，小的说不清楚。”探军道。

“我看，你这个申爷是太不把防虏当一回事，太不把守土之责当一回事，太不把百姓安危当一回事！”王之诰又急又气地说。他已想好，向朝廷奏报石州失陷的事件时，对其他人，言辞可轻可重；对申维岳等，一定要从重纠劾。

朝廷处分石州失陷事，总兵官申维岳、副总兵田世威、参将刘宝等论死，巡抚王继洛、副使王学谟等遣戍。王之诰仅贬秩二级，算是处分最轻的。

# 第十三章

廷议结束，徐阶把阁臣李春芳、郭朴、陈以勤、张居正留下来。陈以勤字逸甫，四川南充人，嘉靖二十年进士，和张居正同日入阁。

“存翁，内阁的事，我等回去说不好吗？”郭朴道。

“不是内阁的事。质夫先生，稍等。”徐阶顾不上和他多说，又去拦住与会的司礼秉笔太监冯保，“冯公公，稍等一等。”

“我也要留下？”冯保问着，拣把椅子坐下。

随后，徐阶留下吏部尚书杨博、兵部尚书霍冀、都察院掌院都御史王廷。等众人坐定，他说：“今日议御虏，该议的，都已议过，余下的事该由尧封先生去办。但尧封先生掌兵部不到十日，此事由他一人办，难免顾此失彼。我把诸位留下，是想请诸位再帮一帮他。”

霍冀是山西孝义人，嘉靖二十三年进士，嘉靖四十五年闰十月才起任陕西三边总督，一年后，召为本兵。召回的敕旨是十月初颁下的，霍冀接旨动身，回到京师，真的还不到十天。

徐阶解释过留下众人的目的，又对霍冀说：“我是据实而想，绝无轻视之意，尧封先生不要多心。”

“存翁在帮我，我能不知好歹！存翁不请诸公留下，我也要依次请教；存翁此举，倒省我事。”霍冀说着，环作一揖，道，“多谢！”

“还是存翁想得周到。”冯保说着，问霍冀，“尧封先生，兵部郎中所录众议，我瞧你一直在阅读，录稿都在你手上吧？”

“冯公公说的是。”霍冀应道。

“方才廷议，以尧封先生为主；现补充议之，我看，仍以尧封先生为主。所录众议，就由你来读吧。”冯保说。

“正当如此。”张居正附和。

其他人当然也不会反对。霍冀把记录文字略加整理，道：“群臣所议，共计十三事，我依记录宣读，如何？”

“尧封先生就这么读，次序不合适的，众人再议。”杨博说。

“一事，责实效。”霍冀报过题目后，读道，“御虏诏令数下，边臣鲜以实应。山西境内常筑城，而院委之道，道委之县，上下相蒙，乃至陷落。军士逃没必实补，疲羸必实选；城堡必足防御，器械必堪击刺；赏罚须公行，刍饷须时给，每三年必遣官巡视，庶今所议，不为虚谈。”

所谓“院委之道”，不是指都察院，而是指督、抚，因为各地总督、巡抚衙门都被视为都察院差出的机构。但不管怎么说，此事仍牵涉到都察院。他人若议，多少有些顾忌，好在这一条是王廷所议。

“子正先生严于责己，上下相蒙之风又极是误事，我看，就把责实效列为第一事吧。”李春芳说。

这时的议论，如果没有特别的理由，有人开口说出一种意见，别人都不会反对；何况开口的又是一名阁臣。

郭朴似不甘落后，说：“子实先生既称责实效可列为第一事，我以为有一事正好紧随其后。”不等霍冀问何事，他先问，“尧封先生，定责任一事，可是列在第二？”

“不是。”霍冀回答。

“我看，不妨将它移为第二事。”郭朴说。

如果杨博没有提出依记录的次序来读，霍冀完全可以满足郭朴的要求；现在他只好看看徐阶，请他示下。

“尧封先生把这一条读来听听。”徐阶道。他不好当众给郭朴难堪；按照他的性格，不愿当众给任何人难堪。

霍冀点点头，读道：“一事，定责任。各边总督、总兵、巡抚，责任均重。临机调遣，悉责总督，或有不便。如蓟镇去总督近，听命尚可，他镇诸将，不取裁于在近之巡抚，而遥制于在远之总督，其能及乎？宜令督、抚、镇、道各遵敕行事，遇有功罪，照职任例定赏罚。”

众人并没觉出，为什么这一条应紧随责实效之后；但反过来，也没人觉得，这一条不能列为第二事。

徐阶担心再有人提出把哪一事移至第三，搅乱次序，不但使得杨博太没面子，也给霍冀带来很大麻烦，于是他问：“尧封先生，责实效之后，原是何事？”

“明战守。”霍冀说。

“质夫先生的预见之明好生了得，定责任，明战守，此二事，天然是连接在一起的。”杨博说。

他一句话里有好几层意思：称赞郭朴，这是最表面的一层意思；称赞中略含几分讽刺，这是又一层意思；让霍冀按照次序读明战守一事，这是第三层意思。

“哪里，误打误撞而已。”郭朴不管听出几层意思，都会这么回答。

“尧封先生，明战守是怎么记的？”徐阶问。

“一事，明战守。”霍冀读道，“用兵必审地利。蓟镇天险可依，山西诸路地多平衍，当主于战，边墙未可弃守。宜令总督以战守责入卫客兵，以修边责主兵。以各镇而论，宣府当守南山，保定当谨哨探，大同当作捣巢计，辽东当作积贮计。”

“此事似是吏部所议呀！”徐阶隐约记得。

“不错，是吏部所议。”郭朴也记起来，“唯约先生，要不要把明战守和定责任的次序颠倒过来。”

“不必，此事列在第三就很好。”杨博说。

“再下议的何事？”徐阶问。

“广招纳。”霍冀回答。

“是指招纳虏中走回华人吧？”王廷问。

“子正先生说的是。”霍冀应道。

王廷字子正，四川南充人，嘉靖十一年进士。

“此事与前面几事毫无联系，应移到后面。”他说。

“我也有同感。”李春芳说。

有二人表态，更不会招致反对。霍冀说：“再下是申军令。”

“申军令与明战守倒是可以衔接。”徐阶说。

“那我就读这一条吧。”霍冀说着，读道，“一事，申军令。今之总兵，临阵不得戮一卒，而副、参、游、守，原受总兵节制，往往独立行事。宜定例，凡领兵官，临阵但部卒退缩者，许即斩首以徇；其领兵官退缩，许总兵及副、参、游斩首以徇。参、游及副总兵退缩，许总兵呈总督报闻。”

“依此例，总兵官权柄似过大。”郭朴道。

“未必。总兵官行事，不是尚须通过总督吗？”王廷道。

“许不许杀领兵官，我看还是慎重些好。”李春芳道。

“是临阵许斩首以徇，临阵二字很要紧。”杨博道。

任过督、抚的杨博、王廷，以为宜量加总兵官权限，阁臣却以为不宜扩大总兵官职权，这是意料之中的事。众人争几句后，都不再说，无疑是要听徐阶的裁定。

“原议奏上，让皇上裁定吧。”徐阶说。

“各位高见，我是要禀明皇上的，存翁莫怪。”冯保说。

“此乃公公职守，存翁怎会见怪！”张居正道。

二人会心地一笑。

“尧封先生快往下读吧，不然，天黑也读不完。”陈以勤说。

“下一事是重将帅。”霍冀说。

没人再对次序感兴趣。其实，在申军令之后，谈一谈重将帅，或者在重将帅之前，谈一谈申军令，都是很恰当的。

“一事，重将帅。”霍冀读道，“将官与文职，其文檄礼接，自有成规。近将权日轻，今后宜慎选总兵，各营中军、千总、把总、管队等官，许其自选；参、游、守备等官，许其拟去留。总兵见总督，副、参、游见抚、按，自称名。称总督曰军门，称抚、按曰本院，不许自损威重。”

后面的练官军、缮城堡、募民兵等，霍冀未被打断，一气读下去。

练官兵一事曰：宜自来年为始，各部军士，清占冒，汰老弱，选教师习艺。尤宜重火器，视其能否而赏罚之。

缮城堡一事曰：坚壁清野，御虏之一策。凡城堡低薄者，宜增修之，或新筑之。军民捐助者，立碑以为劝奖。守具枪炮等，令郡、县如法制造。

募民兵一事曰：选乡民编伍，择有身家信义者为堡长统之。若擒斩有功，升级世袭。上司于民兵，止阅视赏罚，不得追呼送迎及调赴他役。

“下一事，理盐法。”霍冀说。

“上几事，不是说将帅，就是说士卒，一下言及盐法，还真有点转不过来。”陈以勤说着，问道，“尧封先生，后面没有言及人事的吗？”

“有，处久任，储人才，择边吏，皆是。”霍冀答道。

“不如先听听这几事吧。”陈以勤说。

无人反对，霍冀从处久任读起。

处久任一事曰：边方危害，与内地异。徒持久任之说而不有以处之，使才能之士积劳不迁，将以才能为讳矣。望敕吏、兵二部，今后各边总督、镇、巡，既受命从事，听其展布，宽其文法，假以岁月，积以年劳。其小过勿轻劾；如事不可已，或降秩俸，或革职，仍令在事，立功自赎。

储人才一事曰：九卿、科、道，各举所知，仿照资俸，以备任使。各边督、抚、巡按荐举将官，一体访荐。军民人等果巧技及力举千斤者，送兵部试用。

择边吏一事曰：沿边知府，必加审慎，其府佐、州、县，必多进士除授，及下第贡士，果年壮收选。日后升迁，照近例繁简，各加优异。

徐阶见他停下来，问道：“没了？”

“应该还有二事，尧封先生定是不知该把哪一事放在前面，哪一事放在后面。”张居正说。

徐阶一想，可不是吗，有人提议后移的二事还没读。他说：“叔大先生对前后次序似乎并不关心，这次偏要你定。”

“就边务而言，亦即就御虏而言，盐法乃本朝大法，存翁命我定，就把它放在最后吧。”张居正说。

“一事，理盐法。”霍冀急忙读道。读得太久，他只想着快些完事。

“叔大先生的意思，先读另一事。”王廷在一旁提醒。

霍冀发现果然是自己错会其意，忙改过来：“一事，广招纳。今虏中多华人，将官或妄杀邀功，故不敢自归。近兵部立招降赏格，有陷虏而能计斩大酋如俺答、黄台吉、把都儿、吉能、土蛮等，函首来献，封世伯，赏五千金；计斩逆贼如赵全、周元等，函首来献，世都指挥佥事，赏千金。其率男、妇五百人以上，授指挥同知；三百人以上，授指挥佥事，各世袭。”

“若赵全、周元计斩俺答，函首来献呢？”冯保问，众人皆笑，他又问，“或俺答计斩赵全，函首来献呢？”众人笑得更响，他说，“不错，俺答斩赵全，用不着定计。”

“诸公莫浪笑，冯公公所言之事，未必不会发生。”张居正说。

“叔大先生是说，赵全计斩俺答？”郭朴问。

“或俺答挥刀斩赵全。”张居正道。

“不管俺答斩赵全，或赵全斩俺答，皆朝廷之幸。不过，此事在冥冥之中，多言无益，尧封先生还是快把最后一事读完吧。”徐阶说。

“一事，理盐法。”霍冀读道，“先年盐法与屯田相为表里。近来盐法大坏。乞廷臣举才臣理盐，重其事权，俾之清理；并因此而兴屯田之利，裕塞下之民。”

“叔大先生称盐法为本朝大法，仅此寥寥数句，恐怕难以尽其意。叔大先生是不是还要补充几句？”陈以勤问。

“出理盐法这个题目，是可以做篇大文章的。但今日议御虏，仅此寥寥数句，亦可。若以题目本身而言，责实效、定责任，乃至处久任、储人才等等，哪一事又尽其意！”张居正道。

“叔大先生一句话，岂不是把今日廷议，及我等再议，全盘否定？”徐阶颇有责备之意。

“存翁误会。我是说，文章想做多大就可以做多大；但就御虏而言，今日已说得很透彻。”张居正道。

“叔大先生是不是想自家把文章做大呀？”郭朴问。

“今日未想，日后或许会想。”张居正道。

廷议奏入，皇帝大加褒奖，命行之。

# 第十四章

隆庆二年正月十三日，嘉靖三十八年进士中的京官，在正阳门外一间酒楼公宴。御史张槚与吏科给事中石星的住处邻近，相约散宴后同行。二人都有七八分醉意，忽而相互搀扶，忽而把对方甩脱，自己跌跌撞撞地走两步，扑倒在地；爬起来后，又相互搀扶，彼此取笑。

石星自己的笑声还没停止，忽然对张槚嘘一声，并指指身后。

“何事？”张槚问。

“有人要打你我闷棍，可惜叔养兄没有分派巡城的差事，不然，就有几个毛贼好抓。”石星说。

“拱宸兄言过其实吧？皇城之下，有人敢打闷棍？”张槚不相信。

石星字拱宸，山东东明人。他说：“叔养兄才言过其实呢，你我已出皇城远矣。”张槚还要分辩，被他拦住，“噤声，叔养兄随我来。”

他领着张槚，穿过街道，到另一侧，转身往回走，大约走过两个胡同口，又穿过街道，回到原来的一侧。一个胡同口有棵大树，他隐身到树后，并把张槚拉到自己身旁。

“拱宸——”张槚话没问出，嘴已被堵住。

“且看谁人会遭闷棍。”石星伏在他耳边说。

正阳门外本是个很热闹的去处，但夜已深，行人自然也少。等了好一会儿，才有一人从后面走上来。二人张望过去，石星见是一老翁，又回过头，两眼盯住巷口。张槚多看一眼，见老翁和他二人情形差不多，也有七八分醉意。大概是应一二好友之邀，去小酒店饮酒一番，或者去亲友家里，和主人喝个痛快。他欲告诉石星自己的观察结果，石星却摆摆手，又指指巷口。

他吃惊地看到，从胡同口探出两个头来。借着月光可以辨出，那是两个壮汉。原来果然有人埋伏！过来的老翁手无缚鸡之力，打他闷棍，不会遇到反抗的。张槚琢磨，要不要提醒老翁，前路不平静。

石星似乎看出他的心思，在他手背上拍一下，示意他切莫声张。

老翁从大树旁走过，走近胡同口。埋伏在巷里的人应该看清老翁的嘴脸，只见探出的两颗头缩回去。

张槚略觉放心。一定是打闷棍的人看出，老翁身上不会有油水。

又过好一会儿，走上来第二个人。石星、张槚都看出，此人年纪不大；从装束上看，像是个酒肆、茶楼的小二，想是打烊后回家。不同的是，这回石星多看他几眼；张槚满脑子想的都是打闷棍，觉得除非胡同里的人傻到家，才会打一个店小二的闷棍。

“要出事！”石星低声说。

“他会出事？才见鬼呢！”张槚道。

“叔养兄看。”石星指着胡同口说。

看似店小二的小伙子走近胡同口时，那两颗头再次探出来，并且没缩回去。看似小二的人根本没留意胡同里埋伏有人，就像没留意胡同口的大树后有人。他刚走过胡同口，埋伏在胡同里的两个壮汉突然窜出来，把他夹在当中。看似店小二的小伙子一愣神，才要叫唤，两个壮汉中的一个，用一块不知道做什么用的破布，塞进他的嘴里。然后，两个壮汉裹挟看似店小二的小伙子钻进胡同。

张槚想帮着小伙子叫唤，嘴也被堵住。还好，用的不是破布。

“跟进去。”石星低声对他说。

二人走进胡同，刚好见到两个壮汉把看似店小二的小伙子拉进一座宅院。二人在宅院外站定，看着紧闭的大门发呆。大门是新漆过的，还没干；旧的对联撕去，新的还没贴出来。

“拱宸兄，此处是贼窝？”张槚问。

“我看，是一户殷实人家。”石星说。

“殷实人家，会深夜出外绑人？”张槚说什么也不信。

“深夜出外绑人，一定有缘故。叔养兄，你帮我想想，会是什么缘故？”石星道。

“这个店小二欠拱宸兄这户殷实人家的银子。”张槚胡乱说道。

“不对，殷实人家根本不会把银子借给店小二。”石星否定。

“这个店小二得罪过这户殷实人家的少主人。”张槚说。

“我看，此户只有小姐，没有少爷。”石星虽则也是胡乱推测，但听得出，他绝不同意报复之说。

“拱宸兄不会以为，此户开家黑店；深夜绑人，是为的蒸人肉馒头吧？”张槚再一想，此说并非没有根据，“弃老者，绑少年，或是因为老者肉不堪用。”

“叔养兄听二壮汉讲，老者不合用？”石星问。

“我未闻其言，但观其行而已。”张櫝说。

“我却既观其行，且听其言；要不，我怎会对叔养兄说有打闷棍的，怎会把叔养兄拉来看个究竟！”石星道。

“拱宸兄是说，你我走过时，也曾被他二人窥探？”张櫝问。

“不但窥探，而且有话。”石星道。

“说的也是老者不合用？”张櫝觉得两个壮汉眼光太差，“我人显得老，他说说还罢；拱宸兄可是意气风发，正当年呀！”

“我二人若被打闷棍，你是不是要对他等说，大王要取人肉，石某正合用，我不合用呀？”石星开句玩笑后，述道，“二壮汉并未说我等衰老，其一曰：年纪大，不合用；另一曰：你睁眼看看，这是两位官老爷，你还有没王法！”

“谢天谢地，他等尚知王法。”张櫝说着，浑身一哆嗦，“依照拱宸兄听到的，此户确实要蒸人肉馒头呀！”

“叔养兄只想到恶事；我却在想，说不定是好事。”石星说。

“深夜绑人，会是好事？拱宸兄还没醒酒吧！”张櫝哂道，“拱宸兄既以为是好事，且说说是何等好事。”

“譬如，成亲。”石星说。

“成亲？你是说，此户人家发愁女儿嫁不出去，抢个新郎官回来？”张櫝越听越觉得不靠谱。

“对呀，某些地方不是有抢亲陋习吗？”石星却一点儿也不觉得荒唐。

“那是抢女子！”张櫝说。又一想，天下之大，无奇不有，未见得就没有抢男子成亲的。于是，他找别的理由反驳：“拱宸兄断言，此户是殷实人家，又不反对被绑者乃一小二。天下哪有殷实人家的员外把一下人绑回家做姑爷的！”

“其中自有道理，你我不知而已。”石星说。

“欲知真伪，有何难？进去问问，不就真相大白！”张櫝说着，要上前拍门。

“不好。”石星叫住他，“叔养兄并非巡城御史，不便夜闯民宅。”

“那就报官，让巡城御史来查。”张櫝说。

“如若真是件好事，岂不因你我多事而坏？宁拆千座庙，不坏一门亲，叔养兄没听过这句古训？”石星道。

“这也不妥，那也不妥，拱宸兄说怎妥？”张櫝问。

“明日辰时，我与叔养兄在这里会齐，那时可知实情。”石星说。

二人如约，第二天一早，一前一后来到该胡同口。只见吹鼓手排一行，凡看上去像是送贺礼的走近，就吹打起来；到该院门前，见家仆、使女进进出出地忙活，看热闹的街坊们把大门口围上好几层。一老汉率一对新人出来迎客送客，新郎正是昨夜那个看似店小二的小伙子。他虽然换身新装，但显然还没清醒过来。

石星、张槚身着便服，装作看热闹，竖起耳朵听街坊们的议论。听来听去，听出轮廓。原来这家果如石星所言，没有儿子，只有个女儿。主妇过世后，老员外把女儿当作宝贝，早过出嫁的年龄，却一直不给她找婆家。再前一日，即正月十二日，忽传朝廷要选秀女，年纪在十三到二十岁，以十七八岁最佳。老员外前天晚上听到的消息，没当一回事。昨天一天，前街的鼓乐才停，后街又车声隆隆。一打听，都在嫁女。他这才着急。和管家一商量，托媒人肯定来不及，干脆派家人到街上去找个年龄合适的男子，先成婚再说。于是，才有昨夜劫人的场面。

张槚确定不是蒸人肉馒头，石星确定是喜庆之事。二人从人群里挤出来，往胡同外走去。

“叔养兄，宫里有选秀女之举吗？”石星问。

“六科设在午门内，距大内最近，有选秀女之事，也是先传到拱宸兄耳朵里，怎会我先知！”张槚道。

“民户争相嫁女，叔养兄见到吧？”石星又问。

“着实见到。”张槚说。

“既见到，叔养兄何不参之？”石星责备道。

“选秀女之事，不该十三道管，不该六科管，怎么参！”张槚道。

“叔养兄休得推托，此事科、道还真管得。”石星说。

“你是说，不该于此时选秀女？”张槚问。

“该不该于此时选秀女，又当别论；我是说，宫中若选秀女，你我怎的一无所知，亦未见宫里有任何动静？”石星道。

“那么，并无其事？”张槚听出他的意思，“并无选秀女之事，而京师震动、骚乱，只能是有人以谣言惑众。”

“大胆狂妄之徒，会是谁？”石星问。

“多半是不知轻重的宦者。”张槚说。

“所以我说，此事科、道管得。”石星道。

正月十九日，石星上疏言六事。

第一事养圣躬。他写道：陛下清心寡欲，渐不如初。今为鳌山之乐，必纵饮，必耽声色。皓齿蛾眉，伐性之斧；甘脆肥浓，腐肠之药。倘不亟戒，万一起居失调，悔将奚及！

第六事察谗谮。他写道：今公道昭明，然一二内臣，专作威福，切齿言官，欲行中伤。言官过直，则曰此人欺；过激，则曰此人慢。渐渍既久，不觉其入而怒之矣。唯深烛其情，悉置不听。

皇帝怒其言词轻讪，命杖六十，削籍。

# 第十五章

如果真有选秀女之事，第二个被滋扰的地方就是南直隶。但这次选秀女的谣言传到南直，有如蜻蜓点水，浮掠而过；在南直隶地区造成轰动的，是发生在松江的一桩命案。

二月十六日，天还没亮，华亭知县聂廷璧被县里的衙役吵醒。衙役告诉他，乡绅杨豫孙的夫人被发现死在家中。

聂廷璧立即睡意全无。他问："怎死的？"

"谋杀而死，显而易见。"衙役回答。

"走，快去看看！"聂廷璧说着，迅速更衣，用冷水擦把脸，随着几名衙役去杨府。

他看重此事，不仅因为杨豫孙既是名士，且官至湖广巡抚，卒于任上，在华亭籍的官员中是个著名人物；更因为杨豫孙熟悉本朝典章制度、朝野故事，深得首辅徐阶赏识，二人私交极好。他的夫人被谋杀，作为父母官，他得给徐阶一个合情合理的交代。

聂廷璧一路上都在琢磨这件事。说来也巧，他是嘉靖四十四年中的进士，嘉靖四十五年实授的华亭知县；而杨豫孙卒于隆庆元年，由他夫人扶柩归来。聂廷璧为表示敬意，出城迎柩，目睹杨府亲属间的微妙关系。他亲眼看到，杨豫孙诸弟蒙孙、萃孙、井孙在迎候到兄长的亡灵后，只用很短的时光哭悼，却用很长的时光向嫂嫂询问兄长的遗赀；他亲耳听到，杨豫孙的夫人说：汝哥素廉谨，哪得遗赀！他又亲眼看到，杨氏诸弟愤怒且无奈的神情。

后来听说，杨豫孙其实积蓄丰厚，其来源说法不一；还听说，从那以后，杨豫孙诸弟与长嫂的关系日益交恶，形同仇雠。

因此，听衙役说是桩谋杀案，聂廷璧自然而然地想到，此事因财产纷争而起，杨豫孙诸弟难脱干系。

杨夫人死状甚是惨烈。卧室内，她扑倒在地，后脑遭钝器所击，血和脑浆喷溅墙壁；伤口附近的地面，淤积一滩血，从一侧浸过尸体，流到另一侧。现在，伤口处干涸，想是血已流尽。距尸体几步远，有一柄瓜锤。聂廷璧认得，是地方大员使用的导行仪仗。锤面某端，有斑斑血迹。它大概就是凶器。

聂廷璧正在卧室内查验，杨豫孙诸弟闻讯赶来。见长嫂死状，三人干号几声，然后来见过聂廷璧。

“三位休得悲戚，且为尊嫂料理后事吧。”聂廷璧说。

“谨遵老父台之命。”杨蒙孙等应道。

聂廷璧踱几步，好像准备离开，但忽然停在杨蒙孙面前。

“二爷可知，尊嫂有何仇家？”他问。

杨蒙孙愣了愣，道：“学生不知。”

“五爷、七爷知道吗？”聂廷璧又问。他对三人均以他们在家族中的排序称呼。

“学生亦不知。”杨萃孙回答。

杨井孙则反问：“老父台确定家嫂为仇家所杀？”

“入室杀人，一为寻仇，二为劫物。七爷看，室内首饰、碎银，一物不取，难道有这等劫物的？”聂廷璧道。

“明公断的是。”三兄弟嗫嚅应道。

“三位既不知仇家为何人，本官只得询之于下人。”聂廷璧说着，意味深长地扫视着三人。

三人被看得浑身不自在。杨井孙见梳妆台旁有一箱匣被打开，里面放的是杨豫孙在世时写的条幅，忙捧到聂廷璧面前。

“学生知道，老父台喜爱家兄手迹，请任选一二。”他说。

“是七爷送给我的？”聂廷璧问。

“算是我兄弟三人共同赠与老父台的。”杨井孙说。

“本官的确钟爱尊兄墨宝，无奈此物属于尊嫂，还不属于你等。我若拿去，等于伙同三位窃取。”聂廷璧道，又说，“七爷有何事交代本官，但请直言。”

“好！”杨井孙咬咬牙，说，“此乃家事，不敢有劳明公。”

“七爷是要本官不必查问下人？这好办呀！”聂廷璧说着，呼声“来人”，等众衙役、捕快等集聚过来，他吩咐道，“杨府主妇被杀，显是仇家所为。在缉拿到凶手之前，本官甚是担心三位杨爷出事。你等分成几班，守在三位杨爷门外；他等只要出门，你等须日夜不离地跟随守卫，哪一班出事，哪一班拿命来偿。”

说罢，不理会杨蒙孙等，扬长而去。

杨蒙孙见杨萃孙走进屋来，问道："侍卫呢？"

杨萃孙竖起拇指，往身后一指，道："在外面伺候着呢。"

杨井孙走进屋来，两个哥哥一起问："侍卫呢？"

杨井孙也竖起拇指，往身后一指，道："在外面伺候着呢。"

他们把只要出门便和他们寸步不离的县衙里的捕快称为"侍卫"，以此来舒缓内心的不安和焦虑。

兄弟相聚，口渴，自己倒茶，想说话，自己开口，用不着客套。

"身边总跟着衙门里的人不是个事呀。"杨井孙最后到，最先开口。

"谁说不是！"杨萃孙紧跟着说，"原想那贱人一死，大哥留下的财物全归我等弟兄；现在可好，连碰都碰不得。"

"别说碰，你敢去看一眼、清理一番吗？"杨井孙道。

"早知如此，那贱人死不死，当真无所谓。"杨萃孙道。

"五哥，你在埋怨我？"杨井孙问。

"不是埋怨，但事到如今，我等总得合计出个对策。"杨萃孙说。

"对策倒有一个。"杨蒙孙插话。

"二哥向来稳重，想出的对策定是好对策。"杨萃孙说。

"对，我二人听二哥的。"杨井孙也说。

"老七，你果真肯听我的？"杨蒙孙问。

杨井孙才要回应，又觉得像个陷阱：要问是不是肯听，该问两个人呀，为何二哥只问自己？他于是说："五哥听，我就听。"

"一则，老五不会不听我的；二则，老五听不听，其实并不要紧，要紧的是老七你听不听。"杨蒙孙说。

杨井孙愈发觉得是个陷阱。但才说过听二哥的主意，不能一转眼又说不听。他只能含糊其词："二哥说来听听。"

"去官府自首。"杨蒙孙说。

杨萃孙大惊失色，问道："二哥要谁去官府自首？"

"我和老七说的许多话，你没听到吗！"杨蒙孙责怪道。

"听起来，不像是要我去官府自首。"杨萃孙说。

"这话不错。你傻呆呆一个人，去自首，人家也不信。"杨蒙孙说。

"所以，二哥要我去自首！"杨井孙有点儿愤愤不平。

“老七，你别怪我。你自个儿想想，到今日这步田地，不去官府自首，还有别的出路没有！”杨蒙孙道。

“我想不出还有别的出路；可我也想不出，去官府自首，二哥为何一定让我去。”杨井孙说。

“理由嘛，自然是有的。”杨蒙孙说着，问道，“大哥在世，最疼爱的是哪一个？”

“是七弟。”杨萃孙抢着说。

“大哥若非猝亡，从容分派，获财物最多的是哪一个？”杨蒙孙问。

“是七弟。”杨萃孙道。

“那贱人将大哥财物据为己有，最恨她的是哪一个？”杨蒙孙问。

“是七弟。”杨萃孙道。

“二位哥哥也是一口一个贱人，未见得比我恨得少。”杨井孙说。

他好不容易才插进一句话，马上又被杨蒙孙堵回去：“但你最恨那贱人，这不容置疑。”

“好吧，就算我最恨，那又怎样？”杨井孙问。

“这是要老七自首的一个理由呀！”杨蒙孙道，“老七最恨那贱人，所以自家杀她，或找人杀她，说出去人家才会相信。”

“二哥，这个理由，有点儿勉强吧？”杨萃孙都觉得说不过去。

“还有别的呢。”杨蒙孙说着，问道，“老七可知，杀那贱人的是谁？”

“我等皆知，是力士汪孝呀！”杨萃孙道。

“汪孝平白无故的，干吗要杀那贱人？”杨蒙孙问。

“为报知遇之恩呀！”杨萃孙道。

“报谁人的知遇之恩？”杨蒙孙问。

“七弟的呀！”杨萃孙道，“七弟出自松江名门望族，汪孝却和叫花子差不多。七弟不仅馈赠财物，且与他结为八拜之交，为的就是要他效死力。他当然心知肚明。”

“老七与汪孝结拜，无人不知。就算我等出面自首，只要供出汪孝，他人也会联想到老七。这是第二个理由，老五看还勉强吗？”杨蒙孙问。

“这个理由说得通，不勉强。”杨萃孙道。

“老七看呢？”杨蒙孙又问杨井孙。

“二哥只要再说出一个理由，我就认。”杨井孙垂头丧气地说。

“我正要说第三个理由。”杨蒙孙道，“我与老五皆捐赀入学，老七却是府学廪生，算是已有半个功名。我等出首，唯有一死；老七自首伏罪，日后或可冀上官怜悯，绝处逢生。”

杨井孙不再多说，随两个哥哥去县衙自首，承认是杀害长嫂的主谋。在聂廷璧的讯问下，杨蒙孙、杨萃孙也未能摆脱干系。杨井孙论死，但在十多年后才被押赴市曹；杨蒙孙、杨萃孙则早于他死于狱中。

# 第十六章

皇帝秋日祭陵的愿望未能实现，春祭却成行。

二月二十八日，皇帝登天寿山，亲祭成祖文皇帝的长陵、孝宗敬皇帝的泰陵和世宗肃皇帝的永陵，其他陵寝由大臣代祭。皇帝亲祭三陵，由南而北，是永陵、长陵、泰陵。祭过泰陵后，皇帝对扈驾的首辅徐阶说："前一日朕驻跸山下感思殿，想在附近巡游。徐先生谏道：'陛下以祀事至此，非以游事至此；如先游而后祀，后世何以称陛下孝思？'朕遂先登山祭陵。今祭陵已毕，朕走走，看看，该不会有非议吧？"

"祀事方毕，臣以为陛下不宜远行。"徐阶奏道。

"朕无意远行。"皇帝应付一句后，招呼徐阶和另一个扈驾的阁臣张居正，"徐先生，张先生，陪朕在山上走走吧。"

"臣等遵旨！"徐阶、张居正应道。

皇帝在前，沿着修成的山路，向泰陵北面的山峦，拾级而上；徐阶、张居正紧随在后；再后面，是近侍和护卫。

山峦虽不甚高，但登上之后，发觉豁然开朗。

"徐先生等曾言及黄花镇，那处可是？"皇帝指着前方一处人烟稍显稠密的地方问道。

"臣未亲至其地，但曾看过相关舆图，该处应是黄花镇。"徐阶说。

"张先生去过吗？"皇帝问张居正。

"臣少年时，曾与一二好友亲历其地。"张居正答道。

"如此近边，难怪卿等称之为虏地！"皇帝不由感慨。

"皇上更正为虏出没之地，更为恰当。"徐阶说。

"二者其实并无太大区别。"皇帝显得很宽容，他向东一指，问道，"蓟镇应该在那里吧？"

"皇上说的是。"徐阶应道。

“蓟镇距此处若干里程？”皇帝询问。

“据臣所知，蓟镇距京师二百里，距此处应略近。”徐阶说。

“朕知道，宣府在京师西北。”皇帝又手指着西北方向说，并问，“宣府距此若干里程？”

“宣府距京师三百五十里，距此处应不足三百里。”徐阶说。

皇帝把这两个距离和几个月前孟冲对他讲述的几个距离，与亲眼所见联系起来，对京师北边的形势不难有更直观的了解。

“蓟镇、宣府二镇，尤其是蓟镇，与京师近在咫尺。其拱卫之责，不可须臾放松。”皇帝说。

“诚如圣谕！”徐阶应道。

“臣以为，守蓟镇，当以练兵为要务；练兵，当以择人为要务。今用人既当，蓟镇可保无虞。”张居正则说。

“不错！”他的话提醒皇帝，“蓟镇练兵的人选，朝廷去岁就在议论。朕记得，是个科臣首先举荐的吧？”

“是，工科左给事中吴时来议蓟镇练兵，文臣荐谭纶，武臣荐俞大猷、戚继光。”徐阶回答。

这再一次提醒皇帝。他记起，召用谭纶等练兵，已经颁过旨。不过，那时他对此事不很在意，只在廷议后程式化地批上“照准”二字。现在，他却想把这件事理解得更深一层。

“朕记得，廷议时颇有争议。”皇帝道。

“争议并不很大。”徐阶说，“文臣用谭纶，以蓟、辽总督兼理练兵，没有异议；武臣用俞大猷、戚继光，有人议道，不如专用一人。”

“议定没有？”皇帝问。

“已议定，用戚继光。”徐阶说。

“为何用戚继光？”皇帝的疑问，首先是从资格方面考虑。“俞大猷为广东总兵，而戚继光仅为福建副总兵，是不是？有人议道，给练兵大臣以权柄，文可节制各镇巡抚，武可节制各镇总兵。谭纶是从两广总督任上召回，资历不成问题；戚继光似乎稍有欠缺。”

徐阶看张居正一眼，含糊地说：“陛下所虑，不无道理。”

“武臣用戚继光，是臣所议。”张居正躬身道。

“张爱卿为何以为，戚继光胜俞大猷一筹？”皇帝问。

“臣并非以为俞大猷不如戚继光，只是以为，就练兵而言，宜用戚继光。”张居正说。

“说说看。”皇帝命道。

“是。”张居正应道，“陛下方才谕及资历，臣就先从资历说起。谭纶为副使时，戚继光为参将，二人即联手征剿浙江倭贼；谭纶为巡抚时，戚继光为副总兵，二人又联手征剿福建倭贼。逐倭之役，二人均声名显赫，功业相当，致有谭、戚之称。”

“其他方面呢？”皇帝问。

“就用兵而言，俞大猷、戚继光各有所长；就操行而言，俞大猷或堪称道；而就练兵而言，戚继光则略胜一筹。于逐倭之役中，东南皆知，有一支戚家军，有一支俞家军，戚家军叫得更为响亮。臣想，既标明练兵，用俞大猷不如用戚继光。”张居正说。

“张先生前者议独用戚继光，议得好；今日说独用戚继光的理由，说得好！”皇帝称赞他一句，然后问徐阶，“徐先生，召用谭纶、戚继光的敕旨颁下，已有些日子吧？”

“是。”徐阶应道。

“二人为何仍未陛见，是不是已径往蓟镇赴任？”皇帝问。

外镇间督、抚、总兵等调动，不一定陛见；但由广东、福建调往蓟镇，是应该陛见的。所以，皇帝的语气中包含着这样一层意思：如果径往蓟镇赴任，就太不知规矩。

“不会，他二人定是先陛见，聆听圣训。”徐阶说，又解释，“广东、福建，路途遥远，想来二人正在兼程而北。”

“二人到时，二卿要见见，告以朝廷寄托之重。”皇帝说。

“臣等遵旨！”徐阶、张居正应道。

# 第十七章

戚继光以神机营副将被召。五月，以总理蓟州、昌平、保定三镇练兵事赴任蓟州。谭纶在三月已就任蓟、辽总督，闻讯后，从密云赶来蓟州相迎。相别数载，在这里见面，他二人均倍感亲切。

他们是在蓟镇总兵府会面的，在座的有镇守蓟州总兵官郭琥。同时，刘应节从遵化赶到蓟州。他以顺天巡抚提调练兵事，对练兵的各项细节，他都负有责任。所以，见到戚继光，他先要表示歉意。

“总理衙署尚无定所，只得委屈戚帅暂借此处理事。”他说。

“我是鸠借鹊巢，给郭帅带来诸多不便，子和先生该向郭帅赔礼才是。”戚继光说着，指指郭琥。

“戚帅言重！”郭琥回应道，“戚帅携圣旨而来，节制各镇；驻扎蓟州，对我而言，可谓近水楼台。”

客套话说完，众人就座。

“子和先生听清楚了吗，戚帅说的不是鸠占鹊巢，而是鸠借鹊巢？”谭纶问刘应节。

“听得清清楚楚。”刘应节应道。

“既听清楚，子和先生感想如何？”谭纶问。

“戚帅，君子也。”刘应节道。

“我知戚帅为人，他要的是办事，而不是充作君子。子和先生，他在问你，几时才能迁进总理衙署？”谭纶道。

“应该很快。我选中一处，只要戚帅认可，三五日即可迁去。”刘应节说着，问戚继光，“京师传言，口外有四绝，戚帅可曾听过？”

“不曾听过，请子和先生告知。”戚继光道。

“四绝者，一曰宣府校场，二曰蔚州城墙，三曰朔州营房，四曰大同婆娘。”刘应节告诉他。

“宣府校场有多大，称得上一绝？”戚继光问。

“长十里，横四十里，宣、大、山西三镇官军填充其中，只占得一个角落。”刘应节说。

“子和先生选中的一处，有如宣府校场？”戚继光问。

“虽不如宣府校场，但堪称京东第一校场。”刘应节说。

“朝廷命我练兵，既有如此之大的校场，子和先生还有什么好迟疑的！明日我与子和先生去看校场。”戚继光道。

“好！”刘应节应一声，转问谭纶，“子理先生同去吗？”

“客随主便。你邀我，我就去。”谭纶说着，问道，“子和先生选中的地方，叫什么名字？”

“原无名称，因屯驻官军，俗称三屯营。”刘应节回答。

“好不巧也！”谭纶不由一笑，“子和先生不邀，我也要去。”

“子理先生为何偏爱三屯营这个名称？”郭琥问。

“不是偏爱，是极巧。”谭纶强调。

“何事极巧？”郭琥又问。

“戚帅练兵，我拟分作三营：一营屯密云，一营屯遵化，另一营屯蓟州。不想有一处，即名三屯营，你说巧不巧！”谭纶道。

“其名与子理先生分兵屯练的想法暗合，我看，不但可用作总理衙署，还可用作中军所在。”刘应节说。

“那还用说，戚帅在哪里，哪里就是中军所在。到会操之时，子和先生亲率遵化一营，我亲率密云一营，都来三营屯与戚帅会合。”谭纶道，他发觉郭琥被排除在练兵之外，有点尴尬，又说，“对，蓟州一营，自然是郭帅亲率。”

“戚帅坐镇中军，怎么还要我来凑这个热闹！”郭琥道。

“练兵在戚某，用兵却在郭帅，这是要分清的。戚某绝不敢存夺印的念头。”戚继光说。

“练兵、用兵，原是一事，朝廷既命戚帅练兵，又保存蓟镇总兵官一职，有些多余。”郭琥不知是有情绪，还是当真觉得，蓟州一镇没必要设两个总兵官。

“郭帅所言，不是没有道理；但此事该着朝廷琢磨，该着高居庙堂的诸公琢磨，不该我等琢磨。今日继光所奉旨意，只是练兵而已。”戚继光含蓄地表明他的看法，然后他问谭纶，“不知子理先生集若干官军，交与我操练？”

“戚帅先说说，当初在浙江金华，练兵若干？”谭纶道。

“三千。”戚继光说。

“戚帅再说说，能练兵若干？”谭纶道。

“自是多多益善。”戚继光说。

“多多益善，没个具体数目吗？”谭纶问。

“总不会在三千以下吧！”戚继光说。

“戚帅若以三千为基数，我可要让你吃惊不小。”谭纶说着，伸出三指，“我交与戚帅操练的，不是三千，而是三万。”

“三万！”戚继光确实吃惊不小。

“北边与浙、闽、粤等地不同：以守地而言，绵延开阔；以虏寇而言，动则数万、十数万。仅练三五千兵，有何用处！”谭纶道。

“谭督集三万军而练，实有气吞山河之势。”刘应节奉承道，并问，“子理先生的意思，三营各屯练一万吗？”

“不，”谭纶摇头，“密云、遵化二营，多则各七八千，少则各四五千，三营屯乃中军，校场又大，蓟镇可屯练一万五千至两万。”

“如此安排，甚妥！”刘应节说着，转身对郭琥说，“他日，蓟镇兵强马壮，雄于诸镇，最得意的一定是郭帅。”

“拥两万精锐之师，不要说在蓟、辽诸镇中称雄，在天下军镇中也可以称雄。”郭琥回应道。

“子和先生话里有话，郭帅没听出来？”谭纶问。

“是不是该反其意而听之，他是说最得意的未必是我？”郭琥问。

“不，不，镇、巡一家，他怎能如此扫你的兴！”谭纶道。

“话里别的意思，我听不出来。”郭琥说。

“子和先生话里有话，是冲着戚帅说的，戚帅应该听得出来吧？”谭纶又问戚继光。

戚继光知道他喜欢节外生枝，借题发挥，不如自己采取主动。

“子和先生难道说话会藏起掖起？”戚继光道。

“戚帅，你别把难题交给子和先生。话里有话，是我听出来的；你不服气，尽可与我计较。”谭纶说。

戚继光笑笑，说：“谭公向来能听话外之音，我怎敢计较！”

“我说话里，戚帅偏要说话外，还说不敢计较！”听谭纶的口气，偏要戚继光说出答案来。

“那就请教！”戚继光一揖，问道，“所谓话外之音，是几个字？”

“两个字。”谭纶说。

“可是‘他日’？”戚继光问。

谭纶击掌笑道：“我知难不住戚帅！”

“谭军门，戚帅，二位打的什么哑谜？”郭琥问。

“谭公命我定个练军的期限。”戚继光告诉他，“要我定个期限，又不明着说，人家子和先生说的‘他日’，本无他意，子和先生偏要敷演出他意来。”

“你问子和先生，真的没有他意吗？”谭纶也把难题交给刘应节。

“原本没有他意，诚如戚帅所言；但听子理先生的话，忽觉‘他日’二字果含深意。”刘应节说。

他两不得罪的回答，引得三人哄笑。

刘应节等笑声停止，接着说：“子理先生和戚帅在南方实打实地练兵，蓟镇也一直在谈论练兵。据我所知，谈论有十年，却不曾定过什么期限。今日却要听听，戚帅如何定这个期限。”

“诸位大人三月后来看人，六月后来看队，十月后来看阵，一年后来看实战，如何？”戚继光道。

“戚帅要我等来看人，怎看？”郭琥问。

“看站立，看行走，看拳脚，看器械。”戚继光说。

“戚帅是说，操练三个月后的军士，人人似模似样？”郭琥问。

“对，人人似模似样。”戚继光说。

“无论子理先生交给戚帅的是怎样的军士？”郭琥又问。

“对，无论子理先生交给我的是怎样的军士。”戚继光说。

“郭帅所谓似模似样，是小觑戚帅呀，还是看过一套花拳绣腿，即信服？”谭纶问。

“只有三个月呀！说句实话，三月后能看到一套花拳绣脚，我还真的信服。”郭琥道。

“是否花拳绣腿，届时子理先生可亲自考校。”戚继光说。

“子和先生也是看到一套绣花拳腿即信服？”谭纶问刘应节。

“戚帅不怕子理先生亲自考校，我还有什么话好说！我倒想知道，戚帅要我等看队，看的是何事？”刘应节说。

“看站立，看行走，看拳脚，看器械。”戚继光说。

“看人亦看此，看队亦看此，有何区别？”刘应节问。

“看人，是一人一人看站立，看行走，看拳脚，看器械；看队，是一队一队看站立，看行走，看拳脚，看器械。”戚继光说。

“那么，看阵，是一营一营看站立，看行走，看拳脚，看器械吧？”刘应节问。

“不完全一样。”戚继光道，“看阵，主要是看阵法之演变。譬如说，看队，是百人如一人，千人如一人，看阵，则是百人化为千人，千人化为万人，万人则如十万之众。”

“听戚帅一言，大饱耳福；但愿十月后得大饱眼福！”刘应节道。

“好，即以一年为期。但愿一年之后，于实战操演中，见到一支强悍的官军！”谭纶说。

夜色已深，谭纶与戚继光秉烛夜谈。没旁人在场，他连对戚继光的称呼也改变。

“第一支官军集结到此，其孱弱，其涣散，在我预期之外，元敬兄一年之期仍不变吗？”他问。

“子理先生若不帮我，一年之期是句空话。”戚继光说。

“你看！郭总兵问及要不要看交到你手里的是怎样的军士，是给你个台阶下。你却偏不借之而下。”谭纶说。

“那是操练之内的难处，我不怕。”戚继光道。

“如此说来，元敬兄怕的是操练之外的难处？”谭纶问。

“不错，操练之外的难处，非子理先生做主不可！”戚继光说。

“你说说看，有哪些难处？”谭纶道。

“譬如，三万人皆招募，子理先生可知，一年计须饷银若干？”戚继光举个例子。

“我粗粗估算过，一人月饷以一两五钱计，一年十八两，三万人须得五十四万。”谭纶说。

“这五十多万两银子，我是筹集不来的。”戚继光道。

“元敬兄放心。除非朝廷要练兵是虚谈，我亦无奈；只要朝廷下定决心练兵，每月饷银，我去讨要。”谭纶说。

“还有一事，恐怕比讨要饷银更难。”戚继光说。

“那是何事？”谭纶问。

“提升士气。”戚继光说。

“燕、赵之士，锐气几耗尽于防边，提升士气确是大难。”谭纶对戚继光此议很是赞成，但旋即发现其中的矛盾，“不对呀，元敬兄练兵，难道不包括提升士气吗？”

“提升士气自然是操练之内的事；但有提升士气的捷径，却不准你走，则是操练之外的事。”戚继光说。

“何谓捷径？”谭纶问。

“子理先生自家才说过，燕、赵之士锐气耗尽；难道就不曾念及，吴、越之卒习于操练，习于征战？”戚继光道。

“等等！”谭伦听懂他话里的意思，“元敬兄打算招募吴、越之卒至蓟镇操练吗？”

“并非全部。”戚继光说。

“欲得几成？”谭纶问。

“譬如三成。”戚继光说。

“那也要上万。”谭纶自语。

“子理先生看，此事易办否？”戚继光问。

“吴、越之卒都认元敬兄这面旗帜，也还认谭某这面旗帜；若以这两面旗帜去招募，可立至。”谭纶说。

戚继光要的不是这个回答，他问：“若非议者众呢？”

“这就不好说。”谭纶道，顿了顿，他振作起精神，“此事也在我，我向朝廷奏请，若有非议者，我去与他分辩。元敬兄呢，却不可一味等待吴、越招募，且将边卒操练起来。”

“这我心里有数。”戚继光应道。

“元敬兄，还有其他难处，何不一并说出来，我也好一并奏明朝廷！”谭纶看出，戚继光言犹未尽。

“好，”戚继光点了点头，“燕、赵之士锐气耗尽，这话是不错的；但还有一事，其危害，不亚于锐气耗尽。”

“近卫之军，素来骄横。”谭纶说。

“对，”戚继光又点了点头，“练兵成否，全在一个严字。边卒骄横，一旦军法严厉，必大不堪。蓟镇去京师近，边卒在京或有亲属。怨心一生，流言必起，我等掣肘矣。”

“不仅掣肘，恐怕还有他患。这一层，也要向朝廷奏明，向朝廷诸公阐明，或可防患于未然。”谭纶说着，问道，“元敬兄担心流言起于惮法，就不担心流言起于他事？”

“流言易起，不仅在于惮法，我自体会得到；不过我以为，就练兵而言，流言最易起于惮法。”戚继光说。

“怕是未必。”谭纶道。

“子理先生的意思，有甚于惮法者？”戚继光问。

“不错，我正是此意。”谭纶道。

“那是何事？”戚继光问。

“嫉功。”谭纶道。

戚继光认真想了想，不得不承认，嫉功比惮法更容易引起流言。特别于练兵一事，刘应节说，蓟镇空谈十年，而无一实效；他若在一年内真操练出一支能战能胜的官军，嫉妒他的恐怕不是一两个人。

“子理先生不会要我自敛吧？”他问。

“除非练兵没有功效，只要有功效，元敬兄再自敛，该嫉妒的照样嫉妒，绝不会把嫉妒变成同情。”谭纶说。

“那么，子理先生是要我不必理会？”戚继光又问。

“嫉妒之心如瘟疫，是会传播的。一传之十，十传之百，元敬兄敢不理会吗！”谭纶道。

“自敛无用，不理会又不成，子理先生说如何是好？”戚继光问。

“其一嘛，与其他难处一样，预为奏言，先使皇上不为嫉者所动。”谭纶说。他料定这一条戚继光容易理会，简略言之即可。

“其次呢？”戚继光问。

“其二嘛，或更为要紧，须在朝中有奥援，使公卿大夫，首先是内阁诸公亦不为嫉者所动。”谭纶说。

“内阁诸公，尤以首揆最要紧。”戚继光稍加发挥。

“这却未必。”谭纶不以为然。

“怎讲？”戚继光问。

“我等在边镇，欲于中枢寻奥援，不仅要看其权位，更要看其是否肯担当。”谭纶说。

“以子理先生所见，内阁谁人肯担当？”戚继光问。

谭纶拿手指蘸点茶水，在桌面上写个“张”字。

# 第十八章

论节气，已过立秋，但正是京城人畏惧的秋老虎发威之际。

正午时分，中城巡城御史李学道，冒着热气巡视街道。在左掖门外，他正好撞到一宗劫案。被劫的人跺着脚，号啕大哭。看热闹的人围出大半个圈子，有人同情他的遭遇，有人嘲笑他无能。见李学道一行过来，有人劝道：“与其哭下去，不如说给巡城的老爷听。”

圈子没围拢，是因为一面站着个内臣。他看上去年纪不大，两臂合抱胸前，正在冷笑。这使得看热闹的人害怕，不敢走近。他本打算离开，但见李学道率衙役、逻卒来到，也留下来看热闹。

李学道从空缺的一面来到被劫者面前。他瞥内臣一眼，从衣着上看，应是典簿、长随之类，绝到不了监丞。不知这个内臣喜欢看热闹，还是和劫案有何牵连，这个念头在李学道脑际一闪而过。

李学道开始了解案情，问过被劫者叫什么名字、住在何处、有何冤屈之后，他问：“你是说，身上带的银子被劫？”

“回老爷话，还有两串铜钱。”被劫者说。

“在哪里被劫的？”李学道问。

“回老爷话，就在这里。”被劫者说。

李学道皱着眉头，道：“我怎么问，你怎么答，别多话。”

“回老爷的话，老爷怎么问，小民怎么答，并未多话。”被劫者说。

“回老爷话，也是本官问的吗？”李学道斥道。

“回老爷话，这句话老爷未问；可不说这句话，下一句话小民说不出来。”被劫者道。

看热闹的人哄然大笑。

“这有什么好笑的，不信你来答话试试。”被劫者嘟嘟囔囔地说。

“老爷追回银子，你肯给我，我就替你答话。”一个看热闹的人说。

其他看热闹的人又是一阵哄笑。

“肃静！”众衙役喝道。

李学道继续问话：“劫你的是几个人？”

“回老爷话，只一人。”被劫者说。

“我看你身体也很健壮，一人就能抢去你银子？”李学道不信。

“回老爷话，他拿着凶器呢。”被劫者说。

“是何凶器？”李学道问。

“回老爷话，是刀。”被劫者说。

“皇城之下，竟敢持刀抢劫，这还了得！”李学道怒道，“他是如何行凶劫钱的，你说与本官听！”

“回老爷话，他往小民面前一站，拿刀往小民喉咙前一晃，小民不得不乖乖地把银子和铜钱拿出来。”被劫者说。

“你也忒没用！”李学道这才明白，为什么会有人嘲笑被劫的人，他随即又问，“劫你钱财之人，你可认得？”

“回老爷话，小民不认得。”被劫者说。

“他不是就站在你面前吗，你怎会不认得？”李学道很是奇怪。

“回老爷话，小的以前从未见过他。”被劫者说。

李学道这才发觉是自己的问题不明确。他改问道：“劫你钱财之人，你可辨认得出他的样貌？”

“回老爷话，小民辨认得出。”被劫者说。

“好，你为本官述说他的样貌。”李学道命道。

“回老爷话，他的样貌，无须小民述说。”被劫者说着，朝站在一旁冷笑的内臣努努嘴。

“你是说，劫你之人的样貌，与那位公公相似？”李学道问。

“回老爷话，小人不是这个意思。”被劫者说。

“那你是何意？”李学道觉得被他戏弄，大为不快。

“回老爷话，他就是劫小人钱财之人。”被劫者说。

方才一闪而过的念头变得清晰。那内臣与此事肯定有牵连，不然，他干吗要冷笑！但李学道绝没想到，那内臣就是行劫之人。劫人家财物后，不迅即离开，反而在一旁冷笑，未免太张狂。

“我估摸着，该着我来回大人的话。”那内臣懒洋洋地说着，走过来两步，他朝李学道一抱拳，道，“在下许义，见过李大人。”

李学道不能在众人面前还礼，但语气上显得客气一些。他问：“许公公识得本官？”

“李御史风采，在下一见，再不会忘。”许义说。

对这样的奉承，李学道报以一笑。他随即问道：“许公公，他告你公然劫他钱财，这是怎么一回事？”

“李大人信吗？”许义反问。

“我是有点儿不信。”李学道实话实说。

“但亏得李大人多问一句，此事是有的。”许义却说。

“当真是你劫他钱财？”让李学道吃惊的，不是真有这事，而是许义满不在乎的态度。

“在下是说，他的银子落入在下口袋里，这事是有的。”许义说着，从怀里掏出几块碎银子，两串铜钱，在手里掂了掂，“不过，这银子，这铜钱，是他心甘情愿送与我的，并非我抢夺的。”

“他说从未见过你，怎会心甘情愿地奉送钱银？”李学道反驳。

“我与他走个对面，见他手里提着两串铜钱。我问他，铜钱是否官冶所出？他说是，并把铜钱交到我手里。”许义述道。

“我是让他验验，是否官出。”被劫者插话。

“我怎晓得！我以为你是送与我的，随手放进口袋里。你见我放进口袋，并没讨还，对不对？”许义道。

“我是想，铜钱已放进口袋，想讨恐怕讨不回来，不如快些离去，少惹是非。”被劫者说。

“你为何又未离去？”李学道问。

“回老爷话，是他把小民拦住。”被劫者说。

“许公公，铜钱算是他送你的，为何又将他拦住？”李学道问许义。

“在下想，他手里既提着铜钱，身上一定还有银子。于是，我叫住他又问一句。”许义说。

“你又把银子拿出来让他验验？”李学道问被劫者。

“回老爷话，小民上一次当，可不敢再上第二次当。小民告诉他，身上并无银两。”被劫者说。

“大人想，这话能信吗？我对他说：你自个儿不拿出来，我可要搜身。这不过是句玩笑话。大人看看，在下又瘦又矮，他又高又壮；他要是不让搜，在下敢动手吗！”许义道。

“他告你持刀威逼。”李学道说。

“这也叫刀吗？”许义冷笑着，从怀里掏出一柄小刀。刀长两三寸，阔如手指，大约是修脚用的。

李学道接过小刀，看一眼，也想笑，但他勉强忍住。

“无论如何，你以此刀胁迫过他，对不对？”他问。

“在下是拿此刀朝他比画一下，大人猜怎么着，他立刻把口袋里的银子掏出来，交到我手里。”许义说。

“无论如何，银子不是他心甘情愿送与你的，对不对？”李学道问。

“这要看怎说。他怕受皮肉之苦，心甘情愿地把银子送与我，也是有的。”许义说。

这明摆着是在胡搅蛮缠。李学道以其人之道，还治其人之身，说：“许公公，本官断你将银子归还本主，想必你也心甘情愿。”

“在下不心甘情愿。”许义说。

“哪怕受皮肉之苦？”李学道也威胁一句。

“在下宁受皮肉之苦，不愿归还银子。”许义嘴硬地说。

“那好，本官且让你受一受皮肉之苦！”李学道早就按捺不住，大声喝道，“来人！拖下去，打他二十大板！”

看热闹的人见李学道对许义问话时并不严厉，以为又是一个官官相护的结局；没想到他说变脸就变脸，说动刑就动刑，众人大为振奋。衙役第一次举起板子时，有人叫声“一”，随后喊数的人越来越多，喊到第“二十”时，在场的人几乎没一个不张嘴的。

李学道又命逻卒从许义手里搜出银子和铜钱，还给被劫的人。他千恩万谢地给李学道磕了几个响头。

第二天散朝后，一群宦者把李学道拦住，按倒在地，暴打一顿。

消息传进宫里，皇帝命将为首数人，各杖之百，戍远边，余众戍孝陵。李学道也因擅用笞刑，谪外。

# 第十九章

王廷啜一口茶，准备说话。但话到嘴边，和那口没有品出滋味的茶水一起咽下去。再啜一口茶，又是如此。很快，一杯茶水见底。

“子正先生是口渴，还是欲借饮茶掩饰难言之隐？”徐阶问。

这一问，倒引出王廷的话来。

“存翁是舍不得茶水，还是欲逐客？”他反问道。

“话题不对，我真会逐客的。”应是笑话，徐阶却不是当笑话说的。

“那好！话题不对，我还真要说完再走。”王廷的态度也很认真，“存翁，无论如何，不该上疏请辞呀！”

“为何不该？大臣被劾，上疏请辞，是惯例呀！”徐阶说。

“那也不该真心请辞呀！”王廷词不达意地说。

“为何不该？上疏请辞，又不真心，岂不成虚情假意，口是心非，欺骗朝廷！”徐阶道。

“我是说，存翁为那么一篇弹劾的奏疏，连分辩都不分辩一句，就弃官而去，会让天下人失望的。”王廷说。

“未必吧，或许有人会很开心。”徐阶道。

“存翁愿意让一二奸人开心，无数清流失望吗？”王廷责问。

“其中果有奸情，如前者御史齐某般，我是会分辩的，而且会用心分辩的；然今者张某之章，唉！”徐阶叹口气，不再说。

他说的张某，是另一个御史张齐。

“张某说的哪一件事，让存翁心灰意冷？可是与严氏父子相处十五年、缔交结姻一节？”王廷问。

“这一节还不足以让人心灰意冷吗！”徐阶道。

“若不是善于在先帝与严氏之间周旋，无法自保，何以救助他人，扭转时局？这一层，百官都是理解的呀！”王廷说。

“那是子正先生及百官对我宽容。似张某者，眼中容不得徐某，以与严氏父子相处为秽行，也合乎情理。我有什么好分辩的！”徐阶的心灰意冷，在眼神里，在话语间，充分表现出来。

“张某弹劾存翁，若不是为与严氏相处一事呢？”王廷问。

“不为与严氏相处一事？子正先生，此言何意？”徐阶不解。

“若言秽行，张某本人的秽行才该追究。”王廷说。

“他有何秽行？”徐阶问。

“前者张某巡按宣、大，盐商某以三千金赂之，求他上奏盐法事，为己谋利。张某依其言上奏朝廷，然为户部阻止。盐商未能如愿，向张某索还赂金。张某担心其事泄露，这才攻讦存翁。”王廷说。

“你是说，他上疏劾我，为的是掩饰自家秽行？”徐阶像是听明白，但还是有点儿疑惑，“为掩饰自家秽行，他可以弹劾任何一位大臣呀，为何偏偏弹劾我？”

“其中自有缘故。”王廷道，“张某为逞其奸，曾托请太常君运动户部，被太常君婉言回绝。他因此事而迁怒太常君，因太常君而迁怒存翁，这才有今日的弹章。”

徐阶长子徐璠，一直跟随在徐阶身边，官已升至太常寺卿。王廷称他太常君，既是出于敬重，也是表明自己长辈的身份。

“此事还涉及璠儿？他最抹不开面子，真想不到也有回绝人家的时候。”徐阶似是自语，又似是向王廷表白。和其他公卿大臣的公子一样，徐璠的名声并不太好。张齐托请他，一定许给好处。他放着到手的好处不要，徐阶不但现在可以向王廷表白，以后也可以向其他人表白。让徐阶烦恼一天的这桩事，终于带给他一丝欣慰。

王廷不相信这件事能说明多少徐璠的人品。他对此根本不感兴趣，但觉得不妨以此为借口，劝劝徐阶。

“是啊，存翁对张某的诘告不加分辩，岂不是连太常君一片清白也埋没！”他说。

“子正先生的话不错，此事不该不分辩。”徐阶才一回心转意，马上又否定，“不成，我已上疏请辞，岂可再上疏分辩！不管张某有多少秽行，我与严氏十五载的相处，是无法分辩的。张某说一遍，我已锥心裂肺般难受；若是出面分辩，难道还想人家再多说一两遍？不但我不能分辩，子正先生要追究张某的秽行，只可追究他的秽行，千万不要和他弹劾我的事联系在一起。”

王廷知道他的心意不会改变，不再劝阻。

张居正的桌案，当中空出来，摆放笔墨纸砚，两端一摞一摞码放着书，有古籍，也有当代人的著作。他忽而捧起一卷书，读上几页；忽而把书放下，提起笔写上几行。不用读他写的东西，只要看看他专心的样子，就猜得出他在做一篇大文章。

家人游七进屋时，张居正正在奋笔疾书。游七知道，此刻打断老爷的思路，是要挨骂的。他静静地站在一旁，目光随着张居正手里的笔上下起伏，等到那支笔停下来不动，他才走上前一步，叫声“老爷”，说：“我回来了。”

“见到李公公没有？”张居正问。

“见到了。”游七说。

“他一定高兴吧？”张居正问。

“如老爷所料，他那高兴的劲头，让人吃惊。”游七附和道，并问，“老爷怎么料到，他会高兴。”

“李公公素不喜徐老相公。究其原委，无外乎二：其一曰媚，即老相公于严介溪面前有媚骨；其二曰诤，即老相公在今上面前多有诤言，皆关乎内宫事。李公公掌内宫，每有举措，辄为老相公论之，他能不烦吗！再者，李公公也是个喜欢议论的人。他每上言，辄为老相公格之，他能不怒吗！”张居正道。

“所以老爷与李公公谋划，请老相公退位，此其时矣！”游七说。

“此事根本用不着谋划。”张居正道，“李公公烦老相公，皇上也开始烦老相公。今日正好，老相公遇到烦心事，想一走了之。李公公只要在圣驾前说上一句‘宜准其奏’，事情即可了结。”

“老爷放心，李公公已应承，这句话他一定会说。”游七道。

“那就好。”张居正说。

游七见张居正并不急着拿书或拿笔，看来有兴趣多聊聊。他说：“不过，有些事，小人还没想通。”

“你说。”张居正道。

“据小人看，老爷与老相公交情颇深。”游七说。

“你是不是奇怪，我为何不设法挽留，反而促他速去？”张居正问。

“小人是有点儿不明白。”游七说。

“那你看看，我这一两日在做何事？”张居正道。

“老爷在写文章。”游七说。

“你可曾见我如此用心地写过文章？”张居正问。

“老爷不问，小人没留意；老爷一问，小人忽然发觉，老爷还真没如此用心地写过文章。”游七说。

“你可知，这是为何？”张居正问。

“小人不知。”游七不愿在老爷面前显得太愚笨，所以总得说个原因，“小人想，或与老相公有关？”

“朽木可雕也。”张居正道，“你说我与老相公交情颇深，其实，老相公与我，还有师弟之谊。老相公在内阁一日，我一日须自警收敛，不可张扬。故一篇酝酿多时、已烂熟于胸的文章，拖着不敢动笔。若老相公与严介溪一样，在内阁办事到八十多岁，我或许还要在他之前还乡。不是一身衣锦还乡，而是满腹文章还乡。”

张居正觉得自己说得已经够清楚，而游七在一旁却没任何回应。他忍不住问道：“怎么，你还是不懂？”

“为何老相公辞章一上，老爷就动笔，小人已懂得；是另有一事，小人不懂。”游七说。

“是不是我让你去找老李，却没让你去找老冯？”张居正问。

“小人一点儿心思，逃不过老爷慧眼。”游七似通非通地说。

“这有什么不好懂的！”张居正道，“论交情，我与老冯厚；论对老相公成见，却是老李深。我请老李出一言而定局面，不但事必成，且老李将感激于我。若请老冯出面办这件事，老冯肯不肯，尚在两可之间；即便他肯，也是我感激于他，不是他感激于我。”

“老爷这是因人而成其事呀！”游七奉承一句。

七月十九日，徐阶致仕。尚书杨博、霍冀等及科、道官多人，上章请予挽留，皇帝不理会。遣行人导行的荣耀倒是给他；不过，是在继为首辅的李春芳的奏请下才给的。

# 第二十章

进入八月，朝廷上下议论的，都是张居正所上《陈大本急务六事疏》。该疏，皇帝让当值的司礼太监朗读一遍，自己又亲自阅读一遍，当真有耳目一新的感觉。

六事包括：省议论，振纪纲，重诏令，核名实，固邦本，饬武备。

“省议论”略曰：臣闻天下之事，处之贵详，行之贵力，谋在于众，断在于独。窃见顷年以来，朝廷之间，议论太多，政多纷更，事无统纪。又每见督、抚等官条陈，或谩言数事，或更置数官。文藻竞工，览者每为所眩，不曰此人有才，即曰此人任事。比其久也，或并其自言者而忘之矣。如蓟镇之事，士哗于伍，异论繁兴，讹言踵至。于是议罢练兵者又纷纷矣。臣窃以为事无全利，亦无全害；人亦有所长，亦有所短，要在权利害之多寡，酌长短之所宜，委任责成，庶克有济。

“振纪纲”略曰：臣窃见近年以来，纪纲不肃，法度不行，上下务为姑息，百事悉从委徇。以模棱两可谓之调停，以委屈迁就谓之善处。陵替之风渐成，指臂之势难使。夫徇情之与顺情，名虽同而实则异；振作之与操切，事若近而用则殊。盖顺情者，因人情之所同欲者而施之；若徇情，则不顾理之是非，事之可否，而惟人情之便而已。振作者，谓整齐严肃，悬法以示民，而使之不敢犯；若操切，则为严刑峻法，虐使其民而已。故情可顺而不可徇，法宜严而不宜猛。

“重诏令”略曰：君不主令而无威，臣不行君之令而致之民，则无法，斯大乱之道也。臣窃见近日以来，朝廷诏旨多废格不行。至于应勘应报、奉旨行下者，各地方官尤属迟慢，有查勘一事而十数年不完者。遂使漏网终逃，国有不伸之法；覆盆自告，人怀不白之冤。伏望敕下部、院等衙门，凡大小事务，既奉明旨，须数日之内即行题复。其有合行议勘闻奏者，亦要酌量事情缓急，道里远近，严立期限，责令上紧奏报。

“核名实”略曰：臣闻人主之所以驭其臣者，赏罚用舍而已。欲用舍赏罚之当，在于综核名实而已。惟名实之不核，拣择之不精，所用非其所急，所取非其所求。则上之爵赏不重，而人怀侥幸之心。椎鲁少文者，以无用见讥；而大言无当者，以虚声窃誉。倜傥伉直者，以忤时难合；而脂韦逢迎者，以巧宦易容。加以官不久任，事不责成，更调太繁，迁转太骤，资格太拘，毁誉失实。且近来又有一种风尚，士大夫务为声称，舍其职业而出位是思，建白条陈，连篇累牍，至核其本等职业，反属茫昧。故臣妄以为世不患无才，患无用之道；如得其道，则举天下之士，唯上之所欲为，无不应者。

“固邦本”略曰：臣闻帝王之治，欲攘外者，必先安内。唯百姓安乐，家给人足，则虽有外患，而邦本深固，自可无虞。近以国用不足，又边费重大，内帑空乏，不得已差四御史分道督赋，三都御史清理屯盐，皆一时权宜，以佐国用之急。臣窃以为天下之生财，在官在民，只有此数。与其设法征求，索之于有限之数以病民，孰若加意省俭，取之于自足之中以厚下乎！矫枉者，必过其正。当民穷财尽之时，若不痛加省节，恐不能救也。乞敕下户部，悉心讲求财用之所以日匮者，其弊何在；今欲措理，其道何由？若求其害财者而去之，则亦何必索之于穷困之民，以自耗国家之元气乎！

“饬武备”略曰：臣惟当今之事，其可虑者，莫过于边防。臣以为虏如禽兽然，不一创之，其患不止。但战乃危事，未可易言，须从容审图，以计胜之耳。今谈者曰：吾兵不多，食不足，将帅不得其人。臣以为，此三者皆不足患也。夫兵不患少而患弱，若能按籍征求，清查影占，随宜募补，着实训练，何患无兵！捐无用不急之费，并其财力以抚养战斗之士，何患无财！重赏赉以劝有功，宽文法以伸将权，则忠勇之夫，孰不思奋，又何患于无将！臣考之古礼，及我祖宗故事，俱有大阅之礼，以习武事而戒不虞。乞敕戎政大臣，申严军政，设法训练，每岁或间岁季冬农隙之时，恭请圣驾亲临校阅。

# 第二十一章

刑部左侍郎洪朝选赴湖广荆州办案，事毕还朝。回到京师的当天，他就料到，会有人向他询问案情。因为办的是件重案，在荆州、在湖广，引起广泛的关注；在京师，在朝廷，一定也有许多人在关注。他只是没料到，第一个来的竟是本部尚书毛恺；更没料到，毛恺来得如此匆忙，家人准备的热茶他还没来得及喝一口。

“达和先生，请！”洪朝选满腹狐疑之下，竟忘记让家人奉茶，而把自己的那杯茶推到毛恺面前。

毛恺不在意他的失态，笑着问：“汝尹先生没被惊吓吧？”

“实不相瞒，乍见达和先生，还真有点儿心跳。”洪朝选道。

“我也想到，来得有点儿唐突。”毛恺说着，问候道，“汝尹先生这趟差事，以路程计，往返万里之遥；以时日计，有两三个月。该道声辛苦！”

洪朝选字汝尹，又字舜臣，福建同安人，嘉靖二十年进士。

“还好。”洪朝选心不在焉地回应一句。他知道，毛恺匆匆赶来，一定是有缘故的，不会只为问候。他问，“达夫先生，是否朝中有麻烦？”

“没有哇！”毛恺道。

“那么，是达夫先生有麻烦？”洪朝选又问。

“汝尹先生知道，我不是喜欢惹麻烦的人。”毛恺道。

“看来，是区区在下有麻烦。”洪朝选说。

“汝尹先生还朝，怎么想到的都是麻烦？”很明显，毛恺是想绕过这两个字。

“不是我愿想麻烦，是达夫先生让我想到麻烦。”洪朝选说。

“我让你想到麻烦，这话怎讲？”毛恺问。

“朝中谁人不晓得，达夫先生私下里不与属下交往。”洪朝选道。

“汝尹先生并非属下。”毛恺纠正他的说法。

“佐卿亦是属下。”洪朝选说罢一想，坚持这一点意义不大，他又说，“好吧，就算佐卿乃同僚，非属下。可达夫先生私下里亦不与同僚交往，除非——”说到此处，忽地顿住。

“除非何事？”毛恺颇有兴趣地问。

“除非是要兴师问罪。”洪朝选道。

“汝尹先生言重！”毛恺当然会否认，但不是态度坚定的否认，“我急着来见汝尹先生，但欲求证一事而已。”

“请讲！”洪朝选猜到他求证的是什么事情，但决定让他自己说。

“汝尹先生与地方官员议事不和，可有此事？”毛恺问。

“确切地说，有和有不和。”洪朝选道。

“怎讲？”毛恺问。

“其一，”洪朝选伸出一指，说，“达和先生知道，我往荆州勘查辽王事，奏请河南布政司右参议董文寀、山东按察司副使吴道直同行，朝廷准允。董某、吴某皆地方官员，我与他等并无议事不和。”

“这不算，我问的是湖广官员。”毛恺说。

“其二，我接下来要说湖广官员。”洪朝选道，“湖广主理辽王事的，是分巡荆西道副使施笃臣。施某所持之论，与陈省、郜光先二御史的弹章相合；我认真勘查过，以为二疏所言多有实据。”

“譬如？”毛恺问。

“譬如，性荡渔色，恣行不法。”洪朝选举例。

“再譬如？”毛恺问。

“再譬如，朘削宗人自肥，宗人怨恨刺骨。”洪朝选又举例。

陈省、郜光先等弹劾辽王的罪状虽多，归纳起来，无非是这两条。难怪毛恺会说：“那么，不和云云，皆属谬传？”

“也不是。”洪朝选道，“施某声称辽王欲反，我不能苟同。”

“他据何而称辽王欲反？”毛恺问。

“辽王闻知我奉旨往荆州勘查，乃于王府前竖立一白色巨纛，号称‘讼冤之纛’，施某以此而称辽王欲反，并以五百官军围住王宫。”洪朝选说。

“汝尹先生据何而称辽王不反？”毛恺又问。

“辽王立纛王府，说得婉转点儿，为讼冤；说得严厉点儿，为示威。无论如何，说不上谋反。”洪朝选道。

“汝尹先生这么说，难免有包庇之嫌。”毛恺说。

“十三大罪，我一条也不否定，何谓包庇！”洪朝选不服。

“汝尹先生不妨想一想，凭着十三大罪，辽王能论死吗？”毛恺问。

“这要看廷议及皇上的朱笔，亲藩生死本就决于朝廷。”洪朝选说。

“若以反状奏上呢？”毛恺问。

“恐怕难逃一死。”洪朝选说。

“你不是自家也很清楚吗！舍必死之一事，其他罪状列的再多，又有何用！”毛恺道。

“原无反状，却定要我以反奏闻；若不言反，则以为包庇。达夫先生这是欲加之罪呀！”洪朝选分辩道。

“不是我欲加之罪，是有人欲加之罪。汝尹先生大概还不知道吧，你人尚未到京，流言已先到京。”毛恺说。

“是何流言？”洪朝选问。

“说你得辽王手书及馈赠，故欲包庇。”毛恺告诉他。

“天哪，这等流言也有人造得出来！”洪朝选叫屈，“不错，在荆州，我谒见过辽王殿下，传唤过王府人员；但那都是依例问话，且一直都是与董、吴二人在一起，我有没有私收辽王手书及馈赠，一问他等，便真相大白。”说罢，问毛恺，“这等流言，达夫先生也信？”

“我原本就不信，今日与汝尹先生谈过，就更不信。”毛恺说。

“那么，达夫先生是担心我为流言所伤？”洪朝选问。

“不，”毛恺摇着头说，“我在想，假若必欲辽王论死的，不仅是一副使，朝中还有他人，汝尹先生会不会坚持己见？”

洪朝选一怔，道：“听达夫先生口气，是有权势之人？”

“至少非四品副使可比。”毛恺说。

“恐怕亦非三品京堂可比吧！”洪朝选道。

“对，以今日之势而言，已非三品京堂可比；以日后之势而言，我这个二品尚书也不在话下。”毛恺说。

“达夫先生这么一说，令人悚惧，但不知此人是谁？”洪朝选问。

“某阁老。”毛恺道。

“某阁老？”洪朝选重复一遍，是希望毛恺从三名阁臣中说出一个人的名字。

“对，某阁老。”毛恺不想说，而且觉得没必要说。听一声“某阁老”，你猜不出是谁；听第二句话，还怕你猜不出来吗？他说，“某阁老，幼以奇才闻于乡里。”

三阁臣中，李春芳是状元出身；但以奇才见称的，是张居正。其实，毛恺一说出“某阁老”，洪朝选就在往张居正身上想。张居正恰是荆州人，而李春芳、陈以勤，一是扬州人，一是四川人，和辽王发生瓜葛的，只能是张居正；况且，李、陈二阁老为人厚道，唯独张居正言谈之间尽露锋芒，就算李、陈二阁老对辽王一案有些想法，毛恺也不会感到为难，更不会感到不安。

“这我知道，顾东桥先生不是曾以异日当腰玉许之吗！”洪朝选道。

当年江南名士顾璘巡抚湖广，称诸生张居正为“国器”，并解下自己的犀带相赠，被传为一段佳话。

毛恺只当没听见，仍是称“某阁老”：“今辽王之父辽庄王，亦以某阁老为奇才，常以今辽王与某阁老相比较，而责备今辽王不求上进。今辽王怀恨在心，袭封后，召集荆州耆老饮酒，其中就有某阁老祖父。某阁老祖父本无酒量，而今辽王强之饮，致使其猝死。”

“此乃深仇大恨呀！”洪朝选惊呼。

“所以，回过头再想想辽王一案，不足为怪。”毛恺说。

“是，就请达夫先生说说怪与不怪。”洪朝选道。

“施某与辽王有私怨，是小小恩怨，还是积怨已深？”毛恺问。

“据我查知，是因小故失和。”洪朝选说。

“因小故失和，却欲置藩王于死地，汝尹先生不以为怪？”毛恺道，“此事我也有点儿想不通。”洪朝选不肯说怪字。

“副使纠劾亲藩，不足为怪；府、州、县官纠劾亲藩，也时有发生。不过，各官纠劾亲藩，多是请朝廷加以约束；施某以小故与辽王失和，却有胆量以死罪劾之。汝尹先生不以为怪？”毛恺道。

“我亦曾想过，不得头绪。”洪朝选说。

“现在可有头绪？”毛恺问。

洪朝选点点头，说：“以我所经历而言，是一副使必欲辽王论死，实则某阁老必欲辽王论死。未必最有胆量的副使，而因有最能担当的阁老为奥援，故无所畏惧。”说着，问道，“达夫先生是不是这个意思？”

“不完全是。”毛恺道。

“怎讲？”洪朝选又有点儿糊涂。

“某阁老与辽王有不共戴天之积怨，乃是传闻；施副使是否因某阁老与辽王有不共戴天之积怨，而必欲辽王论死，并无实据。这是两件事，既不能说这两件事互不相干，也不能说这两件事即为一件事。”

“这我想得明白。”洪朝选说。

“汝尹先生想得明白，我却还是想不明白。”毛恺道，“汝尹先生想一想，若施某必欲辽王论死，汝尹先生尚能阻止；某阁老必欲辽王论死，汝尹先生阻止得了吗？”

“或阻止不了。”洪朝选说。

“但汝尹先生还是打算阻止？”毛恺问。

“对。”洪朝选应道。

“这是为何？”毛恺问。

“论事在理，不在势。在我看来，必欲辽王论死的是副使，抑或阁老，并无差别。我与辽王绝无私情。查实之事，无一隐瞒；不实之事，不予采信。辽王以他罪论死，死得其所；以谋反论死，死得冤屈。我不想让辽王屈死在我手上。”洪朝选说。

“汝尹先生一片秉公之心，着实令人敬佩！”毛恺叹道，并保证，“该汝尹先生担当的，汝尹先生担当；该我担当的，我也会担当。”

洪朝选以辽王罪状奏上，而不言反。正如他和毛恺所料，皇帝批复：辽藩以罪当诛；念宗亲免死，其废为庶人，禁锢凤阳高墙。

# 第二十二章

户部右侍郎赵孔昭与本部尚书马森见过礼，问道："孔养先生找我？"

"来，子潜先生坐下说话。"马森道。

马森是在前尚书葛守礼去官后，由南京户部尚书改北的。赵孔昭任户部佐卿，和马森掌户部差不多同时。

等赵孔昭坐定，马森把一本奏章推到他面前，说："刘应甫所勘勋戚占田实数，发下户部议复，子潜先生先看看。"

赵孔昭从头翻阅，虽读得很快，但看得出，读得很仔细。他手里拿一支笔，不时在某个数字处敲打几下。读完以后，他把奏章一合，说："应甫身为直隶巡按，于此事的着眼处，与我户部官不尽相同呀！"

刘应甫名世曾，四川巴县人，嘉靖四十一年进士。

"有何不同？"马森问。

"两个字：实在。"赵孔昭说。

"照子潜先生的说法，我等户部官都不实在？"马森笑问。

"并非此意！"赵孔昭道，"孔养先生看啊，身为巡按御史，刘应甫只要将各勋戚大臣占田数一一列出，就足够；其他的，由得朝廷议处。户部却不成。孔养先生敢说，读罢应甫所列出的一系列实数，首先想到的不是几个虚数？"

"子潜先生是说，朝廷前者所颁限勋臣、戚畹田诏书？"马森问。

"是啊！"赵孔昭应道。

"不对。如勋臣五世之后，准占田百顷；如戚畹占田，准七百顷至七十顷不等。这些都是实数呀，怎的成虚数！"马森略驳。

"百顷也罢，七百顷至七十顷也罢，若是实数，应甫还用得着把他那一系列实数奏上朝廷吗！皇上还用得着命户部议复吗！"赵孔昭道。

"原来子潜先生是指朝廷诏书成一纸虚文，这我赞同；不过，户部的职责，不在于念叨虚数，而是要让虚数变得实在。"马森说。

“孔养先生看，怎样才能让虚数变得实在？”赵孔昭问。

“其一，须得有一个虚数。”马森说。

“朝廷上下，于此恐无异议。没有一个虚数罩在上面，限田的那个‘限’字从何谈起！”赵孔昭道。

“其二，此虚数是重申旧例，抑或从新制定？”马森问。

“这就仁者见仁，智者见智，难以划一。”赵孔昭道。

“但你我二人总得达成共识，不然，如何复旨？”马森道。

“孔养先生是要我先说吗？”赵孔昭问。

“子潜先生愿意先说，再好不过。”马森求之不得。

“我看，勋臣占田不过百顷，是太祖高皇帝时的定制；今已过二百年，难以再维持。”赵孔昭说。

“请子潜先生详析之。”马森道。

“孔养先生请看应甫所列数字。”赵孔昭指着刘世曾的奏本说，“成国公朱爵爷，田一千三百顷；定国公徐爵爷，田五百顷；英国公张爵爷、惠安伯张爵爷，田亦各五百顷。占田最少的是泰宁侯陈爵爷，也是一百数十顷。我想，若有一勋臣家，田在百顷以下，还可以考虑考虑，限田百顷的旧例是否可以维持。”

“刘应甫也是！别的人家都不含糊，怎的到泰宁侯家，却成一百数十顷？若是一百一十顷，与百顷的差别就不甚大。”马森说。

“不会是一百一十顷。”赵孔昭断然否定。

“何以见得？”马森问。

“定国公等家占田，后面都加‘有奇’二字。有奇者，大约就是十顷八顷。泰宁侯家若是一百一十顷，何不写作百顷有奇？”赵孔昭道。

“言之有理！”马森点点头，接着问，“总而言之，子潜先生以为勋臣占田百顷乃国初定制，今已不适用？”

“是。”赵孔昭应道。

“那么，从新制定个虚数，以多少为好？”马森问。

“还是孔养先生说个数吧。”赵孔昭以佐贰，当然不好说这个数。

马森不复推让，既为正卿，理所当然地要担更大的责任。

“二百顷如何？”马森问罢，说个赵孔昭肯定能接受的理由，“子潜先生既然说，若有一家勋臣，田在百顷以下，还可以考虑考虑维持国初定制；那么，泰宁侯家，还有其他几家勋臣，田在二百顷以下，不如就以此为限。”

“本想由孔养先生说个数，这不又成我说的数！”赵孔昭道。

“这个数有道理呀！”马森说，“朝廷限田，须宽严适中，不然，又会成一纸虚文。成国公朱爵爷，田一千三百顷，让他限田在二百顷，退还的田亩数额巨大。但占田一千三百顷的，到底不是多数勋臣家，定国公、英国公等，不都占田五百顷吗！让他等退田半数，并不为过；况且，比起国初，已增一倍，足以显示朝廷的恩泽。”

“以孔养先生的理由，说服我是绝不成问题的，但愿也能说服各位勋臣。”赵孔昭道。

“子潜先生的意思，再提高一些？”马森问。

“不，在朝廷的立场，二百顷很可以。”赵孔昭说。

“好，你我再来议戚畹限田数额。”马森搓着两手说，一事已经议出结果，再议另一事，应该不会太难，“子潜先生看，戚畹限田数额，是从勋臣限田数额，还是应该有所差别？”

“孔养先生可曾想过，戚畹家占田与勋臣家占田，有所不同？”赵孔昭反问一句。

“子潜先生是说，戚畹家占田多为朝廷恩赐？”马森当然想过。

“不错。”赵孔昭应道。

“既然其田来源不同，处置起来恐怕也该有所不同。”马森自语道。

“我亦此意。”赵孔昭道。

“子潜先生看，这样好不好，”马森提出一个方案，“果为朝廷赐田，是一种处置；并非朝廷赐田，是另一种处置。”

“区分赐田、非赐田，是基本的；此外，还应有个区分。”赵孔昭说。

“是赐田中再加以区分，还是非赐田中再加以区分？”马森说。

“赐田中再加以区分。”赵孔昭说。

“譬如？”马森要他举个例子。

“驸马都尉李和，世宗皇帝时赐田二千八百余顷，恩泽过于优渥，似宜酌裁。”赵孔昭说。

“这等事例还有不少。”马森把刘世曾的奏章拿过来，边看边说，“驸马都尉许从诚，赐田一千五百顷，锦衣卫指挥谢守朴、林荐、张澍、陈书、文龙、邵辅等，田各一千数百顷，都该在酌裁之列。”

“锦衣卫千户夏时际等，就更不必说。”赵孔昭补充。

李和尚世宗皇帝三女宁安公主，许从诚尚世宗皇帝五女嘉善公主，谢守朴等，或为皇后、皇太后族人，或为妃、嫔族人，因女儿或姐妹有宠而得大量赐田。

把此等戚畹一一列出，又发现新的问题。

“陈书乃太后侄儿，准予保留的田亩亦宜与他人有别。”马森说。

“孔养先生不如为他说个实数。”赵孔昭道。

“五百顷，如何？”马森问。

“那可超过勋臣限田数额一倍以上。”赵孔昭说。

“成国公、定国公等，皆第五世以外，与陈书等当世贵戚，亲疏自然不同。”马森说。

“孔养先生所言甚是。”赵孔昭说着，也按照这个思路想下去，“陈书若准予保留五百顷，谢守朴、林荐，则宜准予三百顷，张澍，宜准予二百顷，文龙、夏时际，宜准予五十顷。”

“子潜先生觉出来吗？此非酌裁，乃大刀阔斧地裁革！”马森问。

“孔养先生觉得过分吗？”赵孔昭反问。

“不。为朝廷计，我恨不得再进一步。”马森道。

“要想行得通，恐怕只能先酌裁到这一步。若这一步走得顺利，不妨再进一步酌裁。”赵孔昭说。

“赐田者酌裁，非赐田者——”马森话说到一半，忽然想到，还不到议论下一题的时候，“对，子潜先生说赐田中也该加以区分。李和、许从诚等，宜酌裁，其他的呢？”

“自然是宜承业。”赵孔昭道。

“我来看看，宜承业的有谁人。”马森对照着刘世曾奏章，念道，“玉田伯蒋荣、安平伯方承裕、驸马都尉邬景和。”念罢，问，“子潜先生为何对此数家特别关照？”

“怎是我特别关照！孔养先生言及宜酌裁者时，不是也没提到这几位吗？”赵孔昭道。

马森笑了，说：“我没提到这几位，是有缘故的；但不知和子潜先生没提到这几位，是不是同样的缘故？”

“我想不会不同，无非是他等律己颇严，占田都在七百顷以下。他等既能守旧制，朝廷对他等应格外开恩。”赵孔昭说。

蒋荣是皇上祖母、世宗皇帝生母、献皇后之侄，方承裕是世宗皇帝方皇后之兄，按照与当今皇上的关系来说，比其他戚畹更为亲近；邬景和则尚孝宗皇帝次女永福公主，今年皇上才复其官位。他们不像其他戚畹那样贪婪地奏乞田土，马森、赵孔昭都觉得诚属难得。

“其他未提及者尚有多人，占田皆在百顷以下。依照子潜先生则例，也应该准予承业。”马森说。

他念着这些皇亲国戚的名字：恭顺侯吴继爵、丰城侯李儒、宁阳侯陈大纪、安乡伯张鋐、崇信伯费甲金、武进伯朱承勋、宁晋伯刘彬、锦衣卫指挥甄辅等。

把名字念完，不见赵孔昭有反应。他问：“子潜先生在想何事？是不是此等人家也有不当承业者？”

“不，我在想，赐田者区别处置；非赐田者要不要区别处置。”赵孔昭是在考虑另一部分戚畹。

“没必要吧。”马森道，“刘应甫列得明白，戚畹占田非恩赐者，即为奸冒。如阳武侯薛伦，平江伯陈王谟，指挥周世昌，百户郭勇、故都督陆炳等，共有田三千余顷，号称赐田，实为奸冒。除追夺，还有什么别的处置吗？”

“刘应甫还列出另一类，如武定侯郭文诚，武安侯郑昆，彭城伯张熊，成山伯王维熊等，号称赐田，而不载册籍。奸冒与不载册籍，二者似不该相提并论。”赵孔昭说。

“话是这么说，但他等占田，数额微乎其微，非三五顷，即十顷二十顷。再者，所谓不载册籍，无非两种情形，一者确属赐田，一者确非赐田。确属赐田，则准予承业；确非赐田，则应予追夺。再加核实即可，似无必要单独处置。”马森说。

“再加核实，不也是一种单独处置吗？”赵孔昭的语气虽婉转，但坚持己见的态度是很明确的。

“可不是，再加核实就是一种单独处置。奸冒者，追夺；不载册籍者，再加核实。非赐田者，如此区别处置。”马森虽接受他的建议，但紧接着又说，“子潜先生，我倒是觉着，还有一种情形，比起赐田不载册籍来，尤须另行处置。”

“孔养先生说的是哪一种情形？”赵孔昭问。

“子潜先生看看这几家。”马森指指刘世曾奏章某处，说，“永顺伯薛斌，故京山侯崔元，瑞安侯王源，驸马都尉李铭、焦敬、王谊，锦衣卫指挥钱昂、蒋秉正等，非绝嗣，即被废黜；所占田亩，不能说是赐田，又不能说是非赐田，似宜另立章程。”

“数额大不大？”赵孔昭问。

“我估摸一下，大约有三千五百顷。”马森说。

“比起赐田不载册籍，这可是不小的数额。”赵孔昭道。

“那么，子潜先生看，这个章程该如何立？”马森问。

“孔养先生既以为当另行处置，心里一定已有章程。”赵孔昭说。

“依我之见，大体上也该追夺。”马森说。

“既称大体，是否有例外？”赵孔昭问。

马森点点头，说：“废绝戚畹，先世丘墓在赐田范围以内，量留墓田，余者追夺。”

“所谓量留，是个虚数，还是个实数？”赵孔昭问。

“亦虚亦实。”马森道，“赐田在二百顷者，量留五顷，在一百顷以下者，量留三顷。子潜先生看如何？”

“作为助祀之资，是足够的。”赵孔昭说。

二人越议越细，直至再找不出遗漏，才不约而同地长出一口气。

“子潜先生，世勋占田，有二百顷之限；戚畹占田，除赐田之外，也该有个限度吧？”马森相信，这是最后一个问题。

“戚畹占田，不应超过世勋。定在一百五十顷，如何？”赵孔昭道。

# 第二十三章

隆庆三年初春一天，天下大雪。戚继光陪同谭纶、刘应节等在三屯营大校场检阅操练。官军列成一个一个方阵，一个方阵操练，其他方阵的士卒都动也不动地站立原处，任身上的雪越落越厚。等最后一个方阵操练时，操练官一声号令，士卒们整齐划一地抖动着身子，雪花飞舞，煞是好看。

“戚帅，蓟镇官军操练得很有点儿味道呀！”谭纶赞道。

“有赖谭公一纸奏章呀！”戚继光说。

“戚帅练兵，怎归功于我？”谭纶问。

“当初我与谭公议论，蓟镇练兵能否有成，要看吴、越之卒能不能招募来。谭公一纸奏章，招募得吴、越之卒三千，虽然比我的设想要少，但将他等掺杂于本镇官军中操练，才有今日蓟镇兵。”戚继光说。

“我也知吴、越之卒与北边之卒不同，但在操练蓟镇兵中如何使用吴、越之卒，却想得不多。戚帅是如何使用的？”谭纶问。

“第一步，吴、越之卒盛夏到时，适逢暴雨，我命之操练，而使蓟镇官军旁观。吴、越之卒站立雨中两个时辰，无一躲避者。身板稍弱者为风雨击倒，左右之人将他拽起，仍立于原处。蓟镇官军见此情景，无不咋舌。是使之知军纪。第二步，使吴、越之卒与蓟镇之卒分队操练，而于校场一侧鸣炮。吴、越之队置若罔闻，蓟镇之队惊慌散乱。是使之知耻。第三步，将吴、越之卒与蓟镇之卒混合编伍操练。都是七尺男儿，于酷暑烈日下，于秋雨绵绵中，吴、越之卒可以坚持两三个时辰，蓟镇之卒多熬不过一个时辰；但看看身旁的吴、越之卒，他等无不咬紧牙关挺过来。是使之慕荣。谭公今日见到的是第四步，我又使蓟镇之卒单独操练，谭公还看得出旧日景象吗？”戚继光侃侃而谈。

“子和先生，”谭纶招呼来刘应节，问道，“戚帅讲的这几步，你是否听清？”

“已听清。”刘应节应道。

“子和先生回到遵化，我回到密云，是否也可依此操练？”谭纶道。

“可以呀！而且，我等比起戚帅练兵，要便利得多！”刘应节说。

“怎么？”谭纶问。

“我等可从蓟镇各借兵回去，不必招募吴、越之卒。”刘应节说。

“好是好，只是三屯营要变成一屯营。”谭纶道。

三人皆笑。戚继光命副将指挥继续操练，自己陪同谭纶、刘应节去总兵衙门。他奉旨至蓟镇练兵没多久，朝廷接受兵部建议，将蓟镇总兵与练兵总理合而为一，召回郭琥，专用戚继光。为练兵而设在三屯营的总理练兵衙门，也成为蓟镇总兵衙门。

“戚帅，听说你新近上一疏，称练兵无益？”谭纶边走边问。

“子理先生是不是长着顺风耳呀，我才上的条陈，就传到子理先生那里！”戚继光说。

“这么说，戚帅还真上此疏？”谭纶摇着头，不以为然地说，“兼蓟镇总兵官，戚帅就不把练兵当成一回事，竟以为练兵无益。”

“谭公误会，我说的是练兵无益之弊，并非练兵无益。”戚继光道。

“这有何区别？”谭纶话一出口，自己就体会出其中的区别，“戚帅是说，练兵而不得其法，亦无益处？”

“知我者，谭公也。”戚继光道。

“但我仍要告诫戚帅，虽兼蓟镇总兵官，切不可重镇守而轻练兵。”谭纶语重心长地说。

“是，我诚欲以二者并重。今次上疏，计谈三事，即将练兵、镇守，兼而议之。”戚继光说。

“三事？我听到的可没这么详细。是哪三事？”谭纶问。

“其一，蓟镇兵虽多亦少。”刘应节插话。

“子和先生怎的知道？”谭纶问。

“戚帅上疏前，曾与我议过此事。”刘应节说。

“原来如此，”谭纶点点头，继续问道，“兵不能战，则虽多亦少，这有什么需要议论的吗？”

“确切而言，议的是蓟镇兵虽多亦少，缘于何弊。”戚继光加以纠正。

“这才有议头，”谭纶道，“蓟镇拥主、客兵十五万，不可谓不多；然每临战事，则难以应付。戚帅以为其弊有几？”

“有七。”戚继光一一述道，“其一，营军不习兵戎，而从事末技；壮者役于将门，仅以老弱充伍。其二，边地逶迤，绝少邮置。营堡关塞，俨若驿递传舍，边卒拨充夫役，参、游则为驿使。其三，各关塞相去，有百里者，有二三百里者。遇贼入寇，上司调遣不计远近，将领唯恐督责，卷甲疾驰，瘠人瘦马，喘息无暇。其四，各省班军四万，不为不多；然约束不明，行伍不整，张空拳而无裨实用。其五，步兵不能趋急，马兵临阵皆藏马于林薮而不用，反占军士控马。其六，以营军为家丁，朘军食而厚豢之，家丁盛而军心离。其七，蓟镇十区，延袤二千余里，每一垛二三军守之。无所不备，则无所不寡。”

“无所不备，则无所不寡，论得精彩！用兵之道，切忌能分而不能合。”谭纶议论道。

“我也议到这一层。”戚继光说着，背诵奏疏的原文，“若于险不能犯处，但以墩哨守望，而并军于要冲，则不寡矣。”

“此所谓英雄所见略同。”刘应节插话。

“是否英雄，我辈不可妄自尊大，亦不必妄自菲薄；至于所见略同，却是未必。”谭纶说。

“戚帅并军于要冲之议，和子理先生所言的‘合’字，难道不是一个意思？”刘应节问。

“谭公指的不是此事。”戚继光道。

“那是何事？”刘应节问。

“蓟镇兵虽多亦少之弊，谭公以为，我无论如何也要归结到练兵不精上；谁知我一个字不曾提及，他于此耿耿于怀呢。”戚继光说。

“听戚帅这么一说，我也觉着‘所见略同’四字，用得不妥！”刘应节道。顿了顿，他问，“我记得，戚帅曾对我言及，蓟镇兵虽多亦少，实因练兵不精所致，怎的向朝廷建言，又不把二者视为一事？”

“这很简单呀！”戚继光道，“专一练兵之时，我的职责只是练出一支精锐之师；兼任总兵之后我发现，能否镇守一方，不仅在能否练出一支精锐之师，还要看练兵之外的许多功夫。”

“所以，戚帅的眼睛就盯在练兵之外？难怪子理先生担心戚帅重镇守而轻练兵。”刘应节说。

“子和先生这是偏听则暗。”戚继光道。

“戚帅是说，我偏听子理先生之言？”刘应节问。

“不。他是说，你不可偏听他的话。”这回是谭纶插话。

“偏听他的话？怎讲？”刘应节完全被他二人说糊涂。

“戚帅明明说他计议三事，你仅听一事，就妄下结论，岂不是偏听则暗！”谭纶道。

“切不可重镇守而轻练兵，可是子理先生的告诫；我担心二位当真所见不同，故而帮子理先生敲敲边鼓。谁知你二人心意相通，却把我一人蒙在鼓里。”刘应节说。

三人谈笑一阵，谭纶说：“我料想，戚帅第二、第三事议的都是练兵。”

“是。”戚继光应道。

“子理先生料得到，戚帅是如何议的吗？”刘应节问。

“怎么料不到，既然第二事，或第三事，议的是虽练无益，那么，第三事，或第二事，议的定是不练之失。”谭纶道。

“戚帅，子理先生料得可对？”刘应节问戚继光。

“对倒是对，却过于含糊其词。”戚继光笑着说，“我第二事议的是士卒不练之失有六，第三事议的是虽练无益之弊有四。”

“子理先生确实神奇，难怪戚帅以你为知己！”刘应节说。

“这算不得神奇；我还料到，戚帅既言练兵，定要议到边墙，议到火器。”谭纶道。

刘应节瞪大眼睛看着戚继光，等他肯定或否定谭纶的猜测。戚继光却说：“我还议些什么，谭公何不一并说出！”

“我不越俎代庖，戚帅自家说吧！”谭纶道。

“好，”戚继光应道，“士卒不练之失有六：贼至边墙，肆力攻打；我兵亦乘墙角力，结成阵势，而后能守。不练何以守之？一也。守险全恃火器，而皆掩于风尘。俟报警方发给，不练何以用之？二也。蓟镇十区军，皆为土著。练之，则无人守哨；不练，则远求各省入卫之兵。三也。入卫之兵，因循日久，各省以无暇而不操练，戍地以非属而不操练。四也。顺天等八府班军、民兵，合计四万，委之于不教。五也。练兵以将。今日用将，以勇为上。勇者，一人敌而已，未可言练兵。六也。”

“守城不可不练，阵法不可不练，火器不可不练，主兵不可不练，客兵不可不练，民兵不可不练，这都易于理解；戚帅，我更想听听虽练无益之弊。”谭纶道。

“其实，虽练无益，也易于理解。”戚继光说，“以火器营言之，一营之军，十人中常以七人为铳手。不知火器之阵亦须长短兵器结合，以长卫短，以短卫长。一也。三军之事，不唯枪、刀、钩、棒，皆有用法；其他如司金、鼓者，亦有轻重缓急之节。今皆置之不问。二也。今之震慑虏者，火器也，然唯边铳、快枪二种，且制造不精，放演无法。此外，则为弓矢。我之弓矢不强于虏，且虏甲坚，矢不能贯穿。三也。操练须求精练之人，始有实用；苟或用私智以取予，任喜怒定高下，皆虚应故事。四也。”

“此数者，果如戚帅所言，也易于理解。不过，”谭纶口气一转，道，“非实地考察，说不出这四者；非用心考察，说的不会如此透彻。”

三人本是齐肩而行，相互插话；走到后来，谭纶、戚继光渐落在后面。眼看到总兵衙门，二人已落后一大段。刘应节知道他二人私下里有话要说，自己先进衙门。

“元敬兄今日有一句话，煞是精彩。”谭纶说。

“子理先生已喝过彩。”戚继光道。

“我指的不是那一句。”谭纶说。

“区区拙议，还有更精彩的？”这有点儿出乎戚继光意料。

“我指的是元敬兄奏议之外的话。”谭纶说。

“是哪一句？”戚继光问。

“能否镇守一方，还要看练兵之外的许多功夫。”谭纶复述。

“此话原意，谓镇守总兵还要能清除弊端，还要能用兵。我猜，子理先生指的不是这一层意思吧？”戚继光道。

谭纶笑笑，说：“此事我曾言及，元敬兄何必明知故问！”

“不瞒子理先生，我亦懂得须在此事上下功夫。”戚继光道。

“元敬兄怎么下的功夫？”谭纶问。

“正旦之前，我备些礼品，差人送往京城，除联络吏书、本兵外，内阁几位老先生都有份。其中，馈赠张先生者，尤为名贵。”戚继光说。

“那是何物？”谭纶问。

“得自辽东的百年老参。”戚继光说着，用手比画它的大小。

“确是好东西。”谭纶称赞一句，问道，“叔大先生收没有？”

“不仅收下，还回书致谢。”戚继光说。

“妙极，这一步走通，元敬兄不妨经常着人走动走动。”谭纶嘱咐。

“是，我亦有此意。”戚继光应道。

# 第二十四章

皇帝对冯保的信赖不如陈洪，却深知，冯保对本朝典章制度的了解远胜于陈洪，理解及阐述大臣们议论的能力远胜于陈洪。因此，凡有廷议事，特别是遇到他感兴趣的廷议事，多使冯保去听，听完回来禀奏。

一般廷议散后，都有人告诉冯保皇帝的去向。皇帝在哪里，他也去哪里。但今次廷议前，皇帝吩咐：朕在文华殿等你。于是，他体会到皇帝对今日所议之事的格外关注，廷议散后，他用比平常快得多的速度，向文华殿走去。

“今日廷议，热闹得很吧？”皇帝问。这也不同寻常。一般见到从朝堂赶来的冯保，皇帝不是冲他一点头，表示自己要听廷议的情形；就是嘱咐一句：老冯，拣要紧的说。

冯保不能扫皇帝的兴，但也不想完全顺着皇帝。他说：“回爷的话，也热闹，也不热闹。”

“这话怎讲？”皇帝愈发有兴致，“热闹就是热闹，不热闹就是不热闹，怎能又热闹，又不热闹？”

“说热闹，是从开始到结束，争论不休；说不热闹，是从开始到结束，只有两个人在争论。”冯保解释。

皇帝点点头，说：“朕知道。争论二人中的一人，必大理寺左少卿王——”名字到嘴边，却怎么也叫不出来。

“王诤。”冯保说。

“对，必是王诤。”皇帝重复道，又说，“另一人，是刑部官，抑或都察院官？朕想，应是刑部官。”

“诚如圣谕。”冯保应道。

“是正卿，抑或佐卿？朕想，应是正卿。”皇帝说。

“爷如临其境。”该奉承时，冯保还是会奉承的。

“不必身临其境，想也想得出来。”皇帝道，“王诤言刑官不谙律例，不是指刑部某一人，而是泛指刑部官。刑部正卿自不能等闲视之。”

“爷说的是，毛大人与王诤分辩时，竟有些不顾身份。”冯保道。

“刑部佐卿与大理寺佐贰，虽然也不对等，但总比正卿出面的好。他等为何不帮衬帮衬？难道不曾与会？”皇帝问。

刑部，都察院，大理寺，俗称三法司，而刑部尚书、都察院掌院都御史，和大理寺卿，地位是有差别的。由大理寺卿，而迁刑部侍郎，是常见的情形。所以，正三品的刑部侍郎，正四品的大理寺少卿，也不在一个等级上。

“左侍郎洪朝选，右侍郎郑世威，都与会。”冯保答道。

“从开始到结束，他二人一言未发？”皇帝问。

“是，他二人一言未发。”冯保答道。

“那么，大理寺卿可曾与会？”皇帝又问。

“大理寺卿戴才亦曾与会。”冯保答道。

“从开始到结束，他也一言不发？”皇帝问。

“是，他也一言不发。”冯保答道。

“朕想，洪卿、郑卿一言不发，与戴卿一言不发，蕴意是不一样的。”皇帝说着，问冯保，“老冯，你说呢？”

“爷说的是。”冯保应道，并简述自己的见解，“奴才以为，洪大人、郑大人一言不发，是不赞成毛尚书，而又不便说；戴大人一言不发，是碍于毛尚书的面子，不好公然为本寺佐贰撑腰。”

“但内心，他亦以王诤之言为是。”皇帝说。

“正是。”冯保应道。

“或不便说而一言不发，或碍于面子而一言不发，老冯，你说这个毛尚书岂不是失道寡助？”皇帝拿一句不太恰当的成语比喻。

“奴才私下问过掌院王大人，及刑科几位科臣，皆以王诤所议为是。”冯保又多举一二人，来佐证皇帝的比喻。

“朕也想说，王诤所议为是。不过，”皇帝口气一转，道，“朕在说这话之前，你还是先给朕说说毛、王二人的争辩吧。”

“是。”冯保应罢，从王诤的前一篇奏疏说起，“前者，王诤上疏，称我朝设刑部以掌刑名，又设大理寺以平审之，本以相济，而非以相病也。今间刑官不能输心服善，各务求胜，每每违背律例，独任意见。或曰难以照常发落，或曰合比某事拟罪，自创一例，略无顾忌。臣请以近事一二证之。”

“近事一不必说。”皇帝自己对王诤举的第一事已做定论，“凡奉制书有所施行而违者，杖一百。律条明明白白，写的是违行制诰，今将操军违限、守备官军不入值、开场赌博等，概用此律，何其荒唐！朕不信，毛尚书能从中辩出个理来。”

“那奴才单说近事二。”冯保道，“律文犯奸条下有所谓买休卖休、和娶人妻者，毛尚书、王少卿所争，在于一个‘奸’字。”

“朕记得，王诤疏中说的是，该律本指用财买求本夫，使之休卖其妻而因以娶之者。”皇帝略述王疏后，问道，“怎么，毛尚书以为此非奸也？”

“那倒不是，毛尚书承认，此为奸也。”冯保道。

“那他争的是何事？”皇帝问。

“毛尚书争的是王少卿另外的半句话。”冯保道，“王少卿称，至若夫妇不和，后夫凭媒用财娶以为妻者，原非奸情，律所不禁。”

“朕记起来，王诤奏疏确有这句话。他是指责问刑官概引买休卖休、和娶人妻之律，悉令离异归宗，财产入官。”皇帝点头道。复问，“毛尚书何意？难道以为夫妇不和与买休卖休应等同视之？”

“毛尚书正是此意。”冯保说。

“二者明显不同呀，他有什么理由吗？”皇帝问。

“毛尚书称，得人钱财而休妻，与夫妇不和而休妻，缘由不一，而休妻则一。若夫妇不和而休妻，不系奸情，则因得人钱财而休妻，亦不系奸情。既不系奸情，则得人钱财而休妻，为何载于犯奸条下？既得人钱财而休妻，载于犯奸条下，则夫妇不和而休妻，亦当离异归宗，财产入官。如此处分，有何错处？”

“毛尚书辩起来，还真是振振有词！”一听皇帝的语气，就知道对毛恺的辩词不以为然。他命冯保，“老冯，说说你的见解。”

“事关国家律例，奴才不敢妄言。奴才只是不知为何，听了毛尚书的议论，心里有些别扭。”冯保道。

“这有什么不知的！依着毛尚书，我律文中不如干脆加上一条：天下夫妇，不准离异。”皇帝说。

“爷圣明，听爷一句话，奴才总算把毛尚书的话听明白。”冯保道。

“可惜呀，咱大明律里偏偏没有这一条。”皇帝哂道。

“是。掌院王大人私下里亦对奴才说，毛尚书意谓，夫妇大伦不可辄卖，当一切裁之以法；然前夫贫病卖嫁，后夫用财买娶，也该禁止吗？抑或禁止得了吗？”冯保叙述一段王廷的话。

“你去对王卿说，别私下里与你议，让他上疏明奏。”皇帝吩咐。

“是，奴才遵旨。”冯保应道。

根据廷议及廷议后王廷等上疏奏言，有旨：买休卖休，本属奸条；今后有犯、非系有奸情者，不得引用。

# 第二十五章

詹仰庇是福建安溪人，嘉靖四十四年进士，授官广东南海知县，新近征为御史。他感受最深的，不是在京城过的第一个冬天，而是接踵而至的初春季节，那寒气，那风沙，真使人难以忍耐。他一个人走在街上时，总是恨不得把头缩进衣领里。

直到和人撞到一起，他才抬起头来。见到对面的人，他愣了愣，问道：

“前辈怎在此处？”

被撞到的，是一名御医。詹仰庇与他见过一两次面，只知道他来自福建，连姓氏都说不出来。好在他年纪大，尽可称一声“前辈”。

御医对詹仰庇却了解得很多，呼着他的字说：“汝钦先生看看这是何处，我还想问问，你怎的来此？”

詹仰庇当然知道，他身在东华门外，再往东走几步，就要出东安门。时值上元节假期，他想去灯市大街转转，看能不能买到称心的东西。

由此而想，撞到御医同乡也就不足为怪。他不是在太医院里当值后准备回家，就是才被召入宫里给妃、嫔们诊治。据乡人讲，这位“前辈”正是以妇科擅长的。

“宫里有要紧的患者吧？”詹仰庇随便问一句。

御医一惊，道：“你已听说？”

詹仰庇则是一呆，问：“何事听说？”

“你不是说，宫里有要紧的患者吗？”御医道。

“我是在问，宫里是否有要紧的患者。”詹仰庇解释。

“好，好，算我没说。”御医一揖，道，“汝钦先生，就此别过。”

“前辈，你走不掉！”詹仰庇却不肯放过他，“你当真没说，你心里坦然，我心里也坦然；你话说半句就要走，心里得以坦然吗？你心里坦然，就不管我心里是否坦然吗？你必得把后半句话也说出来，才可以走。不然的话——”

“汝钦先生要怎样？”御医更加紧张。

“我将参你一本。”詹仰庇威胁道。

“汝钦先生，你这是胁迫我呀！”御医叫苦不迭。一直以来，他以医术立身，与世无争，没想到无意中的一句话，竟会引来御史参劾。御史，御医，虽都有个御字，地位却是相去太远。

“算是我胁迫，前辈总可以说吧。”詹仰庇道。

“好，”御医无奈地应道，“汝钦先生不是问宫里是否有要紧的患者吗？我就告诉汝钦先生，宫里确有要紧的患者。”

“是何人？”詹仰庇进一步问。

“这也要说呀？”御医又犹豫。

“自然要说。”詹仰庇道，“前辈说宫里有要紧的患者，却又说不出要紧的患者是谁，我更要参你危言惑众。”

“在下小小医官，可不敢与御史大人攀比。御史尽可以风闻奏事，医者却不能口无遮拦。”御医说。

“前辈的意思，是绝不肯说？”詹仰庇问。

后面肯定还有话。御医不知道，后边的一句话其实是：前辈既不肯说，那就不说吧。他只想着把自己从困境中解脱出来。

“要不这样吧，汝钦先生，我不说，你说。”他想出个法子。

“我若说得出来，还用问前辈吗？”詹仰庇斥他荒唐。

“汝钦先生不是知道宫里有要紧患者吗？宫里要紧患者能有几人，汝钦先生只管去想，去说。说错，我摇头；说对，我点头。事非出于我口，而汝钦先生自可确认，岂不两便？”御医道。

詹仰庇再一想，发觉御医的法子也不那么荒唐，他于是按照尊卑次序，先从地位较低的问起。当然，他只能问某一类人，而不可能问某一个人。但这没有关系。反正是一场游戏，知道患病的是某一个层次的人，已经可以满足他的好奇心。

“是某宫的头牌宫女？”他问。

御医摇头。

“是某五六品女官？”詹仰庇问。宫中设女官六局，各局下设四司，局主事女官皆正五品，司主事女官皆正六品，是女官里的头面人物。

御医摇头。

“是某嫔、妃？”詹仰庇问。

御医摇头。

“是某皇太妃？”詹仰庇问。

御医摇头。

“是贵妃娘娘？”詹仰庇问。说到皇贵妃，不用加“某”字，因为只有皇太子朱翊钧生母李氏，因子而贵，在去年被册封为贵妃。

御医这次不摇头，却出人意料地开口说句话：“李贵妃康泰，非他人可比。”

看御医摇头的表情，是嫌詹仰庇提到的各类人，还不够“要紧”。在贵妃之上，只有皇后、皇太后二人可问。但嘉靖中期方皇后薨于宫火之后，世宗皇帝没再立皇后，因而也用不着往皇太后那儿想。

“难道染疾的是皇后娘娘？”詹仰庇问。

“难道正宫染疾，汝钦先生一无所闻？”御医反问。

“前辈莫忘，我才奉召进京，宫闱之事能知多少！”詹仰庇道。

“所以，你揪住我就不肯放。”御医说笑一句。

“得罪，得罪！”詹仰庇揖道，“前辈在坤宁宫忙碌一通，想是劳累，请回去歇着吧。在下他日请前辈饮酒压惊。”

御医如同获释的狱囚，拔腿就走。但只走两步，又转回来。

“汝钦先生，我不是从坤宁宫来。”他说。

“不是从坤宁宫来？前辈不是为皇后娘娘诊治吗？”詹仰庇不解。

“不管为何人诊治，反正不是从坤宁宫来。”御医说。

“这可有点儿怪，”詹仰庇忽然悟出他话里的意思，“前辈是说，皇后娘娘已移居他宫？”

“算不算移宫，我说不好；但皇后娘娘住进别宫，已经有一年的光景。”御医说。

“这可不就是移居别宫吗！”詹仰庇道，如果说，在此之前他问这问那都是无心的，现在考虑皇后移宫一事，却极其认真，“皇后娘娘一定入主坤宁宫，怎会移居他宫！”

“你在问我？”御医问。

“是啊！”詹仰庇应道。

“你想，我会知道吗？”御医问。

“前辈应该知道。”詹仰庇说。

“那你想，我会说吗？”御医又问。

“前辈若是知道，最好还是说。”詹仰庇道。

“不然，汝钦先生仍要参我？”御医问。

“或许。”詹仰庇道。

“即便被参，此事我也不会说的。”御医屈服于胁迫一次，不会第二次屈服于胁迫，“不过，有件事，我却可以告诉汝钦先生，皇后娘娘自移居别宫后，心情忧郁，病情日以加重。”

他没想到，他说出这件事，和说出皇后为什么会移居别宫，其实一样严重。或者，他虽然想到，但就是想让詹仰庇知道这一点。

其实，皇后为什么移居别宫，不用别人说，詹仰庇自己也想得出来。若非皇帝旨意，谁敢使皇后移居别宫！皇帝使皇后移居别宫，不管表面上的原因是什么，深究起来，定大有文章。身为言官，这样的文章不做，还去做什么文章！

詹仰庇上疏言道：近闻皇后移居别宫，已近一载，抑郁成疾，陛下略不省视。万一不讳，如圣德何！臣下莫不忧惶，徒以事涉宫禁，不敢进言。臣谓人臣之义，知而不言，当死；言而触讳，亦当死。臣今日固不惜死，愿陛下采听臣言，立复皇后中宫，时加慰问，臣虽死犹生。

皇帝亲阅臣下奏章，读到礼科都给事中王之垣领衔、众多官员署名的奏章时，发起脾气：“此事朕不是批复过吗，怎的又议！”

在一旁侍奉的司礼掌印陈洪，知道王疏的内容，忙问：“爷，要不要将日前批复抄录一份，与礼垣诸臣？”

“你说的日前，是哪一日？”皇帝问。

“七八日前。”陈洪说。其实他也记不准确具体的日子，但詹仰庇上疏在正月下旬，今天是二月初四日，说七八日应该不会错。

“七八日前的批复，你还能记得清楚？”皇帝问。

“该批复是爷亲述，奴才恭录的，故奴才记得清楚。”陈洪说。

“那你说说，批复是怎样写的！”皇帝命道。

“是。”陈洪应一声，尽量准确地复述，“皇后侍朕多年，无子；近移别宫，以期安适祛疾耳。詹仰庇不谙宫禁中事，其宥之。”

他唯恐自己说错某个字，而皇帝恰好记得，所以尽量说得快；把握不定之处，恨不得囫囵带过。但这纯属多虑。皇帝昔日口述的批复，他只能说个大概，皇帝也只能记个大概。

“因其无子而移居别宫，为其祛疾而移居别宫，朕处置得不当吗！”皇帝愤愤地说。

陈洪知道，皇帝没说实话。

皇后姓陈，在她之前，还有皇后李氏，是皇帝在裕邸时的元妃，病逝。因为她生有皇长子，所以皇帝即位后，追册为孝懿皇后。皇长子也薨于裕邸，追册为宪怀太子。陈皇后是皇帝登极后正式册封的皇后。

陈皇后无子而有病，但这不是皇帝把她迁出坤宁宫的真正原因。实际上，前朝皇后也没有因为无子或有病而被迁出坤宁宫的。皇帝将陈皇后迁出坤宁宫，是因为陈皇后对他耽于声色颇有微词，稍加劝谏，触犯他的尊严。当日御医无论如何也不肯对詹仰庇述说皇后为何迁居别宫，实有不容他言者。陈洪当然更不会当着皇帝的面说出实情。

“不是爷处置不当。爷圣明，一应事务处置，哪件不入情入理！是科、道不谙宫禁事，进言不当。”陈洪说。

不过是把皇帝的口谕换个形式来说，他想，不会惹什么麻烦。不料，皇帝却斥道：“错！”

“奴才说错？”陈洪战战兢兢地问。

“是朕说错。”皇帝道，“朕说詹仰庇进言因不谙宫禁事，是错；他分明有意要诽谤朕！朕命原宥他，是错；朕应该对他严厉处分！日前严厉处分他，今日王之垣等就不会啧有烦言。”

“爷说的是。”陈洪阿附道，“要不，对王之垣严厉处分，以儆效尤？”

皇帝不是没打过这个主意，但他说：“晚矣！对臣子要一视同仁，前者既对詹仰庇宽容，今日也不便对王之垣严厉。这样，你在王之垣的奏疏上批一句话：待后痊愈，再还正宫。”

“爷仁心待下，詹仰庇、王之垣辈皆应感恩改过。不过，”陈洪察言观色，猜出皇帝并不想放过始作俑者的詹仰庇，他说，“一想到詹仰庇讪上而不受罚，奴才心里就愤愤不平。”

“你这么想，詹仰庇还能不受罚吗！”皇帝道。

五月，詹仰庇奉差巡视内十库，他疏论皇帝宜杜绝玩好，写道：再照人主奢俭，系四方安危。陛下前取户部银，尽以创鳌山，修宫苑，制秋迁，造龙凤舰，治金柜玉盆。群小借以干没，累圣德，亏国计。望陛下深省，有以玩好逢迎者，悉摈出罪之。

皇帝取户部银，在四月十日。时传谕，命征太仓银三十万两。后因户部称太仓匮乏，及阁、部大臣进言劝阻，减少到十万两。皇帝本来就因为征银不足而不满，见詹仰庇又将征银的用处一一列出，更加恼火。

詹仰庇抨击的内臣一大批，其中有熟悉本朝典章制度的内臣指出，有司文移往还，及牧民官教民，方用“照”字，言官奏疏言“再照人主”，乃大不敬。皇帝降诏：仰庇小臣，狂肆屡不悛，今竟敢照及天子！其廷杖百，除名。

# 第二十六章

礼部尚书高仪把本部仪制司郎中戚元佐找来，开门见山地说：“希仲，期限将至。他衙门有无议论，不在话下；此事正该仪制司管着，你可得多费些心思。”

戚元佐字希仲，浙江嘉兴人，嘉靖四十一年进士。他知道，高仪说的是宗藩事。

本朝宗藩日衍，吃的都是禄粮，成为朝廷一个极大的负担。禄粮不继，几十年前就有人在议论。嘉靖年间，在礼部主持下，制定《宗藩条例》，可以说是几十年议论的总结。该条例主旨，是对各宗藩婚生和非婚生子女加以区处，严防冒滥。所以颁下之后，博得一片喝彩声。但几年之后，朝野之士都看得出来，条例并不能从根本上解决问题，因为非婚生子女虽在宗室中占有一定比例，但并非主要成分；冒滥只是宗藩日衍的一个因素，而不是全部因素。宗藩日衍的趋势并不因为一个条例的制定而得到遏制。近来，对此事的议论又多起来。朝廷将有关奏疏下礼部议复。礼部奏请，通行各宗藩，及两京各衙门，限期各述己见，具疏奏闻。

戚元佐知道，高仪颇有些牢骚，也颇有些不安。这两天期限将至，但除南京礼部上一疏，对以前的条例稍加补充，其他衙门皆置身事外。所以他说，他衙门有无议论，不在话下。

当然，更重要的是，分封宗室一事，掌于仪制司。正因为如此，今日高仪不找戚元佐，戚元佐也会找他。

“子象先生心急？殊不知我比子象先生更心急。”戚元佐说。他和高仪是浙江同乡，因此说起话来很随便。

“你既心急，怎的还按兵不动？”高仪更随便。

“按兵不动？子象先生可知，我一天要往通政司跑几趟？各部官都是等有关奏疏发至，我可好，得自家上门去打听消息。”戚元佐说。

“我晓得希仲的心思！”高仪指点着他说，“你恨不得各衙门你进一言，他进一言，拼凑到一起，好做礼部的文章，好做仪制司的文章。告诉你，趁早打消这个念头！今日之前，各衙门不进言；今日之后，各衙门也不会进言。文章只能靠你自家来做。”

“今日之前，想着拼凑各家之言，如子象先生所说；今日之后，想着自家来做文章，亦如子象先生所说。”戚元佐道。

“今日呢？”高仪问。

“今日子象先生找我来，是要逼问做文章之事；我若来找子象先生，是要自言做文章事。”戚元佐说。

“我不逼问，你自家说。”高仪道。

“是，”戚元佐应道，“晚生以为，做一般文章，忌的是赘言；做这一篇文章，还非得加上赘言不可。”

“希仲所谓赘言，可是宗藩情势严重？”高仪问。

“子先生这么说，可见日思夜想，皆在此事。”戚元佐道。

“要说赘言，我不反对；但最好说出点儿新意来。”高仪提出要求。

“我欲以此数语概括，子象先生看可使得。”戚元佐说着，朗朗述道，“今日之事，若非大破常格以处之，则将来禄粮必不可支矣，有司必不能给、宗藩必不能谋生、国家必不能无事，不出数年而祸有不可胜言者矣。今宗室之病，已在肠胃，然酒醪可及；再益数年，而深入骨髓，则扁鹊且将惊而走矣。”

“希仲断喝一声，喝得好！不过，”高仪口气一变，道，“若遇讳疾忌医者，你喝声再大，他也听不进去。”

“请子象先生做讳疾忌医者议，晚生试驳之。”戚元佐说。

“譬如议曰：祖训在上，不可少干。”高仪举例说。这话不是他想出来的，而是在讨论宗藩问题时经常可以听到的。祖训，指的是太祖高皇帝所说的“重亲亲之义”；换言之，即对宗室要宽仁优厚。

“人但言祖训不可干，却不知祖训之言，祖宗未尝拘也。”戚元佐道。

出语惊人，高仪连忙制止。

“希仲，这话听似离经叛道。”他说。

“请子象先生略闻其详，便知晚生所言不谬。”戚元佐道，“高皇帝雄略开创，首启宗封，众建诸子，周错要地。如北平天险，文皇帝居之。如大宁、辽左、上谷、云中，则辽、宁、谷、代四王为之保塞。雁门南控河上，而西通嘉峪。如太原、关中、延安、庆阳、酒泉、张掖，则秦、晋、庆、肃四王为之屏蔽。秉钺部兵，崇权握势，维城维翰，棋布星罗。此固一时也。”

“希仲接下来是否要说，文皇帝如何不拘祖训？”高仪问。

“那要看，子象先生是否准许我说。”戚元佐道。

“话说到这一步，不让说，恐怕你也刹不住。况且，更确切地说，希仲议的是时势不同，故制度有变，而不是简单地不拘祖训。”高仪找个台阶，使得二人的讨论能继续下去。

“多谢子象先生的周全。”戚元佐一揖，继续叙述，“迨于靖难以后，世袭隆平，此一时也。嗣是而后，尾大为虞。仁人凄恻而寒心，志士痛哭而不足。此复一时也。其存在于今，人多禄寡，支用不敷，强梁者弯弓走马，白昼抢夺于郊衢；柔弱者执捶拥盖，潜身窜入于舆皂。此又一时也。”他把宗室的繁衍分为四个阶段，在述说一个阶段被高仪打断后，一口气说完其他三个阶段，并总结道，“高皇帝草昧之初，列建宗子；文皇帝靖难之日，思鉴前车。用意不同，各有攸当。列圣以迄于今，时移势改，恩以义裁。其分其理，自有不能以曲尽者矣。

“如何，听罢希仲所述，更觉制度因情势当变。”高仪再次强调。

“但我仍愿用‘不拘’二字，”戚元佐的想法恰恰相反，叙述完了这一段，更觉得不拘祖制没什么不可说的。

“那也随你。”高仪不纠缠于此，而问，“希仲称今宗室人多，可知到底有几多？”

“宗室人数，前人多有言及，晚生根据玉牒，认真计算过，和前人所言，又有不同。据晚生计算，各支宗藩入玉牒者，共计四万五千一百一十五位，现存者二万八千四百五十二位，比起高皇帝时亲王、郡王、将军才四十九位，文皇帝时新增亲王、郡王、将军计四十一位，增加数百倍。”戚元佐说。

“这个数字，须得再加核实，方可奏上。”高仪嘱咐。

“晚生谨记。”戚元佐应道。

“希仲，我这里还有一议。”高仪开辟新的议题。

“子象先生之议，多多益善。”戚元佐道。

“此议我是不赞成的。如希仲所言，乃讳疾忌医者议。”高仪说。

“是，晚生心里有数。”戚元佐笑着说。

“若议：国课不给，不妨仿效汉家分王之意，使各宗人自为养，生育多寡，皆不必顾，则冒滥自绝，亦可少苏有司之力。希仲将如何应之？”高仪问。

“此说意非不美，但各宗人自为养，议之则易，行之则难。我算一笔细账，子象先生看，各宗能否自养。”戚元佐掰着手指数道，“若一郡王，朝廷给禄千石，倘生子十人，则每人百石，即三分本色支米，亦三十石。传之一代，或生三四子，或生十数子，则以三十石米而三四十数分之。再传，亦复如是，则愈分而愈微。夫妇臧获，少者不下数人，朝麦夕餐，婚姻死葬，其何以赡？”

“但庶民之家，亦有产薄而传之后世者。”高仪提出异议。

“那是因为庶民之家，各有营业，而日生不穷；今宗室则坐食自守，而欲人自为生，固不能矣。”戚元佐说。

“希仲既以为不能，为何又称此说非不美？”高仪问。

“晚生以为不能，不是说宗室人等不能自以为生；而是说，朝廷制度不准其自为生。”戚元佐解释。

高仪似听明白，又似没听明白。他命道：“希仲此言暗含玄机，请进一步为我言之。”

“是。”戚元佐应道，“晚生亦以为，这一层当进而言之。封建同姓，世世相传，此古之所有；坐食县官，爵职世授，则古之所无。故晚生以为欲善其法，须大破常格，不拘祖训。即各藩封爵，不必尽授；有不封者，士农工商，各从其便。”

“你是说，宗室可尽从四民之业？”高仪摇着头说，“不行，不行，宗室不得出封地一步，怎能从四民之业！”

“准出封地，算得大破常格吧？”戚元佐的语气里，多少有些嘲讽的味道，“晚生以为，一切出城越关之例，当尽弛其禁，使人人得以力业，则各宗有谋身之策，而国家纾空乏之忧。”

“希仲此议，恁是大胆。”高仪道。

“子象先生的意思，不宜提出？”戚元佐问。

“苟利朝廷，有何不宜提出的！但行得行不得，非你我做得了主。我之意，希仲有言在先，做这篇文章，非得加上赘言不可；那就把它作为赘言，写在前面。今次朝廷命礼部议复‘宗藩日盛，禄粮不及’之事，希仲的文章，须得有些具体举措。”高仪明确自己的意思。

“举措也想过几条，但总觉得不如赘言精彩。”戚元佐说。

“精彩与否，不如让人评说。”高仪道。

“好，我共想五事，就请子象先生指正。”戚元佐说着，伸出一指，“其一，限封爵。”

“嘉靖年间，丰林王台瀚曾奏请限封爵，我记得，他议的是亲王限以五子，郡王限以三子，将军以等差，限二人，限一人，其余止给冠带荣身，并无爵禄，令其自行营业。此事礼部议复过，但先帝未允，遂不了了之。”高仪插过一段话后，指出，“希仲，你这也是赘言呀！”

“题目虽同，所议不同。”戚元佐道，“一则，丰林王议曰，不必较其妾媵有无，止定其封爵多少；晚生则以为，于查勘一节，极当慎详，严防冒滥。因为封爵之外，朝廷亦须安顿，有冒滥，则有妄费之弊。二则，丰林王所言令其自行营业，只是一句空话；晚生则欲具体安置。当然，也仅能稍微具体一点儿地安置，不可能具体到每个人头上。”

“须安置者以万计，能稍微具体一点已很不容易。”高仪倒不苛求。

“宗室不得封者，依等次安置。”戚元佐道，“亲王之子不得封者，至十六岁赐之冠带，给银六百两；郡王之子不得封者，至二十岁赐之冠带，给银四百两；将军、中尉之子不得封者，赐之衣巾，给银二百两。以上各人，均许从便生理。有志读书，许与民间俊秀子弟，一体入学应举；登名科甲者，一如皇亲事例，正任外官。”

“亦如大家子弟，以从士业者为多，所以希仲于此多说两句。”高仪稍加评议。

“是。”戚元佐应道。

“但希仲想过没有，宗室有罪不加刑。今入仕受职，若犯贪渎等罪，有司如何处置？”高仪提出一个尖锐的问题。

“晚生以为，宗室不加刑责，原非古道。”戚元佐的答复更尖锐，“今宗室一有小过，不以有司治之。其若闻之朝廷，则往来劳费，废时妨业；其若不较而姑纵之，则锱铢不治，千金可攫，斤两不戒，腴产可侵。有司之法不行，大乱之道也，这话子象先生不曾听人说过吗？”

“宗室有罪，有司治之，这又是惊世骇俗之论。”高仪插言道，

“子象先生是说，此事议不得？”戚元佐问。

“不，不，且听你如何议之。”高仪道。

“夫常人之爱子弟者，必望师傅用夏楚以威之。”戚元佐说。夏楚指古代责打的工具，依《礼记》的说法，夏、楚二物，收其威也。他由此而引出一大通议论，“今之有司，皆士大夫，国初之外傅也。今之宗党，皆皇家苗裔族属之子弟也。与其姑息而养成恶德，以就罪辟，孰若教戒而造就成才，以归之于正！且闻今之贫宗，佣工隶卒，无所不为，匿名执役，甘心棰挞。是阳讳其名，而阴忍其辱也。若显拔缙绅之列，而均受举劾之公；分授四民之业，而平以市官之法，此乃大公至正之道也。”

高仪边听边点头，看得出已被打动。戚元佐以为他也会发一通议论，不料，他只是问：“希仲，其二呢？”

“其二，议继嗣。”戚元佐道。

“郡王之嗣，只许本支奉祀，不得援兄终弟及之例，这已一再申明。希仲指的是

亲王之嗣吧？”高仪问。

“子象先生说的是。”戚元佐应道。

“希仲可知，议亲王之嗣有个难处？”高仪问。

“请子象先生指教。”戚元佐一揖。

“本朝功臣之家，遇有乏嗣，则许族人袭爵；为何以亲王之亲贵，反不许弟、侄辈嗣之？”高仪道。

“亲王不当与功臣同，正因为一则以功，一则以亲。”戚元佐说，“功臣先世，有勋劳于国。报国之典不当灭绝，继其世绪，所以劝有功也。至于亲王，传之数世，其泽已斩，其福已过。以本支奉祀，使香火不绝，可矣，何必以弟、侄继袭其爵！”

“希仲一番议论，从道理上讲得通。”高仪道。话外之意，亲不如疏，总让人难以接受，但他不想再代人争辩。

“那就再往下议？”戚元佐请示。

“好。”高仪应着。

“其三，议主、君。”戚元佐道。主，指郡主、县主；君，指郡君、县君、乡君，皆为宗室之女，“宗室之女请封，初不限其数；今男封既有限制，女封亦当限制。晚生以为，亲王之女可封其三，郡王之女可封其二，将军、中尉之女可封其一。主、君之禄，各照其旧。其选配仪宾，免给衣、禄。不得封之女，各给以不等婚资，选配之婿，听其自为生理。”

对宗女的封赐，本来就比对宗男的封赐简单得多，高仪也不费心思再给戚元佐出难题。

“其四，议冒费。”戚元佐接着说，“各宗藩冒妾子女，擅婚子女，革爵子女，与一应庶人，例皆不与封，唯各子有不等口粮，革去尤为便利。但其或年已长成，一旦革去口粮，恐不聊生，有如盛世之弃人。不如将以前各子，仍给以口粮；自今以后所生之子不必给以口粮。”

“冒妾、擅婚、革爵等项，以擅婚最难处置。其他两项，均非婚娶；独有擅婚，虽不合法，又不能说不是婚娶。”高仪议道。

“子象先生说的是。擅婚子女在各类子女中也最多。”戚元佐正好叙述下一事，“其五，议擅婚。各宗径自配偶，皆为擅婚。擅婚子女，例无授封之理，莫若使各宗自首明言其为擅婚之子，照例给予口粮，士、农、工、商，仍听其便。以后所生者，止许赐名，不给口粮。”

高仪见他不再说，问道：“希仲说完了？”

“说完了。”戚元佐应道。

“我看，还没有完，还要再加几个字。”高仪说。

“请教子象先生，还要加哪几个字？”戚元佐问。

“伏唯圣裁呀！”高仪道。

戚元佐轻松地笑笑。这几个字是经常用在奏疏最后的，可见，高仪对他今日所议，很是满意。

# 第二十七章

应天巡抚自嘉靖后期移驻苏州。六月，通政司右通政海瑞，以右佥都御史巡抚应天等府。他在南京城里略事停留，即赶往苏州。到达第一天，巡抚衙门里还很热闹；第二天，衙门里的属吏散去三成；第三天，更散去七成，连衙役头目，也有两个不知去向；第四天，门可罗雀。海瑞在衙门外见到一个书吏，因为这几天都与他谈过话，记得他姓苏。

“老苏，你今日来办事，明日还会来吗？”海瑞问。

“在下又没做昧心事，为何不来！”老苏道。

“照你这么说，不来的都是做过昧心事的？”海瑞引申他的话。

“不一定，”老苏道，“第二天就不来的，一定做过大的昧心事；第三天开始不来往的，是那些做过小的昧心事的。”

“今日不来的呢？”海瑞问。

“未必做过昧心事；但想到日后一个钱也赚不到，谁还愿意留在此处苦挨！”老苏道。

“你是说，自我来后，衙门里无钱可赚？”海瑞问。

“海大人若是准许众书吏赚钱，还是海大人吗？”老苏道。

“既如此，你为何留下来？难道你不想赚钱？”海瑞好奇心顿起。

“一来，在下单身一人，少喝两次酒，少买两件衣物，衙门里支的薪俸尚可应付；二来，素闻海大人办事一丝不苟，我倒想看看，衙门里办事怎么能一丝不苟。”老苏说。

“好，你不为赚钱，我也不为赚钱。你我一起看看，在衙门里混得下去，还是混不下去。”海瑞道。

“这个‘混’字，可不像出自刚峰先生之口。”老苏说。

“诚是。你我都不要混，而要相互监管。”海瑞立刻改口。

“不知怎么个监管法？”老苏问。

“我若拿昧心钱，你治我的罪；你若拿昧心钱，我治你的罪。”海瑞一下指着自己一下指着老苏说。

“在下愿让刚峰先生监管，也愿监管刚峰先生；只怕要治刚峰先生的罪，会被人说成乾坤颠倒。”老苏道。

“用不着你治罪，你告诉我，我自家治罪。”海瑞说，见老苏仍在摇头，他问，“怎么，你不信海某能严于律己？”

“我不怕刚峰先生不治自家的罪；我在想，朝廷命刚峰先生为一方大员，是要刚峰先生为百姓办事、为朝廷办事的。若但想不赚昧心钱而已，岂不有负朝廷托付！”老苏道。

“老苏啊，你可不是个简单的书吏呀！”海瑞深为感慨地说道，并开始对他另眼相看，“赚昧心的钱，是一等书吏；不赚昧心的钱，是上一等书吏；不赚昧心的钱，且敢与上官相互监管，是再上一等书吏。你不但不赚昧心的钱，且敢与上官相互监管，又知道朝廷差派地方大员，不仅要自律，还要实心办事，可谓书吏中的极品。”

“极品都宪，自然要配个极品书吏。”老苏并不谦辞。

“好啊！咱们看看，两个极品，能不能弄出个极品的条例。”海瑞道。

“刚峰先生这几天不出门，就是在想这个条例吧？”老苏问。

“对。”海瑞点头应道，“第一天，我把自家关起来，是想给自己定下几个规矩；第二天，我把自家关起来，是想给身边的人定下几个规矩；第三天，我把自家关起来，是想给各府、州、县官定下几个规矩。今日还没有把自家关起来，我忽然大彻大悟：何不给本衙门定下几个规矩！”

“不妨就叫应天巡抚衙门条例。”老苏起个名目。

“例过于隆重，不能称条例，需称条约；也不要叫应天巡抚条约，就叫督、抚条约。条约虽是本抚所订立，但其他督、抚若有意参照执行，有什么不可以！”海瑞道。

“那可要用心酌定，要不，对不住极品二字。”老苏说。

“老苏，走！”海瑞兴致盎然地说，“今日把你我关起来，不将督、抚条约列好，谁也不准吃饭。”

进衙门后院的一间小屋，海瑞把老苏按坐在椅子上，让他拿笔记录，自己则在屋里踱来踱去，几天来想到的事项一起涌上心头。

“一件，本院所到之处，官吏不许出郭迎送。”海瑞简练地叙述正文，然后加以解释，“我自任淳安知县始，对迎送上官就感到不胜其烦。后来做京官，用不着迎来送往，可多一倍的精力来办衙门里的事。而今轮到别人对我迎来送往，我先将此陋习废去。但愿我不用官吏迎送，在下者能仿效之，布、按两司官不用府、州、县官迎送，府衙官也不用州、县官迎送。”见老苏不停地写，他问，“怎的还在记？”

“刚峰先生这么多话，一时怎记得完！”老苏道。

“这些话不用记的，记下第一句就可以。”海瑞说。

“比迎送上官要紧的事很多，刚峰先生却把此事列在第一，可见深恶痛绝。”老苏议论。

“你只要任一年知县，保准比我更深恶痛绝。”海瑞发觉扯远，把话题收回，“好，再往下说。一件，本院按临各县，于原有公所择其可者奉本院暂居，不许改修。”

“刚峰先生说的是‘奉本院暂居’？”老苏问。

“是啊，有何不妥？”海瑞反问。

“既曰奉居，则一定要像样一点儿的；若不像样，则一定要改修。不许改修，恐成虚文。”老苏说。

“你的意见呢？”海瑞问。

“不如改成‘供本院暂居’。”老苏说。

“就依你。”海瑞眼看准备说下一事，忽又打住，“不可！本院奉朝廷委派治理一方，对各等官员用一个‘奉’字，并不过分；改用谦辞，本官倒不在乎，只怕有损朝廷威望。这个‘奉’字无论如何不可改。再者，各县奉本院暂居，本院又不许其改修，更可见本院戒奢靡的本意。”

“刚峰先生这么说，也有道理。”老苏不再坚持。

“一件，本院所至，各属官俱用本等服色见，不许素服。”海瑞又说。

“刚峰先生，这是为何？”老苏问。

“我巡视应天府及南京附近数县时，或有以素服谒见者，这如何分得出主客，分得出等次！再者，所谓素服，并非麻布，而是丝绸。论官式服色，你等谁也比不过本院高贵，别拿这等稀奇古怪的服色在本院面前炫耀富有。以为本院看不懂吗？”海瑞道。

“这一件刚峰先生定得很及时，苏、松等府着素服见上司的官吏，肯定比南京更多。”老苏有点儿像在捧场。

“一件，各官参见手本用廉价草纸，前后不加装饰，后不留余纸。别事具手本亦然。”海瑞又说一事，并吩咐，“官场用纸的地方甚多，崇俭戒奢，老苏，你看还有什么要留意的。”

“在下见到，各衙门造册，多用高价厚纸。”老苏说。

“自今以后，衙门造册，及申文，一律改用稍坚及耐久之纸张，价格须得低廉。”海瑞说。

“还有，”老苏又补充，“册用白纸裱褙为壳，封简则用单层纸，为护封防弊，简内可垫一草纸。”

“好，不是造册老手，想得不会这么仔细。”海瑞称赞后，再说一事，“一件，本院所到之处，不用鼓乐，只用一伞。”

“恐怕少不得用马。”老苏提醒道。

“那是驿递的事。”海瑞说，“各县驿暂备堪征战健行之马一匹，以备本院不时之用。”

“恭迎上司大驾，除用鼓乐，还要铺毡结彩。”老苏说。

“到我这里，一概免除。”海瑞道，“一件，本院凡巡历，所在县驿俱不许铺毡结彩；拜席等用，只用本地方所出稍软厚草席。有用银箱、银盅、银筷及华美物件，乃剥民献媚之小人。”

“刚峰先生提及银盅、银筷，是不是也该说说各县迎奉大人的酒菜规格？”老苏由此而联想到彼。

“鸡、鱼、肉。”海瑞掰着手指数出几样，看样子口水都要流出来。

“都不准用吗？”老苏问。

“不，都可以用。”海瑞说，“用是可以用，但每到一处，只得供给一种。江南以鹅为贵，不准杀鹅以奉。”

“刚峰先生巡历之际，从不想着饮酒吗？”老苏问。

“老苏，你是怕随我出巡，无酒可饮吧！”海瑞笑着说，“也罢，看在你老苏的面子上，就准许各衙门以酒招待。”

“这才叫与人方便，自己方便。刚峰先生一路巡历，何等辛劳，就不想喝口酒解解乏吗？”老苏说笑。

“不过要加一限制，只许用小瓶酒，不得用大坛金酒。”海瑞说。

“小瓶酒，皆为劣等酒，刚峰先生难道不知？”老苏道。

“你若不肯，此事免议。”海瑞不肯退让。

“罢！小瓶酒，总胜过无酒。”老苏道。

“那我再往下说。”海瑞道，“一件，本院到处，即放告。”

“刚峰先生是在南京任过官的呀，难道竟不知江南民风刁顽，以诉讼为家常事！”老苏道。他指的是，海瑞曾任南京通政司通政。

“依你之见呢？”海瑞问。

“不如暂不列入。”老苏提议。

“那不好。”海瑞没有采纳，“本院每到一处，就是要为小民申冤的；若因担心刁民告状，则行壅蔽之道，何异于因噎废食？我看，老苏不如在后边再加上一句：非系民间疾苦、官吏贪渎、实有冤抑而官司分理不当者，不准于本院滋扰。”

老苏一丝不苟地把他的话记录下来，然后说：“加上这一句，可防患于未然。”

“不见得能防患于未然；但日后若有刁民滋扰，处置起来，就不能说本院不教而诛。”海瑞道。

“下一件是何事？”说过几句闲话，老苏竟有闲暇主动追问。

“一件，本院到处，虽为村落，只要不是荒野可虞地方，许里老相见，指划本里利病及府、县民事。至府、县衙门，为墙垣所隔，彼有不可言不敢言者，以此通之。”海瑞说。

“此一件，许里老于村落谒见都宪为主；后一句解说为何许里老于村落谒见，也很要紧，须得录之。”老苏说。

“不错，录下后一句，也算对府、县官们旁敲侧击。”海瑞回应道。

老苏记录完毕，海瑞问他：“已记几事？”

老苏数了数，说：“九事。”

“不算少。”海瑞自语道。

“仅以九事告示？”老苏露出失望的表情。他说，“若是普通告示，九事也拿得出去；但作为督、抚条约，未免太不成规模。”

“堂而皇之地名曰督、抚条约，当然不能只有九条。我是说，你我二人该换个位置。”海瑞说着，示意老苏起身，自己坐下去，“前者，我累的是嘴，你累的是臂；眼下换过来，你动动嘴，我动动臂。”

“在下如何动嘴？”老苏不知所措。

“我如何动嘴，你也如何动嘴。”海瑞说。

“不成，不成！在下只是动臂的命，刚峰先生别要了在下的命。”老苏连连摆手推托。

“我不信，让你动动嘴，就会要你的命！既然你我同关在一室，无论如何，你得替我说出几件事来。”海瑞道。

老苏万般无奈，只得学起海瑞的样子，在屋里踱着步。

“一件，亦是官吏迎送。”他说。

“‘亦是’二字甚妙，如何解之？”海瑞问。

“刚峰先生所言官吏迎送，是以都宪大人而言，禁止官吏出郭迎送；在下所言官吏迎送，是以州、县官而言，不该迎来送往。”老苏说。

“具体说来听听。”海瑞命道。

“州、县理民事，驿递管过客，祖宗之制。阿谀作俑，流弊至今。县官成一驿丞；即便知府，亦当驿丞之半，殊失初制。”老苏说。

“这几句说得精彩！”海瑞拍案叫好，并把已经写的几个字划去，重新写过。“不过，‘亦是’二字，不可纳入正文。”

“刚峰先生前边说不许迎送，此处又说不许迎送，若不用‘亦是’二字，是不是该把这一段加入前文？”老苏问。

“与其把两个不许迎送合而为一，不如干脆将后一个不许迎送的立意改一改。”海瑞说。

“改为何事？”老苏问。

“改言驿递。”海瑞道，“不使州、县官迎来送往，负驿丞之责，是因为朝廷设有驿递。如我在朝中为官，知京城迎送，乃会同馆出马，递运所出夫，宛平、大兴两县，都不管的。咫尺天威，法度尚在，本院今日也要让它行之南直隶应天等府。”

“何不去掉那几句话，直言驿递事？”老苏提议。

“我才赞那几句话说得精彩，有个转折也好。”海瑞道。

“那就请刚峰先生续上下文吧。”老苏揖道。

“好。”海瑞边写边说，“驿递炎凉之弊，本院深知之。有不如单应付，酸酒腐肉，瘦马弱夫，及中途而逃，本院绝不轻贷。若过客敢有凌虐，强行索取，先拿家人送府、县监治，停止应付，走申本院按临。”

“刚峰先生祭出的是双刃剑呀，一面向驿递示威，一面向驿递应付的官员们示威。但不知哪一面更锋利？”老苏感慨道。

“知县都变成驿丞，知府都变成半个驿丞，老苏你说，哪一面应该更锋利？”海瑞反问他。

“应该是向着凌虐驿递的过客那一面更锋利。”老苏说。

“不错。本院知惜民财，知有国法，不知过客为京堂，为科、道，为部属也。但得驿递官依单行事，过客皆读书知礼之辈，食可悦口，夫可挽舟，足矣，何得凌虐！”海瑞道。

“刚峰先生这几句话，比在下前面的几句话更精彩，莫嫌其重复，莫嫌其冗长，一字不落都要写下。”老苏说。

“好，我已写下，老苏再往下说。”海瑞道。

“前一件，自州、县官说到驿递，下一件，晚生欲自驿递说到州、县官。”老苏铺垫一句。

“这倒有趣！不过，”海瑞指点着他说，“前一件，是你说起州、县官，我转到驿递，下一件，不可再由你说起驿递，由我转到州、县官。”

“不会，晚生前后文都想好。”老苏说着，摇头晃脑地述道，“过客至驿，道、府、州、县官不得出见。各驿递不许遣人传报，送礼送下程。纵出俸金，事当严禁。若过客自京堂三品而上官，驿官差人报知，各掌印官出见。驿递原不传报，不许遣人探听，先行迎拜。”

“你这不仅是由驿递而州、县官，而是二者反复陈说呀！”海瑞称赞道，随即指出，“不过，老苏呀，我觉着不许道、府、州、县官送过客下程，意思还没说透。”

“请刚峰先生教正。”老苏道。

“送礼送下程后，我拟加上一句：取诸民以奉人，与取诸民以奉己，其罪无异。开贿赂之端，长阿谀之念，各官目睹民艰，未见捐己赈之，乃加意过客，亦非周急之意也。”

“加得好！”老苏喝彩，“人皆以为常情，而刚峰先生欲革之；非加上这一句，体会不出刚峰先生深意。”

“驿递规矩已定得差不多吧？老苏，你再想想别的事。”海瑞道。

“在下在衙门里久，遇见最多的，是拖欠钱粮。”老苏试探道。

“那还不快说，本院想得最多的，也是此事！”海瑞道。

“一件，访得拖欠钱粮，其在小民无几，大抵包揽侵欺，势豪抗拒。”老苏有板有眼地说，“包揽之人，府、县得而治之，若势豪，则袖手听之矣。本院法之所行，不知其为阁老、尚书家也。府、县原有此权，甘自卑琐，自今以后宜痛自奋发。凡有拖欠，府、县径拿其人治罪。果为抗拒者走申，本院职在粮储，必为府、县做主。府、县勿以不才心度本院，隐忍不发，甘为贱辱。拖欠如此，诸凡受寄花分，凌害小民，有犯毋贷。”

这一件事，他完全以巡抚都御史的口吻在述说。海瑞只顾得埋头书写，不再增添什么内容。

然后海瑞口述，老苏记录。在经过几次轮换后，海瑞又问：“老苏，这回有几多事？”

老苏数过后回答：“已有三十五事。”

“不再嫌少吧？”海瑞问。

“当真已不少。”老苏说。

“那就再加一件。”海瑞说着，述道，“一件，本院所行条约计三十五款，非本院突为一说也。祖宗成法，今修举之，上以利国，下以便民。文到之日，各官当日严惕厉之心，痛洗颓惰之习。非本院故自苛责也，令行禁止，不可谓非大圣人作用也。诸葛孔明以严治蜀，本院于江南亦云，各官毋自贻悔。”

# 第二十八章

总理河道副都御史翁大立，巡视河水泛滥的沛县等地后，命赶往沛县东北的夏镇；并告诉随行人员，要在夏镇住上两日。

“都堂，按照常规，遇有灾情，是要即刻上奏朝廷的。”幕僚高先生不仅在提醒，而且在督促翁大立。他的意思，或者速去徐州，或者速去济宁，这两个近水患之处，有可以随时将奏表送出的驿递。

“我知道，”翁大立漫不经心地应道，“去徐州，或去济宁，都很容易；但今次水患，当如何奏上呢？”

高先生明白了他的顾虑。近年来，关于治河的争执，主要在开新河与疏故道上。现工部尚书朱衡，力主开新河，即在前都御史盛应期所开新河的基础上，进一步开通。而翁大立的前任、因丁忧去官的潘季驯，则认为疏浚故旧河道更为便利。结果是朱衡的主张得到朝廷支持，嘉靖末年开新河计一百九十余里。

翁大立是赞成开新河的，他在隆庆二年以右副都御史总理河道后，即上疏，大谈开新河的好处，并请再新开几条水渠。

但新河并没带来长久的安宁。不过一两年的时间，黄河又在沛县决堤，并将大量泥沙冲入运河，使漕运受阻。

作为河道总理，对此得有个交代。

“据学生看来，疏浚故旧河道，未见得不会有今次水患。”高先生站在翁大立的立场上说。

“这我心里有数。”翁大立道，“但持异议者未必拿今次水患发难，我若先去说疏浚故道也行不通，不是欲盖弥彰吗！”

“那么，都堂大人准备检讨新河工程？”高先生问。

“大司徒朱公的工程，还是由他自家检讨为好。”翁大立说。

高先生感到为难。要知道，河道总理谈水患，不能只谈决堤若干丈，淹地若干顷，流民若干万；你总得拿出点治水的法子来，才能让朝廷觉得你胜任。而现在既不能说开新河不对，又不能说疏浚故道不对，他能给都堂大人一点儿什么建议呢？

看着沿途大水冲过后的痕迹，他忽发灵感。要避开新河、故道的争执，又不让朝廷看轻河道都御史的奏章，那就只有一个办法：在谈论今次水患灾难上多下功夫。

“都堂大人是要避开繁华，在夏镇闭门做文章吗？”他问。

“知我者，高先生也！”翁大立笑着说，“不过，关起门来，不是为的做文章，而是为的作画。”

“作画？都堂大人还有这等雅兴？”高先生觉得意外，其他随行人等也都觉得意外。

“不是雅兴，是悲情！”翁大立纠正说。

“悲情？”高先生正百思不得其解，忽然灵光一闪，“都堂大人作画，要作的可是水灾图？”

“水灾图，这个名字不错！”翁大立道，“画面若干，我都设计好，只是还没有名目。就用它吧。”

“大人作画，不止一幅？”高先生问。

“水灾惨状，区区一幅，怎包容得下！”翁大立掰着手指数道，“堤决不止一处，择其要点两三处，每处作图一幅，是应该的吧？秋禾被淹，得作一幅吧？房屋坍塌，得作一幅吧？街市行舟，得作一幅吧？灾民流离，得作一幅吧？老幼失怙，得作一幅吧？”

高先生在一旁听他数着，等他停下来，对他说：“至少得七八幅呀！”

“不，我设计的画面，共计十二幅。”翁大立说。

“都堂大人命在夏镇停留两日，就是为作画十二？”高先生问。

“不错！”翁大立应道。

“作画十二，是为进于朝廷？”高先生又问。

“不错！”翁大立应道。

“每日作画六幅，可不宽裕。”高先生说。

“不能每日作画六幅，我的打算，于第一日作画八幅，第二日作画四幅。”翁大立说。

“为何前后劳逸不均？”高先生问。

“没法子，我这人办事，向来先松后紧。”翁大立道。

“都堂大人怎么说？”高先生听这话好不古怪，“前一日作画八幅，后一日作画四幅，倒成前松后紧？”

“后一日不止作画四幅，还得为这十二幅画配一篇洋洋洒洒的文字，还得另草一疏。”翁大立说。

“大人说起自家手稿，从未用过洋洋洒洒这几个字。”高先生说。

“是啊，都堂大人让我等见识见识，何谓洋洋洒洒。”立刻有人附和。

“某所谓洋洋洒洒，并非何等鸿篇巨制，而是指以画面之外的文字，来配这些画面。”翁大立道。

“画面之外的文字？都堂大人是说，这一篇文字并非解说冲决堤坝、淹没田亩、百姓流离等灾情？”高先生问。

“正是。”翁大立点头。

“那都堂大人写的何事？”高先生问。

“我写的是灾情本身外，尚有可患者五。”翁大立道，这篇文字在他已经酝酿成熟，可以脱口而出，“东南粒米不登，京储空虚，何恃以充？可虑一也。边关墩堡倾颓，何恃以守？可虑二也。畿辅、山东、河南，淫雨既久，城郭不完，何恃以备？可虑三也。江、海间舟舰战卒，悉入波流，海防之险，何恃以固？可虑四也。淮、浙盐场灶户流移，商贾不至，国家课收，何恃以足？可虑五也。”

“都堂大人眼观大河之患，心里想的却是天下大事呀！”高先生说。

“我奏请朝廷以五患十二图付公卿集议，以求拯济之策。高先生，你看，我也算对得起朝廷以河道之事托付吧？”翁大立道。

“岂止是对得起，大人这是殚精竭虑。”高先生说着，又问，“今次水患，绘之以图；水患之外，著之以文。都堂大人为何还要另草一疏？”

“大灾之后，有一件事是一定要做的。”翁大立说。

“大人说的是赈济？”高先生不会想不到。

“对。”翁大立点头，“我在想，今次周赈灾民最便捷的法子，莫过于准允后至漕船贮粟徐州仓，平价出籴。这件事若是得行，我才上对得起朝廷，下对得起黎民百姓。”

皇帝得翁大立疏，将水灾图留在宫中备览，将其疏文下有司议之。至于赈灾一事，诏准以漕粮三万石留徐州仓。

# 第二十九章

九月二十一日，皇帝大阅于京营教场。普通的队阵操演之后，在京武臣及勋戚等，一一上场，展示射技。依照定例，一人三箭。全中靶心，列为上上格；两箭射中靶心，一箭稍稍偏离在靶心外，列为上中格；两箭靶心，一箭脱靶，列为上下格；一箭射中靶心，两箭偏离，列为中上格；一箭射中靶心，一箭偏离，一箭脱靶，列为中中格；一箭射中靶心，两箭脱靶，或三箭皆偏离，而在靶上，列为中下格；两箭偏离靶心，一箭脱靶，列为下上格；一箭偏离靶心，两箭脱靶，列为下中格；三箭皆脱靶，列为下下格。以上共计三等九格。

成绩在上上格的，一定会获得满场喝彩，自己也满心喜悦。成绩在上中、上下格的，喝彩声没那么响亮，但也可以挺起腰板下场。成绩中等的，或是抱怨弓选得不对，或是抱怨运气不好，但总有一箭可以得意，至少三箭都射到靶的边缘。下上格、下中格者，没有可以得意的，唯一的安慰是：不还有比自己更差的吗？更差的人不多，只有襄城伯李应臣、京营中军尚锐等三五人。李应臣是第七代襄城伯，皇帝顾全他的体面，置之不问；其他成绩在下下格的人沾光，也未被处分。

应该说，在大阅进行时，以及在大阅完成之后，最感得意的，并不是成绩在上上格的一二武臣，而是阁臣张居正。去年他上六事疏，曾提到行大阅礼，引得皇帝跃跃欲试。一些科、道官加以反对。刑科给事中骆问礼奏称，大阅京营非为要务，不必仰烦圣驾。今年六月，张居正上疏，止论大阅，称，礼部已定大阅仪注，一旦停罢，将何以对四方观听？皇帝本来也不想停罢，命如期举行。

在大阅进行时，以及在大阅完成之后，心里最不舒服的，也不是襄城伯李应臣、京营中军尚锐等，而是另一位阁臣赵贞吉。赵贞吉在徐阶以后的阁臣中，资历最深；就性格而言，也最狂傲。内阁四阁臣，他排列在最后，李春芳、陈以勤谦和，对他极是恭顺，还没什么；独有张居正敢于任事，敢于出头，不太把他这个前辈放在眼里。就算张居正不是春风得意，赵贞吉也要给他点儿颜色看，而大阅一行，正好有个口实。

“子实先生在户部办过事吗？”他先问李春芳。

“没有，我只在礼部当过差，还是兼职。我这几十年，除在翰林院办事，就是在内阁办事。”李春芳说。

“逸甫先生呢？”赵贞吉又问陈以勤。

陈以勤同样是翰林起家，任过礼部侍郎和吏部侍郎，就是没任过户部官。所以他也摇头。

接下来，该问张居正。但赵贞吉并不问，却说句“可惜”。

“孟静先生，怎的可惜？”陈以勤问。

“没在户部办事，不知会计之艰辛呀！”赵贞吉道。

“会计之艰辛，人人看在眼里，未必一定要做过少司徒，心里才有数。”陈以勤说。赵贞吉曾任户部侍郎，其实也是为督饷而加的名目，对真正的户部差事不见得了解多少。陈于勤和他是四川同乡，少些顾忌，似有意似无意地讥刺他一句。

“逸甫先生别小看少司徒的经历；做过一天少司徒，和不曾在户部办过事的人比起来，想法就是不同。”赵贞吉说。

“孟静先生试举一例。”陈以勤道。

“请问逸甫先生，还有子实先生，今次大阅有何感受？”赵贞吉问。

“为国家立威，为天子立威，是件大事。”李春芳说。

“于京师军伍，于天下军伍，是个督促。”陈以勤说。

“子实先生说是件大事，不说是件好事；逸甫先生说是个督促，不说是个鼓舞。二位的说法都很有趣。”赵贞吉道。

“孟静先生怎不问问叔大先生？”陈以勤见张居正被冷落在一旁，有点儿过意不去。

“叔大先生怎的看，不用问，我也知道。”赵贞吉说。

“他怎的看？”陈以勤问。

“两个字：壮举。”赵贞吉说。

“是否？”陈以勤问张居正。

“略有不足。”张居正说。

“那就再加两个字：伟业。”赵贞吉说。

陈以勤发现，用不着再问张居正。大阅是此公提出的，是此公坚持的，他一定把大阅看作壮举，看作伟业；或许，在他眼里，要用比壮举和伟业更绚丽的词句才能形容。既如此，还不如问赵贞吉呢。

“那么，孟静先生怎的看？是大事、好事，是督促、鼓舞，还是壮举、伟业？”陈以勤问。

“我不说大事、好事，不说督促、鼓舞，也不说壮举、伟业；我就要让子实先生、逸甫先生知道，一个任过少司徒的阁老，是怎么看待此事的。”赵贞吉仍然只对李春芳、陈以勤两个人说，他问，“你等可知，今次大阅，太仓得拿出几多银两？”

这个问题，李春芳、陈以勤压根儿就不曾想，二人面面相觑。

“如何？未曾在户部办事的人，说不出吧！”赵贞吉道。

“那也未必。”陈以勤不认同，是因为知道，张居正比他等都热心实务，于是问他，“叔大先生，你能估算得出吧？”

“应是笔大数目，不过——”张居正说。

他想说这笔银子用得值，但马上被赵贞吉打断：“我只问拿出几多银两，不问其他。叔大先生以‘是笔大数目’来应付，比子实先生、逸甫先生高明不了多少。”

“叔大先生何不说出个具体数目，让孟静先生听听！”陈以勤激道。

“是啊，叔大先生说得出来，我等亦长长见识。”李春芳也说。

两个人都这么说，张居正不好再应付；但听得出，他的估算很随意：“我想，三、五十万总是要的。”

“要这多！”李春芳惊呼。

“以孟静先生任过少司徒的眼光看呢？”陈以勤则问赵贞吉。

“看来，叔大先生的估算，二位都不信呀！”赵贞吉说着，身出两指，“实话告诉二位，今次花费，是这个数目。”

“二十万？”李春芳、陈以勤齐声问。

“二百万。”赵贞吉冷笑道。

不但李春芳、陈以勤，连张居正，都瞪大眼睛。当然，张居正不会开口质疑，开口质疑的是陈以勤。

“孟静先生，是不是危言耸听呀！”陈以勤道。

“我与户部刘尚书、兵部霍尚书核对过，不会少于这个数目。”赵贞吉话说到这里，变得怪腔怪调，“有人对度支甚是留意，就没求实过吗？”

这明显在针对张居正，而且明显是在寻衅，李春芳、陈以勤都觉得为难。对大阅的花销，二人很想知道准确的数目；可要问下去，或许会在赵贞吉、张居正之间激起一场恶斗。

张居正的脸色已经很难看，他竭力控制着自己的情绪，直到恢复常态，才开口说话。

“我的确询问过，三五十万正是根据询问估算的。”他说。

“恐怕询问者并非认真询问，或被询问者并非认真答复。”赵贞吉说。

“我是认真的。我看，人家也是认真的。”张居正道。

“那只有一种情形。”赵贞吉明白地告诉其他人他有一个解释，却不急于说出来。

如果大家都追问，他会很得意；如果大家都不追问，他会很难堪。他不敢保证自己能得意起来，但可以保证自己不会难堪。就算张居正不屑于问，李春芳不愿多嘴，陈以勤也是一定要听到结果的。

果然，陈以勤问：“孟静先生，是哪种情形？”

“有人欲加遮掩。”赵贞吉说。

这就不是一种情形。张居正询问，对方不告以实情，是遮掩；对方告以实情，张居正胡乱估算，也是遮掩。

李春芳不会听不出他话里的两层意思。为息事宁人，他只说其中的一层意思：“户部欲加遮掩，实是不该。”

“子实先生这么说，我倒要为户部辩一辩。”赵贞吉这么说，好像不忘旧衙门之情；但再听下去，就成赤裸裸的抨击，“户部又不是始作俑者，为何要遮掩？又不想欺世盗名，为何要遮掩？少年后生，使何等手段出人头地不好，却要一掷国家百万金！”

李春芳、陈以勤都在想，张居正这下一定会被彻底激怒；他要是和赵贞吉不限于口舌之争，动起粗来，该如何劝解？让人想不到的是，赵贞吉两句锥心刺骨的话说完，竟若无其事地朝三人一笑，环作一揖，离阁而去。再看张居正，也若无其事地笑笑，倒背双手，跟出去。见他二人各走一边，李春芳、陈以勤相互看一眼，长出一口气。他们现在的想法是，这两个人都是干大事的，或至少有一人是干大事的。

# 第三十章

河南新郑深宅大院的高府，来个远方的客人。投进来的名刺，右边四个字较小，写的是南直丹徒，当中两个字较大，写的是邵芳，两个字下又有两个较小的字，写的是樗朽。

看是镇江人，高拱不太想见；再看名字，既陌生，又俗气，更不想见。但看到“樗朽”二字，他不由笑出声。人们常以樗材或樗栎来比喻无用之人。那么，已朽的臭椿，又该是个什么样的人呢？

“请他进来吧。”高拱命道，在仆人高升将退出未退出之际，他问，“知道怎的称呼人家吗？”

这本来不是个问题，高府的仆人，对默默无闻的来客，想怎么称呼，就可以怎么称呼。但高拱既问，高升就说：“小的不知，请老爷示下。”

“称他樗先生。”高拱说。

“老爷，名刺上所写，他自个儿所说，姓邵。”高升说。

“邵字我识得，倒是樗字，你未必识得。”高拱说着，给他讲解，“此字读初。知道樗为何物吗？樗者，臭椿也。”

高升想笑，赶快把嘴捂住。

“小的不如直接称呼他臭椿先生。”他说。

“不得无礼。”高拱板起面孔说。

高升知道，老爷的凶相是装出来的。试想，人家明明姓邵，却让称呼人家樗先生，这不就等于称呼臭椿先生吗！

邵芳听高升称他樗先生，竖起大拇指赞道：“高府当真了得，普通一人，也识得樗材之樗。”

“我还知道，樗者，臭椿也。”高升说。

“是肃卿先生告诉你的吧？”邵芳问。

“不错，是我家老爷亲教的。”高升很得意。

“肃卿先生对这两个字作何评论？”邵芳问。

“老爷说，称呼客人樗先生，但不得称呼臭椿先生。”高升说。

“果如我料，高家有敬客的规矩。”邵芳说。

“但我却不懂这两个字。”高升道，“臭椿原本就是不成材的树木，樗先生为何还要在后面加个朽字？”

“没有道理。譬如屁字，原本不雅，有人偏偏还要在前面或后面加上个臭字。”邵芳说。

“那可不一样，屁字前面或后面加不加臭字，总是臭的；樗字后面不加朽字，未必就朽败。”说起俗言恶语，高升的道理多得很。

“反正成不了材，朽败与否，有何区别！”邵芳很失意地说，但说起下面一句话，他又十分得意，“再者，有这个字和没这个字，加这个字和加别个字，大为不同，不信，管家得空时问问，不是这两个字，你家老爷会见我吗？”

“承教，承教！”对此，高升不得不承认。

邵芳被引进高拱的书房兼客房，行叩拜礼，口称：“小生邵某不远数千里而来，为肃卿先生贺。”

“邵先生且慢行礼，容我请教。”高拱说着，抬抬手，请邵芳起来。

邵芳见他手里拿着自己的名刺，已知要问什么。他边起身边说：“这两个字是贱号。”

高拱正想问他，樗朽是别字，还是别号。没想到，他善解人意，不等问，自己先回答。高拱趁机发一通议论：“我以为，此二字若用作别字，难免有自轻自贱之嫌；用作别号，则另当别论。”

另当别论，谓别号往往取其反意。

“知小生者，吾公也。”邵芳揖道。

高拱把话题转到邵芳方才的致词。他问：“古有贺贫者，邵先生此来，是贺我落魄吗？”

“不然，小生是来贺老先生适逢机缘，再起有望。”邵芳说。

再起二字，在高拱听来，第一个感觉是太直白，太刺耳。

“邵先生可知，‘再起’是不可轻言的？”他冷冷地问。

“小生知道。再起者，朝廷有再用之意，仕者有再仕之心，二者缺一不可。”邵芳说。

“我在朝廷几十年，从未闻得有邵先生这一号人物在京师走动。朝廷取舍，邵先生未必说得出一二吧？”高拱道。

“要说得出朝廷取舍，先得看仕者心意。”邵芳说。

“那么，邵先生怎知我有再仕之心？”高拱问。

“小生是镇江人，自江南来。”邵芳答非所问地说。

“那又怎样？”高拱道。

“我来河南前，先去过华亭，拜谒徐老相公。”邵芳说。

“徐老相公年近七旬，身体可好？”高拱问。

“肃卿先生是问，徐老相公还有没有再仕之心吧？”邵芳反问。

“邵先生想怎么说就怎么说，何必管我问的什么！”高拱道。

“小生要说的是，徐老相公沉湎享乐，心志已衰。”邵芳说。

“亦即不堪再仕？”高拱问。

“是，小生有见于此，三言两语之后，旋即告退。”邵芳说。

“怎见得，高某不是沉湎享乐，心志已衰呢？”高拱问。

在邵芳说曾拜谒过徐阶并且拜谒的目的是劝徐阶复起时，会冒一个很大的风险：高拱可能当时就下逐客令。而高拱既然给他一个继续说下去的机会，他就一定要说得很恳切，说得能打动高拱。

“吾公与徐老相公非同一类人。徐老相公所热衷者，吾公必远避之；徐老相公所不欲者，吾公必思取之。”他说。

“有人舍之，自有人取之，这不必说。但我还是要说，朝廷取舍，邵先生未必说得出一二。”高拱道。

“我正要与肃卿先生说，朝廷有无再用之意。”邵芳立即回应。

“究竟是有，还是无，邵先生只能言其一呀！”高拱说。

“这就是小生说的机缘。”邵芳道。

“何谓机缘？”高拱问。

“内阁不太平，乃是机缘。”邵芳道。

“怎讲？”高拱问。

“肃卿先生说，小生不曾在京师走动。这话说得对。但小生虽不曾在京师走动，对朝廷取舍，却略知一二。”邵芳摆出很知情的架势，说起内阁，“今日内阁四人，首揆李公、次辅陈公，人品固佳，惜才情不足；能干事的，是三辅张公，四辅赵公。张、赵二人，皆恃才傲物，极难相处。赵公凭借资深和朝廷特别起用，于内阁议事，及廷议之际，屡屡给张公难堪；张公已忍无可忍。为张公计之，他既不能制约赵公，又不能指望李公、陈公制约赵公，必期一制得赵公者入阁。吾公不妨想一想，当今之世，得复入阁、得为首揆、得制赵公者，能有几人？”

高拱被这一番议论深深吸引。他说：“在邵先生看来，大约有两个人，一个是徐老相公，一个就是我。”

“肃卿先生只说对一半。”邵芳道，“在未见吾公与徐老相公之前，我以为有两个这样的人；在见过二公之后，我可断言，只有吾公一人。”

“邵先生为何弃徐老相公不取？”高拱问。

“即便徐老相公有再仕之心，他也只得复入阁而已、为首揆而已，而不足以制约赵公。”邵芳说。

“我问邵先生为何弃徐老相公不取，是句玩笑话。取与不取，别说不决于邵先生，也不决于张叔大之辈。”高拱说。

“小生知道，增补阁臣，特别是复为首揆，决于上裁；但张公可以让皇上想起吾公来，则毋庸置疑。”邵芳说。

“以叔大先生与我的交情，请他在皇上面前为我说一句话，他是肯的。”高拱也开始考虑复出的可能性。

“小生以为，张公的作用，不在于在皇上面前为吾公说一句话，而在于他能使司礼诸公在皇上面前为吾公说一句话。”邵芳道。

这话说到点子上：皇帝的亲信太监说一两句话，有时比大臣们说一二十句话，作用还大。当然，仰仗张居正也好，仰仗司礼诸太监也好，都得有人在京师活动。

“邵先生愿意为我在京里活动吗？”高拱问。

“小生拜谒吾公，正是想讨这么个差事。”邵芳说。

“欲成此事，邵先生看要用多少银子？”高拱率直，既然决定走这一步，马上问起花费。

“三至五万。”邵芳说个大概的数目。

高拱想了想，说：“银子我可以出，但邵先生切忌招摇。”

# 第三十一章

将近黄昏时，会极门朝房内外，一片沉寂。当值的官校见张居正走过来，忙迎上去。他的印象里，张居正出内阁回家，不会经过这里；今日绕道而来，一定有事。

“张先生，朝房里已无人。”他抢先告诉张居正，免得张居正问他某某人在否，回答起来麻烦。

“我不找人，我等人。”张居正说。

“不知张先生等谁人？在下见到，好通报一声。”官校讨好地说。

张居正本不想说；又一想，在此处与人会面，瞒得过任何人，却瞒不过这个官校，不如告诉他，还显得坦然。

“司礼监冯公公，喜爱此处清静，约我来说几句话。”他说。

一个是内阁大臣，虽不是首辅，却最被看好；一个是司礼太监，虽不是掌印，却也是第二号人物。该官校除了讨好，不会想别的。

“张先生请进去坐，我去取个火盆来。”他说。

时至十一月底，天气已经很寒冷。张居正却拦住该官校，说：“火盆不必取，不使人打搅，足见关爱。”

“言重，言重，这是在下的职责。”官校说。

他目送张居正进入朝房，然后走远几步，目不转睛地盯着另一个方向看，直到冯保走过来。让他吃惊的是，冯保竟连一个长随也没带，这在有数的几位大太监，是少有的情形。

他迎上去，殷勤地说：“张阁老在等冯叔呢。”

“你有事吗？”冯保问。

“在下无事。”该官校忙说，“在下应允张阁老，不使人打搅，冯叔尽管放心。”

“你应允张阁老不使人打扰，我还是不放心；除非你再应允我一件事。”冯保说。

“但请冯叔吩咐。”该官校道。

“你别去打搅。”冯保说。

“不敢，不敢，在下也离朝房远远的。”该官校道。

“我不是说这个；我是说，你别到处去嚼舌头，”冯保说着，指指该官校的嘴巴。

“在下若多一句话，冯叔把在下的舌头割去。”该官校发着重誓。

二人说笑着，走了一段路。离朝房还有一段距离，该官校停下来，恭送冯保进入朝房，自己则留在那里尽他的职责。

冯保进朝房，随便揖了揖，道：“叔大先生选的好地方呀！”

张居正还一揖，道：“明明是冯公选的地方，怎算到我头上？”

“我选的地方？”冯保一愣，随即懂得其中的奥秘，他问，“是老七对叔大先生说的？”

“是啊！”张居正应道。

“那就不是叔大先生选的，也不是我选的，是你张府这位七爷选的。”冯保说，“老七把叔大先生礼盒送到我宅子里，我说要当面向叔大先生致谢。老七说，那就在朝房吧。我以为，是叔大先生的安排，谁知竟是老七的安排。叔大先生，我看老七可以当你半个家。”

“不管怎么说，这个地方选得不错，不是吗？”张居正话语里，透露出对游七的溺爱，“他当家当得好，就让他当去。”

“有何不可！”冯保当然没有异议，“叔大先生对他放心，我对他有什么不放心的！不过，向叔大先生致谢，我还是不想通过他。”

“这不奇怪，冯公明曰致谢，实则质疑，当然不好假他人之口。”张居正道。

冯保一下被人看穿心思，既大为惊叹，又有些难为情。为维护面子，他质问：“叔大先生怀疑我致谢之诚？”

“不，冯公致谢之诚是毋庸置疑的。不过，在致谢之前，冯公一定要问清楚礼品的来头。”张居正说。

“哈，二十年前初识时，叔大先生就这等精明；想不到二十年后，叔大先生仍是这等精明。”冯保赞罢，觉得赞得不够，又说，“不对，应该说，叔大先生二十年后比二十年前更精明。”

“看来，冯公果然起疑心？”张居正问。

“实不相瞒，近几日，我周围不少人收到大礼。据说送礼的是同一人，我不得不多个心眼。”冯保说。

“如果是呢？”张居正假设道。

“如果是，虽假手叔大先生，我也要退还。”冯保说。

“冯公与那个人之间，当真没有转圜余地？”张居正问时，流露出稍许的遗憾。

“叔大先生可以见证，他是如何待我的！”冯保恨恨地说，“到手的司礼监大印，被他一句话，落到别人手里。这还如何转圜！”

“是啊，我也不懂他当时为何要多那句话；冯公因而不肯见谅，我也能够理解。现在，我要告诉冯公几件事，”张居正说着，伸出一根手指，“第一，游七送到冯府的礼盒，是我的，与他无关。”

“叔大先生一言九鼎，我自然信得过。”冯保说。

嘴上越是说信得过，心里头越是有疑虑，张居正怎会不懂！他笑了笑，说：“盒里的野参，是蓟镇戚大帅送与我的。我得知冯公近年一到冬日有畏寒的症状，故转送到府上。但愿它佐冯公安然度过今冬。”

“受之有愧，受之有愧！”冯保连声道谢，并拣张居正爱听的话说，“百年人参，固是世上珍品；而叔大先生一片情意，更为难得。”

张居正顾不上与他客套，又伸出一根手指，说：“第二，送礼与陈公公、孟公公的人，确实也备一份大礼，要我转送与冯公，被我原物退回。”

大太监李芳因得罪皇帝，去年已禁锢刑部狱，故不必备他那份礼。

“退得好！叔大先生真乃我知己也。”冯保由衷地说。

“冯公可知，我为何将大礼退回？”张居正却问。

“自然是因为我不会收其人之礼，自然是因为我不会为其人复出摇唇鼓舌。”冯保毫不犹豫地说。

“冯公言之极是。但我将大礼退回，还不止于此。”张居正说。

“不止于此？”冯保想不出还有别的缘故。

“对，这就是第三，”张居正伸出三根手指，“冯公若是肯为其人复出摇唇鼓舌，也是看在我的薄面上，而不会看在他的面子上；故而有我一份薄礼足够，用不着他的那份大礼。”

“换言之，叔大先生的厚赠，也是买我开口？”冯保在张居正面前不掩饰自己的情绪，所以用的是一个很难听的“买”字。

“欲冯公开口，或缄口。”张居正换个意思相近但没那么难听的字。

“缄口亦可？”冯保倒有点儿想不通。

“缄口亦可。”张居正给他一个肯定的答复，并解释说，“冯公愿为其人开口，当然很好；冯公不愿为其人开口，也没什么不好。反正陈公公、孟公公收下其人大礼，又经我一番言语，是一定会为他开口的。有他二人开口，很够了。不过，他二人若在皇上面前说其人好话，冯公在皇上面前说其人坏话，旗鼓相当，相互抵消，其人复出之事难成。故冯公缄口，是很要紧的。”

“为其人，叔大先生可谓煞费苦心。为何如此？”冯保大为不解。

“在别人面前，我归之于此物。”张居正说着，从袖口抽出一柄折扇，递给冯保。早过用扇的季节，张居正也没有冬日摇扇的习惯，他携带这柄折扇，就是为给冯保看的。

折扇一面题写四个大字：秋风贯耳。上款题的是：叔大吾兄把玩；下款写着：新郑高拱敬奉。

“叔大先生想说，为的交情？”冯保道。

“是。”张居正应一声，讲述了他与高拱当年戏谑对句的故事。

“当日叔大先生说的是春风，其人改作秋风，着实令人感慨。”冯保说着，发出疑问。“但叔大先生说，在别人面前，才做此解说？”

“对。在冯公面前，则是另一种解说。”张居正道。

“是叔大先生真实心境？”冯保问。

“诚如冯公所言。”张居正并不否认。

“说来听听。”冯保道。

“其人复出，说起来，我在帮他的忙，实则是为己。”张居正说。

“为他就是为他，怎成为己？”冯保问。

“内阁中情势，冯公想必有所耳闻吧？”张居正反问一句。

“无非是叔大先生与赵阁老不和，日有口舌之争吧？”冯保倒想劝解几句，“赵阁老就是这么个喜欢标榜的人，言语间不知得罪过几多人。他并非都是有意的，叔大先生不必理会。”

“他若只是标榜自家，我何必与他计较！他分明见我科第在他之后，入阁却在他之前，排名却在他之前，愤愤不平。一定要压过我一头，他方肯罢休！”张居正道。

“子实先生、逸甫先生科第也在他之后，排名更在他之前。他要压人一头，先要压他二人呀！”冯保说。

“此二公早把头缩回去，用不着他压。”张居正道。

“这倒是。”冯保也了解李春芳、陈以勤的为人，也了解张居正、高拱的为人，“叔大先生是不甘心把头缩回去的，所以，想找个也不肯把头缩回去的人做伴，一起对付赵阁老。”

“我不是个事事为己的人，但在这件事上，须得为己；不然，总有一天，我会被他压得喘不过气来。”张居正道。

“以恶制恶，叔大先生之策，不可谓不高明。不过，”冯保口气一转，说，“有一件事，叔大先生未见得仔细想过。”

“冯公说的是何事？”张居正问。

“其人与子实先生、逸甫先生不同，与再前的存翁也不同；而独断专行，颐指气使，倒是和赵阁老颇为相似。赵阁老排名在叔大先生之后，而其人以原职衔复出，排名即便不在首席，也将在叔大先生之前。叔大先生对他就忍受得了吗？”冯保道。

“冯公问及此事，对张某可谓呵护备至。”张居正说。

“这么说，叔大先生也想到这一层？”冯保问。

“是。”张居正应道。

“叔大先生怎想的？”冯保问。

“此二人皆在阁中，免不了彼此争斗。我或作壁上观，或略助其人一臂之力，日子就好过得多。等到有人出局，以二人实力而言，可断定出局的是赵某；其人才除去劲敌，不会再树一敌，我二人仍可共事。一旦其人独断专行，颐指气使，令我忍无可忍，”张居正说到这里，顿了顿，指着冯保说，“不是还有冯公吗？我所以说，其人复出之事，冯公不开口也好，就是留一退路。”

“留一退路与我？”冯保问。

“当然，也是与己。”张居正笑道。

冯保也笑起来。他说：“自古以来有养虎遗患之说，我还没见过有如叔大先生将虎玩于股掌之中者。”

十二月，降旨：起高拱少傅兼太子太傅、吏部尚书、武英殿大学士。其时，李春芳的加衔是少师兼太子太师、吏部尚书，建极殿大学士；陈以勤的加衔是少傅兼太子太傅、礼部尚书、文渊阁大学士；张居正的加衔是少保兼太子太保、礼部尚书、武英殿大学士；赵贞吉的加衔是礼部尚书、文渊阁大学士。高拱在内阁居于次席。在起用他的前几天，吏部尚书杨博致仕，皇帝命他兼署吏部事。

大约六十年前，首辅李东阳说过一番阁臣不能兼署各部尚书的道理，现在已无人理会。

# 第三十二章

隆庆四年正月，巡按直隶监察御史燕儒宦回京述职。他是嘉靖三十八年进士，任御史七八年才得一外差，自然想有所建树。趁拜谒掌院都御史王廷之机，他大谈起京师的防务。

“下官走遍蓟州、遵化、密云、宣府、保定诸镇，欲详绘一京师周边舆图，呈与子正先生与朝中诸大老。”他说。

“这是好事。不过，不忙于一时。适逢年节，儒宦还是先会会同僚，会会在京各位年兄，多饮几盅酒。”王廷说。

燕儒宦原名用，字儒宦。因燕字与焉字协音，有句成语叫作杀鸡焉用牛刀，有人以此取笑过他。从那以后，他改换名字，以字行世。

在他心目中，王廷绝不是个把过年过节看得比责任重要的昏愦官僚，所以对这一番明显的推托之词很不理解。

“下官有得罪子正先生之处吗？”他惶惶不安地问。

“没有呀！”王廷道。

“是下官哪件事办错？”燕儒宦又问。

“也不是呀！”王廷道。

“那么，子正先生为何不肯听下官禀陈？”燕儒宦由不安变为气愤。

“儒宦误会。我不是不肯听你谈论，我的意思是，眼下你对我谈论，并无益处。”王廷说。

“子正先生的意思是，下官谈论肤浅，听之无益？”燕儒宦知道，只有把他的话引申到自己理解的方面，才能让他改变态度。

“儒宦怎会这么想！”王廷无奈地摇着头，说，“儒宦谈论的题目，其实也是我一直关注的。”

燕儒宦不管他是不是无奈，有这话，就好往下说。

“子正先生，下官欲从南山说起。”他直奔主题地说。

南山是个太普通的地名，王廷不得不问一句："哪个南山？"

"自然是毗连居庸关的南山呀！"燕儒宦道。

王廷点点头。地点明确，他也知道燕儒宦要说什么。

"儒宦是说，并守南山之说不可行吧？"他问。

"子正先生怎知？"燕儒宦大为吃惊。

"儒宦若以为其说可行，就不会从南山说起。"王廷道。

"子正先生一语中的，真可谓老谋深算！"燕儒宦很是佩服。

"并守南上之说不可行，我是在揣测儒宦的意思，怎么竟成我之谋算？"王廷笑着提醒他。

"对，对！并守南山之说不可行，下官有一番思虑。"燕儒宦忙说。

"请讲。"王廷道。

"其一，既曰并守，则有所弃。"燕儒宦说，"议并守者所弃，金汤之险也。嘉靖年间，总督翁万达以东、北二路边垣几七百里，兵少力分，拟于东路镇南墩，与蓟镇所属火焰墩接界，塞其中空，自北而西，历四海冶一带，共修外边一道。又自永宁墩至陆台子墩，创修内垣一道，与北路新墙连为一体。翁公经营二载，功始告成。其建金汤之险，崇虎豹之威，形成首尾，隐然相应。此千万世之利也。一旦将外边、内垣皆弃，下官为朝廷惜之，为国家惜之，为逝者惜之。"

翁万达是嘉靖三十一年病逝的，所以他加上后面一句。

"儒宦这是从外边、内垣创建不易，言并守南山之说不可行。"王廷为他做个总结。

"其二，既曰并守，则有所图。"燕儒宦觉得，"所图"二字容易被人误会，他解释说，"议者非图朝廷之利，而图一己之利。"

"理会得。"王廷道。

"嘉靖中叶，所用边帅失人，虏多深入。当事者苟且于目前，为避咎难，为保性命，而创并守南山之说。意在造成一种假象，似我军主动弃守外边、内垣七百里间诸墩堡。"燕儒宦说。

"儒宦将这一层外皮剥落，其丑陋自见。"王廷进一步说。

"有子正先生这一句话，更为传神。"燕儒宦说。

"但并守南山之说，在虏深入之后。儒宦只说创并守南山之说为避咎保命，并没有说并守南山为何不可行。"王廷指出他分析中的漏洞。

"其三，下官要说的是：虽曰并守，实则不守。"燕儒宦道。

“并守即为不守，此论可立得住？”王廷问。

“子正先生且听下官剖析。”燕儒宦道，“南山接连居庸，去我皇家陵寝仅一舍，冈峦涧谷，盘亘交错。而延庆、永宁、保安，沃壤平原，皆在其外。虏若委辔长驱，结营于怀来、永平间，分兵肆掠，则宣府诸镇皆崩溃。宣府等不守，我军拘泥于山中，其势亦崩溃。并守南山，则弃外边、内垣诸墩、堡；弃外边、内垣诸墩、堡，则宣府等镇不守。宣府等镇，为捍卫京师而置。宣府等镇不守，如何守得京师；守不得京师，独守南山有何益处！”

“儒宦呀，你这一层一层说下去，真可以独成一说。”王廷道。

“子正先生还要说，下官的谈论听之无益吗？”燕儒宦再提出这个问题时，理直气壮得多。

“我从来也没说，听儒宦谈论无益；我是说，儒宦对我大谈宏论并无益处。”王廷道。

“这有何区别？”燕儒宦与其说意识不到二者之间的区别，不如说不愿去想二者之间的区别，“子正先生，你到底要对下官说什么？”

“自去年腊月至今，我已连上三疏乞退，儒宦没听说吗？即将去位之人，儒宦与他谈论边事，有何益处！”王廷道。

“子正先生急于去位，却是为何？”燕儒宦问。

“既然有人来，一定有人要走。世道如此，人道亦如此。”王廷话里充满沧桑感，看到燕儒宦若蒙若悟的样子，他又加上一句，“对儒宦而言，这未必是件坏事。”

说到这里，燕儒宦完全听懂。来的人是高拱。高拱很重乡情，所以，王廷说，对他而言未必是坏事。要走的人不止王廷一个，当初排挤高拱出朝，王廷是起过作用的，其他许多大臣也是起过作用的；在处置高拱的心腹、御史齐康一事上，王廷、毛恺等尤其起过大作用。高拱的复出，对这些大臣，特别对王廷、毛恺等，是个警示。王廷急于求退，未尝不是保全自己的明智之举。

燕儒宦对王廷没有恶感；同样，对高拱也没有恶感。他只是觉得，在高层的盘亘交错中，他一个小小的御史，实在是无能为力。

# 第三十三章

赵贞吉趁内阁诸臣都在，发出邀请："明日兵部集议营制变动之事，诸位一起去听听吧。"

"所谓'诸位'，应不包括孟静先生本人吧？"陈以勤开玩笑地说。

"自然不包括。兵部集议的是孟静先生的陈奏，他若不去，与会诸人却与谁议？"张居正道。

"本朝并无此制度，若陈奏者在数千里之外，也要召回来不成？"陈以勤不同意他的说法。

"孟静先生不是在朝中吗？再说，孟静先生与会，业经霍司马奏请，皇上准允，他是一定要去的。"张居正说。

李春芳不想去，正好有借口："我等与孟静先生不同，既未经大司马奏请，又未得皇上准允，不便去。"

"子实先生讲究的是道德文章，视兵事为细枝末节，不去也罢。"赵贞吉说着，问张居正，"叔大先生是下过功夫研习兵事的，不会不去吧？"

"子实先生既曰不便去，自是我等皆不便去。"张居正推辞道。

"肃卿先生，"赵贞吉转向高拱，"你兼署吏部，以部堂而与会，其便乎，其不便乎？"

"我入朝不足一月，焉知便与不便，还是从众吧。"高拱说。

"肃卿先生不愿看我舌战群儒？"赵贞吉还想劝诱。

"孟静先生舌战群儒的风采，谁不想一睹为快！我却怕看的是一出走麦城，岂不难堪！"高拱道。

"谁走麦城？我走麦城？"赵贞吉愤道，"肃卿先生这是何意？"

"我只是就事论事。"高拱道。

"就事论事，怎的论出我走麦城！"赵贞吉愈加气愤。

"此事纯属耳闻，若是讹传，孟静先生切莫介意。"高拱先摘清自己，再说其事，

“去秋大同失事，总兵官赵岢隐瞒，总督陈其学反以捷报。所闻如此，不知确否？”

“肃卿先生说的是这件事呀！”赵贞吉回应一声，不往下说。

“我等亦有所闻，此事应是有的。”张居正道，他替高拱说下去，“孟静先生曾于朝中疾呼，如赵岢这等瞒天过海，须得治以重罪。”

“结果呢？”高拱问。

“兵部议处，仅予贬秩处分。”张居正说。

二人不知有意还是无意，一唱一和，说出原委。

“肃卿先生，面对此事你能不疾呼吗？”为了掩饰自己的失意，赵贞吉把高拱推到前面。

“可惜，我并未赶上此事。”高拱轻描淡写地避开。

“哼，此事尚未了结，不是还有人没处分吗！”赵贞吉恼怒地说。尚未处分的人，他指的是陈其学。

朝房坐满人。皇帝降旨，兵部集廷臣会议，所以，霍冀一定要坐在主位。但他还是把座椅往一旁挪了挪，让人看不出，他和赵贞吉坐的位置有什么区别。集议前致辞，他的几句话也很客气。

“赵阁老议及更改营制，事体重大。皇上命廷议，我不揣冒昧，请孟静先生到会，亲自把他的意思再叙述一遍，以便各位理解得更确切。”霍冀说罢，转向赵贞吉，“孟静先生，你先说？”

“我先说不妨，但听尧封先生话里的意思，似乎在嫌我越俎代庖？”赵贞吉不满意他的开场白。

霍冀吃一闷棍，忙问：“孟静先生这话从何说起？”

“赵阁老议及更改营制，这分明在说：你不安守本分在内阁办事，议的什么更改营制！”赵贞吉道。

“阁臣位在辅弼，天下之事，无不议得。更改营制之事怎就议不得？孟静先生莫要多心。”霍冀说。

与会的冯保看出赵贞吉有寻衅之意，从中说和：“一声赵阁老，我乍听起来，也有点别扭；但尧封先生不是随即改变称呼吗？孟静先生，大家都在等着听你的高论呢。”

赵贞吉只想给霍冀一点儿颜色看，不想也不敢搅乱廷议；冯保给他台阶，他正好走下去。

“高论说不上，我只是就营制利弊，略加阐述。”他说，“高皇帝定制，内外卫、所之兵，分隶五府，为的是杜绝强臣握兵之害，所虑至为深远。永乐末年，聚兵北伐。回师之后，结营团练，以五府所辖京军为五军营，而以三千营、神机营附之，名为三大营。正统末变为十团营，弘治间增为十二团营。但无论怎样更改，其兵皆辖于五府。正德年间，增东、西官厅，旧营称为老家，军籍仍存。即三营之号未泯，五府之意犹存。嘉靖庚戌年之后，于五府外设戎政府，内外之兵籍皆授之。是使各卫、所之兵，皆归于戎政府。”

“孟静先生这一番回顾，要点有二：一曰，设戎政府之前，尚存分营设兵之意；二曰，戎政府，有如国初之大都督府。”霍冀说着，问赵贞吉，“孟静先生，是此意吧？”

对他的总结和引申，赵贞吉淡淡地说：“相去不远吧。”

“诸位不妨就此二事多费些心思。”霍冀说。

成国公朱希忠以为轮到众人议论，抢着说：“戎政府乃——”

“爵爷，对不起，”霍冀拦住他说，“孟静先生的奏议，才述一半。”

朱希忠这才知道自已操之过急。他不好意思地说：“今日本该敬闻孟静先生高论的，轮不到我发什么议论。”

“那也得在下一番议论，爵爷听得进才成。”赵贞吉没把这段插曲当一回事，接着说句自以为很经典的话，“我以为，高皇帝所定分府设兵之法，不可能一日间恢复；但分营统兵之法，尚可遵行。”

“请问孟静先生，二者的区别在何处？”英国公张溶问。

“府者，左、右、中、前、后五府之府也；营者，三大营之营也，十二团营之营也。分府设兵，即卫、所之兵分归于五军都督府，军籍分归于各府，军士亦分归于各府。分营统兵，即军士分于各营团操，军籍亦分于各营存放。”赵贞吉说。

“孟静先生为何称，分府设兵不易恢复？”张溶问。

“我说的是，不易于一日间恢复。”赵贞吉道，自京军分为三大营后，五府逐渐形同虚设，仅存军籍而已。经百余年演变，岂易恢复！但就强干弱枝、权集朝廷的宗旨而言，仍以分府设兵最为有效。假以时日，当渐复其旧。”

“时至今日，赵阁老以为还可以恢复分府设兵的制度吗？”兵科给事中邵廉问。他这次称“赵阁老”，好像是存心气气他。

赵贞吉当然不会和他计较，呼着他的字反问：“虚道之意不可复？”

“不错。”邵廉应道。他字虚道，江西南丰人，是嘉靖四十四年进士。

“但我议的是当不当复，非可不可复。”赵贞吉一句话把他堵回去。

“大洲先生称，营者，三大营之营也，十团营之营也。大洲先生欲遵三大营之制，或十营之制？”御史尚德恒问。大洲是赵贞吉的别号。

“既非三大营之制，亦非十营之制。”赵贞吉说。

“那大洲先生拟分几营？”尚德恒问。

“分为五营，汝见以为如何？”赵贞吉反问。

尚德恒字汝见，四川南充人，嘉靖三十五年进士。他是个极聪明的人，略一思索，即有所悟。

“大洲先生是欲以五营取代五府呀！”他说。

赵贞吉不否认他的说法，但改个字：“是暂代。”

“分三营，未见得就少；分十营，未见得就多。孟静先生为何一定要分作五营？”邵廉问。

“虚道不觉得，五这个数字很好吗？”赵贞吉又反问。

“原来分为五营，孟静先生是占卜出来的。”另一个兵科给事中魏明体开玩笑地说。

“不是占卜出来的，是算计出来的。”赵贞吉一脸正经地说。

一句话，引起与会众人的关注。

“孟静先生是如何算计的？”张溶问。

赵贞吉把两根食指交叉搭在一起，说：“诸位都识数，这是十万。”朝房里笑声哄然而起，等笑声停止，他问张溶，“爵爷，今日满朝大将里，你看谁人能统十万之众？”

谁人当然也包括张溶本人。他眨眨眼，道：“这不好说呀。”

“爵爷恕我直言。以一人而统十万之众，非韩信、白起不能。今日满朝大将，谁人堪称韩、白！”赵贞吉的直言的确挺让人难堪。

“孟静先生不用说古，且说如何算计的。”朱希忠道。

“将十万众委与数人，则称职将领易选。”赵贞吉说，“委与几人为好呢？委与千人？委与百人，那是百户、千户，不成其为大帅。委与三人？每人统领的军士仍多；委与十人？规模又偏小。”

“故五人最为适中？”朱希忠问。

“六人七人亦可，但各立一营，如何名之？”赵贞吉道。

“不如以左、右、前、后、中营名之？”朱希忠问。

“是啊，用现成之名名之，有何不好！”赵贞吉道，“我以为，可将在京见操官军分左、右、前、后、中五营，各择将统之，开营训练。另使文臣巡核之，加以赏罚。戎政府印，宜收回，归之内府。有事，则太阿独持。辇毂之下，常有数万精兵，可战可守。”

他的一篇奏疏，简言之，就是这么几句话。

因为提到戎政府，霍冀问朱希忠：“爵爷方才欲言戎政府，与孟静先生之议同或不同？”

“无所谓同或不同。”朱希忠道，“我的意思是，戎政府乃先帝所设置，骤然革之，恐有不妥。孟静先生提的是收回戎政府印，而不关兴革，我看应该没什么不妥。”

“其他爵爷和各位大人也议议吧。”霍冀说。

无人提出异议；倒是有些勋臣、都督和部臣，支持收回戎政府印。霍冀数了数，共有二十人。

“爵爷，”他又就议论的另一个要点询问张溶，“你看孟静先生所议分营练兵之事行得行不得？”

“行不得又怎么办？今日又无韩、白之才，只好各人少带些兵，年终考语也好得个称职！”张溶既对赵贞吉的这个提议表示赞同，又以戏谑的形式表达不满。

霍冀笑笑，问道：“大家看呢？”

张溶以下，赞成分营而练的有十六人。

霍冀见邵廉似坐不住，问道：“虚道有何话说？”

“孟静先生问及，今日有无韩、白？我想议议此事。”邵廉道，“自古以来，强兵之道，在于择将；自古以来，天下并不缺乏良将。我以为，其一，古今之势不同，在古代，统兵十万方称得上良将；在今日，统兵一两万亦称得上良将。故择将，不该问有无能统十万之众者，而该问有无良将。其二，自古以来，良将未必皆蓄之于朝，或藏之于野。朝廷择将，固然先要择之于朝；朝中乏将，可求之于外；军中乏将，可求之于野。总之，择将须得下大功夫，须得广开门路。”

“虚道，今日议的是孟静先生的奏议。”霍冀提醒他。

“是。我马上就要说到孟静先生奏议。”邵廉道，“孟静先生奏议，着落在更改营制上；但我以为，历经百余年，三营之号未泯，五府之意犹存，有其未泯、犹存的道理，不当动辄议改。与其在营制上下功夫，以图强兵；不如在择将上下功夫，以图强兵。”

“虚道这一番议论，倒是别开生面。诸位看如何？”霍冀询问众人的看法，他自己的态度先很明朗。

“收戎政府印，我赞同；营制不必更改，我亦赞成。我看，三大营可各择一将领之，另设文臣总理。”尚德恒说。

邵廉、尚德恒的提议，也有一部分人支持。

“孟静先生，你看呢？”霍冀再问回赵贞吉。

竖子不足与议事！赵贞吉在心里恨恨地说。但他知道，这话不能说出口。科、道官是得罪不起的，稍加恶语，劾疏就会像雪片般飞来。

眼看霍冀要宣布廷议结束，赵贞吉说：“还有件事，该议一议。”

“孟静先生请说。”霍冀道。

“去秋大同失事，总督陈其学罪不可逭，当议其罪。”赵贞吉道。

“孟静先生，今日议的是更改营制事。”霍冀说。

“我知道，我想请尧封先生在复旨时添加上这么一笔，不可以吗？”赵贞吉道。

“孟静先生既命，有何不可。”霍冀无可无不可地说。

正月二十七日，王廷致仕。二月初一日，皇帝命赵贞吉署都察院事。

阁臣不宜兼署部、院事的一个原因是：部、院大臣须跪拜奏事，跪拜接旨。二月初八日降旨，署吏部事大学士高拱、署都察院事大学士赵贞吉免奏事、承旨。

二月十七日，兵部尚书霍冀被劾，罢免。

# 第三十四章

忽有旨到江南，应天巡抚海瑞改督南京粮储。海瑞离开苏州赴南京前夕，老苏及另外几个幕僚为他饯行。

“刚翁抚苏半载，据我所见，没有痛痛快快地喝过一次酒，尝过一次姑苏的菜肴，今日我和张大、张二、顾四等，”老苏指着几个幕僚说，“凑几个钱，定一桌酒席，为刚翁送行。”

“二张其实矮者为大，高者为二，所以我总分不清楚。顾四是苏州人，还是松江人，我也总记不住。老苏，这半年里，我与你最熟；但也到今日才知，你该是苏三吧？”海瑞道。

“刚翁说得对，在众文案中，在下年纪排在第三。”老苏笑着回答。

“诸生之情，我心领，今日绝不避席；不过，有件事我得问清楚。”海瑞说着，问道，“今日的酒钱，是分摊在你四个头上的？”

“是，我等用的都是私房钱，无一文取自库廪。”老苏说。

“我问的不是这个。有人若从库廪取钱，谅他也不敢请我吃酒。”海瑞说，“我问的是，有没有人虽出酒钱，却缺席未到？”

“没有，钱只是我四个凑的。”老苏说。

“那我就放心。我怕有人出钱，却缺席未到，我就欠他人情。同样，”海瑞挨个儿指着四人说，“我也不想欠你四个人情，酒钱原分摊到你四个头上，现分摊到我等五个头上。”

“不过喝一次酒，刚翁这是何苦！”顾四先生说。

“你等若反对，就怪不得我离席。”海瑞说。

老苏深知他说得出做得出，忙应承：“好，好，就依刚翁。”

“这才合我心意。”海瑞坐安稳。

“刚翁一定要出一份钱，依着刚翁；但我等几个事先定个规矩，却不能改变。”老苏又说。

“是何规矩？”海瑞问。

“今日难得买醉，只可说喜事，不可说愁事。”老苏告诉他。

“哈，你是怕我发愁呀！”海瑞表面上没当一回事，内心却很感激他们的良苦用心，“我又没罢官，又没贬秩，发的哪门子愁！巡抚应天等府是为朝廷办事，总督南京粮储也是为朝廷办事。”

“为朝廷巡抚应天等府，有人不让刚翁做；只怕为朝廷总督南京粮储，也有人不让刚翁做。”老苏说。

“老苏，此言何意？”海瑞问。

“刚翁且慢问他，他违规，当罚酒。”张大先生说。

“怎的一开口就违规？”海瑞没听出来。

“刚翁由巡抚应天而总督粮储，还算不得愁事；连总督粮储的事也不让做，是喜事，还是愁事？”张大先生道。

“果然违规，我认罚。”老苏独自饮一盅酒，然后对海瑞说，“刚翁，你也得罚一半。”

“你城池失火，为何要殃及池鱼？”海瑞不认罚。

“若非刚翁说起为朝廷办事，我怎会说出愁来！”老苏有他的理由。

“若是为朝廷办事都不可说，这酒没法子喝。”海瑞道。

“不是不能说为朝廷办事；但一说为朝廷办事，自会让人想起有人暗地里作祟，让你办不成事。”老苏说到这里，忙止住，“不多说，不多说！再说，又要罚酒。”

“此事不说，却有何事好说？”海瑞不是一定要说这件事；但觉得，按照他们的规矩，很难找到可说的事。

“可说的事多得很。”张二先生道，“我说一事，若合规矩，刚翁和诸兄都喝一盅，如何？”

众人都叫好。他于是讲段故事：“当今绍兴太守某公出外，仪仗被人冲撞。该人被缚回府衙，太守问他从何业，他答曰卖卜。恰好太守小妾有身孕，太守道：我夫人有娠，弄璋乎，弄瓦乎，试为卜之。卜者凡夫俗子，不解其意，漫应道：璋也弄，瓦也弄。太守大怒。”讲到这里，问，“刚翁，诸兄，可知后事如何？”

“肯定要暴打一顿。”张大先生说。

“责而逐之，恐怕难免；然二先生既问，恐不会暴打了事。”海瑞说。

“小夫人究竟生儿，还是生女？”老苏则问。

“苏兄为何不想，既生一男，又生一女？”张二先生道。

“果然是龙凤胎？那卜者这一顿责罚受得冤枉。”顾四先生说。

“吃些小苦头，却得大便宜。不但太守从此对该卜者礼而敬之，其事传出，他也一跃而成名家。”张二先生说。

“可惜我未巡抚浙江，否则又是另一番处分。”海瑞说。

“刚翁如何处分？”老苏问。

“太守对卜者责而逐之，并没有错。堂堂太守的仪仗，岂得随便冲撞！至于误打误撞，说对龙凤胎，太守要回报，我就让他为卜者也卜一卜，日后成仙耶，成鬼耶？”海瑞说。

“太守大概只好说，仙也成鬼也成。”张二先生道。

众人皆欢笑饮酒，连张二先生也陪着喝一盅。

“我再讲个故事。”顾四先生说，“本人有幸，与某位在朝中做过大官的人，同在一巷，比邻而居。”

“某位太含糊，何不直言其人？”张大先生激他。

“二先生不也说的是太守某公吗？你怎不追究？”顾四先生道。

“可他说的是当今绍兴太守！日子也有，地点也有，这个人想跑，是跑不掉的。”张大先生说。

“我不也说，与我住在同巷？我住在哪条巷子，你是知道的；欲知其人，你尽管自家去问问。”顾四先生道。

“你两个不停斗嘴，故事还让不让别人听！”老苏在一旁说。

顾四先生接着讲故事：“我为人虽糊涂，但从未想过，竟会连家也找不到。大约半年前的一日，散衙后，我往家走。进巷子后，我从巷口走到巷子深处，又从巷子深处走到巷口，来来回回走几遍，却找不到家。”说着，问道，“刚翁，诸兄，可知为何？”

“为人糊涂，是你自家说的；既为人糊涂，走错巷子，再正常不过。”张大先生说。

“我确信，巷子没走错；后亦证实，巷子没走错。”顾四先生说。

“那怎会认不得家？”张大先生问。

“因为比邻的大官人家，原来的大门漆以朱丹。我一早出门，还是朱门；等我回来，却成黑漆大门。”顾四先生说。

由朱门改为黑门，是因为海瑞到任，主人家不敢太招摇。如果说，绍兴太守的故事，只是个普通的笑话，这个故事就是在称颂海瑞。经历那么多任巡抚，不改大门的颜色，海瑞一上任就改，为什么？还不是因为他打击豪强势要之家，绝不手软。

张大先生端起酒盅，说："这故事有味道，酒我先喝。"

"一起喝，一起喝。"其他幕僚都说。

他们边喝酒，边偷看海瑞，只见他摇摇头，也把酒喝了。

"我遇到一件事，和老顾遇到的差不多；不过，保证张大先生挑不出毛病来。"老苏说。

"听你这话，我是专门给人挑毛病的。"张大先生说。

"你以为不是呀！"老苏道。众人觉得他反诘一句，生动有趣，都笑起来。在众人嬉笑声中，他讲述道："诸兄可知，苏州城里，哪个衙门最显赫？千万别说咱应天巡抚衙门，没的让人嘲笑咱们自卖自夸。要我说，最显赫的是织造衙门。我怎知道？因我住在织造衙门那一边，到巡抚衙门，总要经过织造衙门。但见车水马龙，朱衣高冠，和那阵势比起来，咱应天巡抚衙门真成小巫。"

"小巫也是巫公，总比非公非婆的大巫强。"顾四先生说。

"老顾，你这话要在织造那厢说，舌头会被割下来。"老苏警告他。

"老苏，别说东道西的，讲故事呀！"张大先生道。

"故事本身很简单，"老苏说，"那日从织造衙门前过，后面来领小轿，跟着三五随从。看随从的模样，是干公差的，我想，也不知是吴县的太爷，还是长洲县的太爷，来织造太监面前应付差事。县太爷也是朝廷命官，这不假；但咱都堂身边的人，也用不着给他让道呀。走着走着，就听后面有人叫骂：反了，反了，姑苏城里也有不给咱家公公让路的家伙！叫声那个尖呀，我大吃一惊，回头一看，"说到这里，问道，"刚翁，诸兄，你等猜怎么着？"

"还用猜吗，自然是见到织造太监的随从。"顾四先生说。

"岂止是随从，织造太监那张脸刚好从轿里伸出来！"老苏说。

"老苏，你也是！从织造衙门前过，怎的只往吴县太爷、长洲县太爷身上想呢？"张二先生责怪道。

"这却怪不得老苏，到姑苏办差的大太监，你几时见过乘坐小轿的，几时见过只跟三五随从的！"张大先生道。

"听张大这话，比你等大有见识。"老苏说。

"可不是，不听你的一段故事和他的一句解说，真没注意，这位公公几时由八人抬的大轿换成二人抬的小舆，随从几时由三五十人减至三五人！"张二先生说。

"我记得，那次被人叫骂，是刚翁把督、抚条约贴出去的第二天。没想到，走在街上，就遇到怪事。”老苏说。

“织造太监都收敛，这酒得喝。”张大先生说。

别人都喝酒，顾四先生却端着酒盅，责问张大先生：“我等轮流讲故事，你怎么只在一旁劝酒？”

“老顾且把酒喝，自见分晓。”海瑞说。

都堂发话，顾四先生当然不能不喝。等他喝完酒，海瑞说：“张大不讲故事，是他聪明之处。除张二，老苏、老顾都违规，难道自个儿还没觉察到？”

“我等怎的违规？”老苏和顾四先生齐声问。

“你等定的规矩，只讲喜事，不讲愁事，对不对？”海瑞问。

“不错，我等讲的都是喜事呀！”老苏和顾四先生说。

“你邻家把朱门换成黑门，对你我而言，或是喜事；但对你那位高邻而言呢？”海瑞问顾四先生。

“每日里战战兢兢，自然说不上喜事。”顾四先生道。

“织造太监轻车简从，对你我而言，或是喜事；但对织造太监而言呢？”海瑞又问老苏。

“威风减大半，还说什么喜事！”老苏道。

“其实，老顾的邻人漆以朱门，织造太监耀武扬威，皆国法所不容。他等因我到来而有所改变，又算得什么喜事！就算你我因此而喜，却有人因此而愁，喜与愁交织一起，谁说得清楚！”海瑞道。

“刚翁是说，我等定的规矩不好？”老苏问。

“规矩不好，却也是规矩。”海瑞说。

“那么，我和老顾当罚酒？”老苏问。

“你等讲这等故事，要罚酒；张大、张二再讲其他故事，仍要罚酒。我看，大家只好喝闷酒。不如改个规矩。”海瑞说。

“怎么个改法？”众人齐问。

“无论喜事，愁事，只要是心想之事，皆可言之。”海瑞道。

“我等定这么个不好的规矩，是不欲刚翁烦闷。”老苏解释。

“我知道。”海瑞道，他掰着手指说，“但一则，我方才说，调官并非愁事，我不会烦闷；二则，有愁事，憋在心里，岂不更要烦闷！”

“出钱的事，既依刚翁；规矩的事，只好也依刚翁。”老苏说。

“对，依刚翁就是。”其他人应道。

“那好，我接着开始的话说，就不违规。”海瑞说着，问道，“为朝廷巡抚应天等府，有人不让我做；为朝廷总督南京粮储，只怕有人也不让我做。老苏，此言何意？”

“这是两件事，第一件事，不让做应天巡抚，刚翁心知肚明，这不必多说吧？”老苏道。

“总督南京粮储，就是总督南京粮储，怎变成不让做应天巡抚？这个道理不讲清楚，酒是不能饮的。”海瑞以此要挟。

“老苏，刚翁一定要听，你就说说。”张大先生道。

“众人一样的想法，却偏要我说。”老苏嘟嘟囔囔，但不得不说，“刚翁以巡抚应天改总督粮储，原本说不得不让做应天巡抚，即如以兵部尚书改户部尚书，难道有人会说不让某公任兵部尚书，而不说某公就任户部尚书？但刚翁是在屡遭弹劾后，改而总督粮储的，这就得说有人不让刚翁做应天巡抚。”

“你是说，劾我者不让我做应天巡抚？”海瑞问。

“那我得问问，都给谏舒某，与刚翁可有私憾？”老苏道。

“并无私憾。”海瑞说。

“给谏戴某，与刚翁可有私憾？”老苏又问。

“亦无私憾。”海瑞说。

他说的都给谏舒某名化，任刑科都给事中；给谏戴某名凤翔，任吏科给事中。舒化弹劾在前，指海瑞迂滞不通；戴凤翔弹劾在后，指海瑞迂狂颠倒、滥受词讼等多项罪状。吏部议复戴疏，以为海瑞志大才疏，这才有今次的调动。

“据在下所知，舒某是江西人，戴某是浙江人。刚翁想管，也管不到人家家里去。他二人为何不让刚翁做应天巡抚？”老苏道。

“你的意思，有被我整治过的人，不让我做应天巡抚？”海瑞问，“老苏，你是猜测，还是有实据？”

“事情摆在明处，何用猜测！”老苏道，“我不是猜测，但也没有实据；只听到一个说法，颇耐人寻味。”

“是何说法？”海瑞问。

“徐老相公家的太常卿，刚翁熟吗？”老苏反问一句。

“不熟，在京时见过一两面。”海瑞说着，问，“太常卿怎的？”

“他对人说，不肖兄弟能以千金去一抚臣。”老苏转述徐璠的话。

“这么说，果是两位尚宝卿有所动作。”海瑞指的是徐阶的另外两个儿子徐琨、徐瑛，皆挂尚宝寺卿的虚衔。他自语道，“老相公是我救命恩人；但我裁抑其家，一无所贷，难怪徐府上下对我心怀怨愤。”

“看来，刚翁也想到这一层。”老苏说。

“别再说有人不让我做应天巡抚；老苏，你且说说，怎的总督粮储，又有人不让我做？”海瑞问。

“刚翁想想，而今朝廷铨政由谁主之。”老苏道。

“南京已得消息，由高阁老兼署。”海瑞说。

“刚翁处置徐府事，不顾私情，但多少还有些私情：无论如何，老相公对刚翁还是很爱惜的。而高相公素不喜刚翁，人皆知之，他会愿意让刚翁安安稳稳当这个优差？”老苏道。

“不愿又怎样？身为阁老，难道也做诬赖的勾当，找一两个闲得无聊的言官弹劾我？”海瑞满不在乎。

“但愿在下多虑。”老苏说。

他绝非多虑。高拱并非借助科、道之力，而是利用吏部的职掌，把总督粮储的事务并于南京户部。海瑞在衙门里坐几天冷板凳后，实在无事可做，只得以病请归。

# 第三十五章

昆山生员王炳璇为参加今年的应天乡试，三月初就来到南京。他妻兄李大经来得更早，而且在钞库街的一户人家借到一间屋子住下来。王炳璇知道，他这位大舅哥喜欢清静，自己若去同居，一定惹他不高兴。好在有两个好友，一在南京刑部司职，一在南京国子监司职，总有办法挤出个住的地方来。不料想，找到国子监，只见监内监外乱成一团。一打听，原来是祭酒姜宝被罢，自司业以下，人心惶惶，不知还会牵连到谁。到刑部衙门，所见相同。

在这种情况下，再给友人找麻烦，未免太不近人情。王炳璇漫无目标地在南京城里行走，有房屋租赁的地方，不是条件太差，就是人家要的房租太贵。无奈之下，还得去和李大经商量。

他找到地方，问明主人，李大经确实住在这里。他在主人带领下，走到后院，走进李大经的住屋。

李大经正在读书，见王炳璇进来，连书都不放下。

“兄长住处，闹中取静，真是好。”王炳璇不无羡慕地说。

“还可以。”李大经不冷不热地说。

“在南京，找这样一所住处，要几多银子？”王炳璇问。

“别人要几多银子，说不好；我住在此处，不要银子。”李大经说。

“不要银子？怎会不要银子？”王炳璇想象不出。

这是李大经愿意说的话题，他的话稍微多一点儿。

“何谓凑巧？我住在这里，就是凑巧。”他说，“前一夜，此宅主人做个梦，梦到一甲士寻来，道是为今秋解元租赁一屋。第二天一早，主人站在门外，正好见我走过。他拉我说话，我报上姓名，他竟然有所耳闻。于是，他留我住下。”

“今届秋闱，兄长抡魁，再好不过。我昆山士子，脸上都有光彩。”王炳璇讨好地说。

“一梦而已，算不得数。”李大经嘴上自谦，但从他的表情来看，今年应天试的第一名，已是囊中之物。

“既是吉屋，能否让小弟也分一点儿运气？”王炳璇切入正题。

“你是说，要和我住在一起？”李大经的态度又变得冷淡。

“小弟但愿这些日子能得兄长点拨。”王炳璇说。

“你是只住呢，还是——”李大经问。

王炳璇明白他的意思，说：“只住就好，一日两餐无须兄长操心。”

“主人与我投机，饭菜都是他送来。我总不便让他多送一份，所以要与你说清楚。”李大经道。

“诚然，诚然！”王柄璇连连点头。能住下来，他已谢天谢地。

王炳璇躺在床上，久久不能入睡。借着月光，看另一张床上，李大经也在动弹。他试探地问：“兄长入睡否？”

停一会儿，那边床上才有回应：“尚未。”

“小弟一事不明，欲向兄长请教。”王炳璇说。

“你问。”李大经道。

“南京各衙门，今日出何事？怎的一片恐慌？”王炳璇问。

“你见哪个衙门一片恐慌？”李大经问。

“一个国子监，一个刑部。”王炳璇道。

“你若问别的衙门，我不知出何事；若问这两处，还真出个不大不小的麻烦。”李大经说着，问道，“你可知，南京城谁人最为显赫？”

“声名显赫者，当属海刚峰海大人。”王炳璇说。

“我不问声名显赫者，问的是身世显赫者。”李大经说。

“有二人，一是任南京镇守的魏国公徐鹏举，一是领南京五府的诚意伯刘世延。”王炳璇说。前者是徐达的后人，后者是刘基的后人。

“对，刑部和国子监的事，就与此二人有关。”李大经道，“且说魏国公幼子徐邦宁，爱姬所出，魏国公欲贵之。他贿赂南京国子监助教郑如瑾，收徐邦宁入太学。南京国子监祭酒姜宝知其事，劾之。”

“兄长等等！”王炳璇插问，“令公、侯、伯子弟入监肄业，不正是姜先生提出来的吗？”

“姜先生指的是当嗣爵的嫡子或长子。而邦宁之母非正式婚娶，他一入学，似乎魏国公要传位与他。长子邦瑞自然不答应。”李大经说。

“原来如此。”王炳璇应道。

“朝廷年初就处分此事：郑助教削籍，魏国公夺月俸，连邦宁之母骗得的封诰也被朝廷索回。”李大经述道。

“那么，今日国子监的混乱，非因郑助教而起？”王炳璇自问自答，“我想也是，一名助教兴得起多大风浪。”

“今日太学混乱虽非因郑助教而起，但他也绝非等闲之辈，”李大经说，“他被削籍后，竟能买通朝廷给谏某人，重新疏论此事，描绘出完全不同的情景。”

“把诚意伯也牵连进去？”王炳璇能想到这一层。

“是。”李大经应道，“据该给谏所论，魏国公既不识郑助教，也不识姜祭酒，而姜祭酒与诚意伯往来甚是密切。魏国公先贿赂诚意伯，再请诚意伯代为厚赠姜祭酒。甚至有国子监的人出面作证，说诚意伯曾入太学，与姜祭酒密议多时，邦宁这才入的太学。于是，朝廷重新颁旨，姜先生罢官，诚意伯废爵。”

“这个处分可是够重的。”王炳璇感慨，又问，“怎么刑部也有人牵连进去？”

“不是有人牵连进去，是南京大司寇牵连进去。”李大经纠正说。

“蜃公吗？”王炳璇惊问。南京刑部尚书孙植，别号蜃川。他是嘉靖十四年进士。在两京尚书中，算得上元老。

“可不是他！”李大经道。

“原来国子监与刑部一片混乱，是因为两处的正堂出事，其属下谁不担心被牵连！”这一点，王炳璇想得通；但另一点，他仍想不通，“国子监出事，朝廷若一定要顺藤摸瓜，也该摸到南京礼部，怎么却把南京大司寇摸出来？”

“当初姜先生弹劾郑助教，朝廷曾命南京刑部鞫讯。南京刑部以魏国公贿赂郑助教确有其事复旨，而于魏国公贿赂诚意伯、诚意伯与姜祭酒密议等情节，未涉一语。朝廷一定以为南京刑部有意回护，斯立先生因而被一并罢免。”李大经说。

“三十余年宦海生涯，落得个莫名其妙被罢官的下场！兄长啊，小弟想想，实在有些心寒呀！”王炳璇说出心里话。

“话是这么说，你还不是巴巴地赶来南京，一口冷水一口冷饭地苦挨？将来到会试，还不知道过的什么日子呢！”李大经道。王炳璇要住下来，看在亲戚的分上，他不便拒绝，但心里一直不痛快。这会儿他终于可以冷嘲热讽。

“兄长既来，小弟怎好落后！”王炳璇反讥道，“再说，没有小弟名落孙山，怎衬得出兄长榜上题名的显赫；没有小弟侥幸取在几十名之后，怎衬得出兄长高中解元的辉煌！”

几个月之后，应天试放榜。王炳璇取在第十六名，是很好的成绩；而李大经摈而未取。

这是后话。

# 第三十六章

皇帝在陈洪读过内阁大学士高拱的奏疏后，问他："高先生此篇议的是边务；朕记得，半年前，内阁赵先生也有篇奏章议边务。怎的大学士们都把眼睛盯在边务上？"

"奴才想，高先生眼睛盯在边务上，是因兼署吏部；赵先生眼睛盯在边务上，是因兼署都察院。"陈洪说。

"不对。他二人皆兼署，张先生并未兼署呀。他几次议及大阅，不也为的边务！"皇帝道。

"奴才想，大学士们重实务，是件好事。"陈洪马上换个说法。

"老陈，士别三日，当刮目相看；朕看，对你也得刮目相看。大学士重实务是件好事，此论甚高呀！"皇帝不知开玩笑，还是当真这么想，反正把陈洪大赞一番。

"爷谬奖，奴才不过随口一说。"陈洪谦道。

"你此刻想要躲闪，断然是来不及的。既发一通高论，何妨再发一通高论：你就为朕说说，高先生与赵先生的两篇奏章，哪一篇写得更好？"皇帝道。

"要是让奴才品评的话，奴才斗胆说一句：高先生这篇写得更好一点儿。"陈洪毫不迟疑地说。

"想是和朕想的一样，但好在哪里呢？"皇帝又问。

陈洪不好意思地咧嘴一笑，说："奴才若是说得出来，就当请旨，去内阁办事。"

"朕料你的本事，也就到此为止。"皇帝道。

陈洪走后不久，冯保前来候旨，皇帝又和他谈论起这件事。

"高先生所进奏章，冯大伴读过吗？"皇帝先问。

"高先生奏疏先送至司礼监，奴才读过。"冯保说。

"读得可仔细？"皇帝问。

"内阁大学士的奏章，奴才阅之，不敢草率。"冯保说。

"那么，奏章里所言之事，还记得一二吧？在冯大伴看来，高先生的奏章和半年前赵先生的奏章，哪一篇更好？"皇帝问。

“爷问的可是赵先生分营统兵的那篇奏章？”冯保反问，不仅为的落实这一点，也为的换得片刻思考的时间。

“就是那篇。”皇帝说。

一问一答之间，冯保把答案想好。

“奴才以为，高先生的奏章更好。”他说。

“有意思，冯大伴是从不说高先生好话的，居然也以为他那篇奏章更好。”皇帝饶有兴致地说，然后问，“冯大伴，更好在哪里？”

“高先生写得更切实。”冯保说。

“你是说，赵先生写得不切实？”皇帝问。

“也不是完全不切实；但兵部议复，强兵在择将，不在变法，似乎更为切实。”冯保说。

“那你说，高先生所议，怎的更为切实？”皇帝道。

“他将六十一州、县列为边方，就很是切实。”冯保说。

“高先生确曾提到六十一州、县，你数过没有？”皇帝问。

“奴才不但数过，而且说得出来。”冯保说。

“六十一州、县都说得出来？”皇帝简直无法相信，要知道，不是三个五个州、县，十个八个州、县，而是六十一个州、县呀！“冯大伴，朕不难为你，你说得出四十州、县，就算你说得出来。”

说着，皇帝把留下的高拱奏疏翻到最后一两页，他记得，高拱最后写的是：此六十一处，乃是边方，其他不得概以边称。看样子，皇帝真是要考一考冯保。

“奴才遵旨。”冯保收敛精神，一口气说下去，“六十一州、县，分属三处。在蓟、辽，则昌平、顺义、密云、怀柔、蓟州、玉田、丰润、遵化、平谷、迁安、抚宁、昌黎、乐亭、延庆、永宁、保安、自在、安乐，是为十八州、县；在山西，则河曲、临县、忻州、代州、崞县、五台、繁峙、定襄、宁乡、岢岚、岚县、兴县、静乐、保德、大同、怀仁、浑源、应州、朔州、蔚州、山阴、马邑、广灵、广昌、灵丘，是为二十五州、县；在陕西，则固原、静宁、隆德、庄浪、安定、会宁、兰州、葭州、环县、安塞、安定、保安、清涧、绥德、米脂、吴堡、神木、府谷，是为十八州、县，三处共计六十一州、县。”

他说一处，皇帝点一处。皇帝是依次序点的，可见他是依次序说的。他说完，皇帝两眼仍不离开疏文，似在寻找着什么。

“不是你说错，高先生的确有两个安定。”皇帝说。

“奴才查过，陕西确有两个安定县，一属延安府，一属巩昌府。”冯保回奏道。

“原来如此！”皇帝这才想起褒奖冯保，“冯大伴好生了得，六十一州、县，居然一个也没说错！”

“奴才见高先生写得实在，对照舆图阅读，故记得扎实。”冯保说。

“别人看到此处，定是一眼带过；难得你肯用心。不过，”皇帝语气一转，说，“你说高先生写得实在，朕看尚未达意。本朝无人给边方下过定义，高先生如此划分，应算创举。”

“爷高瞻远瞩，奴才好生景仰！”冯保颂道。

“再者，冯大伴称高先生写得切实；朕看，列出六十一州、县，定为边方，只称得实在，还说不上切实。”皇帝又说。

“爷说的是。高先生奏议的主旨，是为地择官。”冯保应道。

“那么，怎见得他写得切实？”皇帝问。

“高先生称，边方有司，非杂流，则迁谪，待之既薄，志意隳沮，宜吏治日偷，民生日蹙。这几句话，就很切实。”冯保谈论高拱的奏疏，从篇尾一下又回到篇首。

“边方州、县，当真从未差派正经官员？朕看，朝廷对地方官员，不管大县小县，无论繁差简差，都该一视同仁。”皇帝道。

“朝廷该一视同仁，诚如圣谕。”冯保先迎合，再解释，“但朝廷该一视同仁，未必能做到一视同仁。故多以杂流、迁谪充边方知州、知县。人员既定，就算朝廷对他等一视同仁，他等自暴自弃，不思上进，也难以避免。”

“是啊，这也正是高先生担心的。”皇帝道。

“国家用人，不当为官择地，但当为地择官。高先生这句话，可谓鞭辟入里。”冯保说。

“这么说，边方有司，”皇帝照读高拱奏疏里的文字，“择强年轶才兼通武事者，三年为考，率加等擢用。如御敌著绩，超任之；果才略恢弘，即由此而兵备，而巡抚，而总督，亦无不可。若地方不效，降三级调用；推诿误事，轻则罢斥，重则军法治罪。”读过之后，他问，“凡此，也是可行的吗？”

“可行与否，爷一言定夺。”冯保说。

“那你就代朕批上‘照准’二字吧。”皇帝说着，把高拱的奏疏递过去，冯保才要接，皇帝的手又缩回，他问，“朕闻得高先生与赵先生不和，冯大伴，可有其事？”

“奴才也有所耳闻。”冯保答道。

“你看，错在谁人？”皇帝问。

“奴才不知原委，不敢妄评。”冯保避而不答。

“是啊，朕一时都分辨不出是非，何况他人！”皇帝道。

# 第三十七章

高拱请刑科都给事中舒化过来说话，不管舒化愿不愿去，都无法拒绝。因为高拱不仅是阁臣，而且兼着吏部尚书的差事。曾经某位阁臣，譬如严嵩，有着极大的权势，但在处分官员的升迁罢黜时，也要通过吏部；现在没有权势那么大的阁臣，但兼署吏部事的阁臣，在官员们的心目中，分量一定是最重的。

何况，舒化也遇到难题，思量再三，觉得非得高拱说话才能解决。

一见面，高拱就给他戴顶高帽："汝德，我看刑科中，你最肯负责。"

舒化字汝德，江西临川人，嘉靖三十八年进士。对高拱戴给他的高帽，他既不沾沾自喜，也不故作谦卑，而是问："肃卿先生当真这么看？"

"我向来是一说一，是二说二，汝德不知吗？若不是当真这么看，为何把你请过来议议热审！"高拱道。

热审是本朝一项刑审制度，与秋决正好相对。秋决是立秋以后，处决重罪囚犯；热审则是在夏季将轻罪囚犯遣释，出狱候决。热审一般是在小满以后，芒种之前，朝廷降旨，由刑部会同都察院、锦衣卫举行并题请。这会儿小暑已过，高拱找舒化来议热审，当然是议其善后之事。

"肃卿先生怎也做起拾遗来！"舒化语气有点轻佻。

"怎么，我议不得热审？"高拱有些不高兴。

"绝无此意！下官是不曾料想，今次热审有遗漏，肃卿先生也留意到。下官也正想与肃卿先生议一议热审呢。"舒化说。

"那真是个巧。"高拱应付一句，问道，"所谓热审有遗漏，汝德指的何事？"

"兵马司指挥孙承芳，当遣释而未遣释。"舒化说。

"兵马司指挥孙承芳？"高拱皱着眉头想一会儿，终于想起这个案子，"汝德，你怎的管起他的事？"

"定制热审，为的是不使轻罪者因经不起酷热，死于狱中；况且孙承芳下狱，根本是冤枉的。"舒化说。

“你怎知他是冤枉的？”高拱问。

“其一，孙承芳有巡城之责。见某禁军校尉，负尸弃于北安门外，因而将该校尉带回衙门讯问。这并无差错。”舒化说。

“听说，他不止讯问，还动刑。”高拱说。

“而今上上下下有哪个衙门讯问不动刑的？”舒化不以为意。

“这可不是件小事。”高拱严正地说，“大司寇葛公对我说，汾州知州某，三年致死五十人；荣河知县某，一年致死十七人。此风不改，各衙门何异于地狱！”

葛守礼是今年二月起为刑部尚书的。不少人说，他当初不肯附和徐阶排斥高拱，这次终于得到报答。

“刑罚不可滥用，肃卿先生说的是。”舒化附和一句，改言其他，“不过，下官以为孙承芳冤枉，还有别的缘故。”

“那就说说你的其二。”高拱道。

“该校尉负尸出北安门，与内臣李阳春有何相干？李阳春却出面为他鸣冤，而将孙承芳投入狱中？”舒化提到牵涉该案的另一人物。

“怎知不相干？死者不是李阳春命校尉负出的吗？”高拱提出一个最为简单又甚合乎情理的推测。

“肃卿先生与下官想的一样。”舒化马上回应。

“汝德，你是何意？”高拱却不以为会和他想的一样。

“李阳春着该校尉负尸而出，必有缘故。”舒化说。

“其中缘故，李阳春不是已说！”高拱道。

说法就是：死者有病，卧于北安门内一带。李阳春与该校尉在北安门一带办事，命他背负其人出城，不想却死在路上。该校尉见巡城指挥，一时惊慌，弃尸而去。

“肃卿先生以为，其说可信吗？”舒化问。

“汝德以为，其说不可信？”高拱反问一句。

“是，疑点甚多。”舒化道，“别的不必说，据孙承芳查验，死者因殴打致死，非因疾病致死。”

“这是他一面之词。”高拱道。

“因病而死，也是李阳春一面之词。”舒化说。

“还有禁军校尉呢。”高拱道。

“不对。校尉是说，背负死者时，已知他断气；若再多讯问一刻，他或会供出实情。”舒化说。

“所谓实情，即死者是殴打致死？”高拱问。

“是。”舒化应道。

“或者，还认定是李阳春殴死？”高拱问。

“不是认定，是怀疑。”舒化道。

“所以，汝德要主持公道？”高拱问。

“也请德高望重的肃卿先生主持公道。”舒化还给高拱一顶高帽。

高拱连连摇头，好似欲将高帽甩掉。

“汝德，你入刑垣非一日两日，难道还不懂得，这是桩新案，孰是孰非，你我说了都不算数？”他说。

舒化早听出来，高拱要和自己议的不是这件事，但还是流露出失望的表情。他说：“原来肃卿先生要和下官议的，不是这一遗漏。”

“孙承芳一案，热审未加处置，在汝德看来是遗漏，在我看来却是悬疑。”高拱也趁机表明自己的态度。

“那么，哪桩案子，在肃卿先生看来是遗漏？”舒化问。

“路楷一案。”高拱说。

“哎呀！”听到路楷的名字，舒化不由惊呼。路楷是严嵩的党羽，或者说，他心甘情愿地充当严氏父子的走卒。当年，沈錬上疏，痛斥严氏父子，被贬至保安。时路楷任宣、大巡按，和宣、大总督杨顺合谋，设计杀害沈錬。后处分严嵩党羽，杨顺、路楷皆下狱，杨顺已死在狱中。舒化说：“肃卿先生，这可是好几年前的积案！”

“所以，我才说是遗漏嘛。”高拱道。

“肃卿先生的意思是——”舒化问。

“杨顺已死，路楷宜遣释。”高拱道，他担心舒化反对，紧接着对自己的意思做一番解释，“帮凶严氏，戕杀沈錬，杨顺是罪魁祸首。我那时在翰林院，乃亲闻亲见。”

“杨顺有杨顺的罪过，路楷有路楷的罪过，似不必比较谁主谁从。”舒化觉得他的解释多余。

“那么，在汝德看来，路楷可否遣释？”高拱问。

“可否遣释，先不说它；肃卿先生且说说，遣释路某人，是以何等名目？”舒化问。

“热审才过，汝德怎的问我！”高拱道。

“肃卿先生的意思，是决遣轻罪？”舒化先把这一名目否定，“献媚巨蠹，残害忠良，不管是主是从，都不能列为轻罪。”

“决遣轻罪，乃文皇帝初定热审时的章程。其后事例不断加多，譬如重罪矜疑、轻罪减等、枷号疏放等。路楷在狱里关押几年，要杀不杀，要戍不戍。我想，热审事例，总有一款可适用于他。”高拱道。

“肃卿先生所举数例，恐怕没一款可适用于他。”舒化反驳，并一一析之，“路楷重罪无疑，不能用重罪矜疑例；路楷绝非轻罪，怎说得上轻罪减等；至于枷号疏放，路楷若是枷号收系，我倒是赞成给他取下，可惜他自入狱后，从来就不曾带过枷、镣。”

“但事例还多呀！我对本朝律、例，不是很熟悉，所以才把汝德请过来计议。”高拱说。

“今次热审，我确是应用热审事例，奏请朝廷，遣释若干下狱官员；其中三五人，已蒙恩准。”舒化说着，笑问，“肃卿先生称下官最肯负责，把下官召来议论热审，想来也是为此。”

“汝德奏请遣释之人，多是他人不敢言者。”高拱说。

“但肃卿先生想过没有，我奏请遣释之人，也都是敢言者？”舒化道，“以尚宝丞郑叔初而言，是因为去冬上疏直言，天子震怒，廷杖下狱。叔初疏文，下官曾击节而诵，至今记忆犹新，肃卿先生要不要回顾一二？”郑叔初名履淳，嘉靖四十年进士。舒化不管高拱想不想听，郑履淳奏疏里的一些片段，已朗朗上口，“陛下御极三祀矣，曾召问一大臣、面质一讲官、赏纳一谏士、以共尽思患预防之策乎？纪纲因循，风俗玩愒；功罪罔核，文案徒繁。阍寺潜为厉阶，善类渐以短气。万众惶惶，皆谓群小侮常，明良疏隔，自开辟以来，未有若是而永安者。”背诵之后，问高拱，“似此番言论，叔初不当释出吗？”

“谁说不当释出！我若是言官，也会救他出狱。”高拱道。

“再以礼科给事中李子复而言。”舒化再举一个例子。李子复名巳，嘉靖四十四年进士，“朝廷诏取太仓银三十万，大司徒刘公力言不可；子复亦上疏，请如刘公言。朝廷又命买棉两万五千斤，刘公奏请待湖州贡至；皇上不从，降旨催促。子复上言：三月非用棉之时，不宜重扰商户。凡此等事，朝廷不能尽从；但取太仓银减为十万两，买棉减为一万斤，于时艰不无补益。后来，子复再争购买珍宝事，触怒皇上而下狱。”说罢，问高拱，“似此番作为，子复不当释出吗？”

“以户科给谏，能与大司徒竞相进言，实属难得。”高拱道。

“似此二人，路某可与哪一位比？”舒化问。

“汝德奏请遣释的，哪止这两个人！连内臣李芳，汝德都是愿出面保全的。”高拱说。

“对，我还应该说说李公公。”舒化道，“肃卿先生切莫因他是内臣而小觑他。此公敢于直言，敢于进谏，我辈众多言官都是自愧弗如的。先帝朝，工匠徐杲官工部尚书，属下滥升太仆寺少卿、苑马寺卿等职衔者，不下百人。改元之后，是李公公劾之，才将徐杲下狱，而冒职冗员皆裁革。其他如上林苑增设皂隶，光禄寺增添米、盐，工部增加物料，也都是李公公奏革的。最为难得的是，其同侪做鳌山灯，争以奇技淫巧取悦圣上，李公公当面谏止，不幸为谗言所中。”说罢，问高拱，“似此等内臣，下官不该为他出力吗？”

“李公公是有他的长处；但路楷十年寒窗，读出一个进士，汝德忍心他在狱里了此残生吗！”高拱道。

“下官以为，读书人若不向善，比凡夫俗子更为可憎。”舒化说着，重拾高拱方才的一个话题，“肃卿先生说，杨顺、路楷二人，杨顺为主，路楷为从。其实，我翻阅过旧日狱案。处决官员中，本无沈錬；加上沈錬之名，实自路楷始。故残害忠良，路楷才是祸首。”

高拱好像还是没听进去，但问：“汝德不再想想？”

“下官认定之事，一时难以想通。”舒化说。

“好，那就请便吧。”高拱没更多的话可说。

# 第三十八章

八月十五中秋之夜，宣府总兵官马芳，搬出大坛的酒，准备大盘的牛肉羊肉，差亲信邀来参将刘潭以下部属，饮酒赏月。

第一个部将到来时，马芳自己早喝开酒了。于是，先到者先喝，后到者快喝，都不肯吃亏。待最后一二人到时，桌上只有残羹剩酒。

刘潭最后到，稍有责怪之意。他说："大帅，不觉酒喝得早吗？"

"怎早？"马芳问。

"大帅命我等来饮酒赏月，此刻月尚未至中天。"刘潭说。

"饮酒是饮酒，赏月是赏月。谁说饮酒时一定要赏月、赏月时一定要饮酒！"马芳道。

"古人诗句里不是有'举杯邀明月'吗，可见饮酒、赏月是一回事。"刘潭读过些古诗，想从里面为自己找点儿理由。

"那是李白的诗句，不是古人的诗句。"马芳反驳道。

"李白难道不是古人？"刘潭轻易不肯服输。

"不错，李白是古人，但古人并非人人是李白。你说古人的诗句，总不如我说李白的诗句来得贴切。"马芳道。

"好，好，大帅说的是。举杯邀明月，是李白的诗句。"刘潭不是争辩不过，而是必须适可而止。

"老刘啊，我还没说完呢，你怎就说我说的是？"马芳尚未尽兴。

"大帅还要说什么？"刘潭问。

"你到得晚，我还没责怪你，你却责怪我等酒喝得早。我看，不是我等酒喝得早，是众人皆踊跃，唯独你没当一回事。"马芳说。

"大帅宴酒，我岂有不踊跃的道理！只是夜不收报敌情，我多问几句，故而来迟。"刘潭说。

听说有敌情，席间出现片刻混乱。

有人问："刘将军，是何敌情？"

有人问："刘兄，要紧吗？"

刘潭才要一一作答，马芳哼一声，道："我说你没当一回事，一点儿也没冤枉你！你不但来得最晚，一来还搅席！"

"都不许再问！有人问，我也不答。"刘潭环指众人说，然后问马芳，"大帅，我须怎样饮酒，才显出踊跃？"

"我准备三坛酒，"马芳说着，手指地面，"第一坛，已空，没你的份；第二坛，三分里大约饮去两分；第三坛，原封未动。"

"那我抱住第三坛酒，喝完再放手。"刘潭道。

"我这可是好酒，岂容你牛饮！"马芳略一思忖，说，"这样吧，第二坛酒，你把它喝完，就算认罚。第三坛酒，本镇要派别的用场。"

刘潭边抱起第二个酒坛，边说："那就不是我不踊跃，是大帅不让我踊跃。"话音刚落，坛口对着嘴，他大口大口地喝起来。

众人在一旁叫好起哄，还有人一口两口地数着。但只数个开始，就数不下去，因为酒如泉涌般灌进刘潭的嘴里。

刘潭好酒性，偌大的酒坛，一口喝三分之一的量，浑若无事。

"好个老刘，这多人的酒兴，被他一口喝干。"马芳一跃而起，拉着刘潭的手，往外就走，"走，赏月去！"

众部将争先恐后地跟在后面，谁也不愿再被他说成不踊跃。

出总兵衙门，马芳命牵来坐骑，众人也纷纷去找自己的马匹。有离得近，没骑马来的，只好向总兵衙门的官校借用闲马。当然，得许下好处，不然，谁肯把马借给他用！

马芳一马当先，径奔城门而去。众将以为，他要登城楼赏月。不料，到城门，他并不下马，而是命守城军士打开城门。看来，他是要去城外找个山头或找片松林赏月。

刘潭顾不得尊卑之礼，上前拉住马芳的马缰。

"大帅，出不得城呀！"他急切地说。

"为何出不得城？"马芳问。

"夜不收报，一支鞑靼军马径往本城而来。"刘潭说。

众将"呀"一声，才知确有敌情。

"虏骑不来，我出城去作甚！"马芳道。

“怎么，大帅知有虏至？”刘潭听他的话，吃惊的程度不亚于众人听说有敌情。

“不错，我早已得知。”马芳道。

“夜不收报，率军而来的是黄酋。”刘潭说。

黄酋即黄台吉。边将都知道，他是个厉害角色。在刘潭想来，一说出黄台吉，马芳就会打消出城的念头。

“他不来，我出城去会谁！”马芳道。

“大帅知他要来？”刘潭惊问。

“岂止知他要来，是我约他来的。”马芳说。

“大帅约他来的？”刘潭更加困惑。

马芳不再回答他，却问起另一件事：“老刘，半月前要你在北郊筑一坛，已否竣工？”

“两天前就竣工。按照大帅吩咐，坛筑于城北十里处，东、西两边各长一百五十步，南、北两边各阔百步，周边共计五百步。”刘潭说完，才发觉用不着说得这么详细，“大帅，此事我已禀过。”

“今日不是才饮酒吗？我看你还记不记得。”马芳拿他开个玩笑，然后对众将说，“走，今晚本镇请弟兄们去坛上赏月。”

刘潭才要说，北郊正是虏骑过来之处；两军相遇，还有什么心思赏月！又一想，马芳命他筑坛，绝非为中秋赏月。

“大帅筑坛，是为会黄酋？”他问。

“我的心思，总算被你猜中一次。”马芳说。

到坛下，马芳纵马绕一周。土坛高两三丈，东、西各筑斜坡，抵达坛上。马芳选中东面的台阶，翻身下马，亲自将马匹系好，缓步而上。众部将亦步亦趋，纷纷登坛。

马芳马鞭向天上一指，似要评说今晚的月亮。众部将才要抬头，他手里的马鞭忽又落下，指向西方。他说：“来了！”

众部将顺着马鞭看过去。月光下，果有一队骑军驰将过来。他们都没有见过黄台吉本人，但根据被俘敌军的描绘，再看看冲在最前面那人的气势，确信他就是名声仅次于俺答的黄台吉。

黄台吉在距坛几十步外把马勒停，但并不下马。部下在他身后几步外列好队阵，甚是整齐。

马芳上前几步，朗声道：“黄首领敢来赴约，称得上条好汉！但既来赴约，为何不落马登坛？”

“汉人狡诈，担心太师设伏。”黄台吉说。

“我筑坛远离城池，四周空旷，就是为让来者看清，究竟有无伏兵。”马芳说着，问道，“再者，我与黄首领约，各率虎士若干？”

“百人，”黄台吉指着身后说，“连我在内，共是百骑，一人不多。太师不信，可以差人过来点数。”

“可我只率二三十人来，黄首领也可差人过来点数。”马芳说。

“英雄相会，彼此信得过。”黄台吉说。

“既如此，就请登坛。”马芳邀道。

“登坛不必。一个坛上，一个坛下，照样可以说话。”黄台吉说。

“但我与黄首领约的是手格，不登台，如何相搏！”马芳道。

“手格是太师所约，我宁愿过过其他招式。”黄台吉说。

“黄首领欲怎样过招？”马芳问。

“比射。”黄台吉说。

“原约手格，我等只随身佩剑，谁也没带弓矢。”马芳道。

“不妨，我可借与太师；或者，太师竟不必用弓箭。能躲过我几箭，就算太师赢。”黄台吉说。

“一方射箭，一方躲箭，此等比试，也太不公道吧！”马芳身后有部将说。

“是啊！大帅还称黄某是条汉子，谁知却是无赖。”另一部将说。

“他是畏惧大帅神力，不敢手格呀！早知如此，大帅不该来，连本参将都不该来，只须差个把总之类来会会他。”刘潭说。

“尔等休得噪呱，黄首领一定还有话说！”马芳喝住众将。

“还是太师知我。”黄台吉随声应道，“我射太师，太师不射我，听似不公道，但我另有承诺，众官军听好：太师躲过我一箭，我一年不犯宣府；躲过我两箭，我两年不犯宣府。”

“此话当真？”马芳话音未落，已不由自主地往前走两步。

刘潭在后面拉他，说：“大帅身负守疆重任，不可轻涉险地。”

“你没听他说，我躲过一箭，他一年不犯宣府！”马芳道。

“虏酋之言，不可信。”刘潭说。

“不然，我看此人守信。”马芳道。

“那就让末将去受他几箭。”刘潭说。

"你躲过他一箭，他肯一年不犯宣府吗？"马芳道，"老刘啊，你受得住他几箭，我就受不住他几箭？你这分明是蔑视本镇！"

刘潭不得不松手。其他人都知道，马芳不但最信任刘潭，而且二人私交很好；他都拦不住，别人更无法劝阻。

马芳大叫一声"我来也"，人已站在土坛西端。

黄台吉见他敢一人站立坛前，心里有几分敬意，也有几分惧意。见他站立坛上，容貌威武，意气闲定，又增加几分敬意，增加几分惧意。为掩饰自己的惧意，他决定先发制人。

"马太师听真！"他喝道，"我所率百人，皆善射，若百箭齐发，太师自忖，还能有活命吗！"

"黄首领听真！"马芳回应道，"我所率二三十人，各有一军在左近，一声号角，万马齐奔，黄首领自忖，你等百人还能有活命吗！"

黄台吉早就看出，马芳带来的都是将领。他原本就不信，附近没有官军埋伏；一听马芳的话，忍不住左右张望。

"黄首领！"马芳又叫一声，"本镇今日与黄首领相约：听任黄首领箭射，若躲闪不及，中箭而亡，乃是命里当绝。无论本镇死活，所部官军不得留难黄首领一行。"说着，抽出佩剑，一手捏住剑柄，一手捏住剑身，两手同时用力，只听一声脆响，佩剑断为两截。他把两半剑投掷在地，道，"本镇失言，有如此剑！"

黄台吉敬重之意更浓，同时也从心里生出一股豪情。他从箭囊里取出第一支箭，将其折断，誓道："我黄台吉与马太师相约比箭，太师躲我一箭，我一年不犯太师守地。若有失言，有如此矢。"

然后，他取出第二支箭，搭在弓上，手一扬，箭已飞出，他还不忘叫一声："太师看好，箭来也！"

马芳头疾速一扭，箭几乎贴着面颊飞过。后面有人惊叫，大概是有人险些中箭。

"黄首领莫急，看准再射。"马芳不忘回敬一句。

黄台吉射出第二箭，马芳生怕伤及部将，在躲闪的同时，把马鞭一扬，虽没有卷住来箭，但也击得它改变方向。黄台吉射出第三箭，马芳已看准他射箭的手法、力道，不再躲闪，伸手一抓，竟抓在手里。

在他的身后，在黄台吉身后，喝彩声同时响起。

黄台吉不再抽箭，也不再开口。他掉转马头，看来是准备撤去。

"黄首领，为何不接着射？"马芳问。

"三年之内的事，我可做主；三年之后的事，谁能料定！我怕到时有负太师。"黄台吉说着，率众骑驰去。

刘潭等拥上前来。不用说，人人注视马芳的目光中，都充满敬佩。

"难怪大帅气定神闲，原来早设伏兵。"刘潭说。

"邀各位出城赏月，谁有心情设伏兵！"马芳笑道。

"没有伏兵？"刘潭左看看，右看看，好像希望把伏兵看出来。然而，四下里一片沉寂。想到黄台吉也曾左右张望，刘潭不由打个冷战，"大帅，此等空城之计，可一而不可再呀！"

# 第三十九章

已然九月中旬，大同巡抚方逢时到阳和时，浑身上下仍然被汗水湿透。防秋时，宣、大总督驻地几经改变：先是驻宣府，后改怀来，自今秋始，改驻阳和。

方逢时字行之，湖广嘉鱼人，和宣、大总督王崇古同是嘉靖二十年进士。一般情形下，同年的进士，官职不同，且上下相属，都会尽量避免见面，免得不好说话。此时方逢时匆匆赶来见总督，显然是有要紧的事禀报或商议。

王崇古想到这一点，但还是说："行之兄洗个澡，换身内衣吧。我知你不会带在路上，若不嫌弃，先穿我的。"

"学甫兄先给口茶水，凉的就好。"方逢时说。他实在口渴得厉害，不然，连茶水都不会讨，张嘴就要说事。

"那就多有得罪！"王崇古把杯子递过去时，说，"大同有事，行之兄差个人来即可，何必亲自跑这一趟。"

"学甫兄以为我不后悔呀！"方逢时道，他说的后悔，自然是指跑这一趟，但一杯凉茶喝下，他的话马上就变，"若不亲自来，我会更后悔。差个人来，说不清楚。"

"差个亲信也不成吗？"王崇古问。

"也不成。"方逢时说。

"究竟何事，让行之兄如此放心不下？"王崇古问。

"有个人，我须得亲自带来见学甫兄。"方逢时道，又说，"此人我已交与学甫兄亲军看管，若出事，责任可不在我。"

"怎样一个人累行之兄当一回解差？"王崇古相信方逢时带来见他的不是寻常之人，但想不出会是什么人。

"有名有姓，叫把汉那吉。"方逢时说。

"把汉那吉？"王崇古对这个名字有印象，再一多想，有点儿眉目，"行之兄，此人是俺答族人。"

"是俺答之孙。"方逢时说得更确切。

“确是把汉那吉吗？有多大年纪？出自俺答哪一子？他是自投官府，还是为行之兄所俘获？”王崇古一连提出几个问题。

“学甫兄要我先答哪一问？”方逢时笑出来，笑的有点儿得意。此事带给王崇古这么大的震动，他这一趟没白跑。

“行之兄随意吧。”王崇古看出他笑里的含义，镇定下来。

方逢时按照问题的顺序回答：“与他同行的十余人，其中有他的妻子，也有他的儿子，还有被俘的套虏，及自虏中归来的汉人，人人都指认他确是把汉那吉。学甫兄问的第一事，确定无疑。我看他年纪在二十岁左右，指认者也都说他在二十一二岁，学甫兄问的第二事，如果有差异的话，不过在一两岁之间。至于他出自俺答哪一子，则众说纷纭。有人说他是俺答长子黄台吉之子，有人说他是次子黑台吉之子，还有人说他是三子铁背台吉之子。”

“恐怕没人说是俺答四子以下诸子的后人吧？”王崇古问。

“俺答四子以下诸子，官军谍报，及虏中归来之人，少有言及；想是年纪不大，不会有成年子女。”方逢时说。

“把汉那吉自个儿怎么说？”王崇古问。

“他只说是俺答之孙。”方逢时道。

“看来，他是嫌黄台吉等名气不够大，所以只把俺答视为亲人。”王崇古笑着说。

“非也，他是视俺答为仇人。”方逢时抛出一句够人想上半晌的话后，开始解答王崇古最后一个也是最重要的一个问题，“把汉那吉率十余心腹，径去大同，自称投诚朝廷。”

“俺答亲孙，前来投诚朝廷，行之兄，这可是你我辈想也想不到的事情，也是朝廷诸公想也想不到的事情！”王崇古道。

“我连夜离镇，带他来见学甫兄，正是为此。”方逢时说。

“以俺答亲孙，弃俺答而去，自是与之相仇。”王崇古思忖着，问道，“行之兄说他视俺答为仇人，是怎么一回事？”

“其说又不一。”方逢时道。

“行之兄不妨都说说看。”王崇古表示，什么说法他都想听。

“一说，把汉那吉初娶大成比吉女，不相得，复聘袄儿都司女。袄儿都司娶俺答女为妻，其女，即俺答外孙女。俺答之孙娶俺答外孙女，虽曰荒诞，但总还是同辈之人；更为荒诞不经的是，俺答见他的这个外孙女美艳，竟夺而纳之。”方逢时讲述道。

有几种说法，他最先讲述的说法，肯定是他认为最为可信的。王崇古听起来，也特别认真。

“这个外孙女，令祖孙二人反目，不可小看她。”王崇古说着，感叹道，“可惜呀，不知她的名字。”

“与把汉那吉同行之人，说起她来，都称三娘子，也不知是不是正经的名字。”方逢时说。

“这个名字不错呀！”王崇古道，“别说三娘子，就是三狗子、三驴子，也只管叫。”

方逢时莞尔一笑，说：“俺答的娘子，还是叫三娘子好。”

“既然行之兄为她做主，就叫三娘子吧。”王崇古说着，又问，“对了，行之兄说把汉那吉携妻而来，此妻不会是大成比吉之女吧？”

“此等细节，没来得及问，学甫兄可亲自询问。不过，二人既不相得，应该不会同行。”方逢时说。

“行之兄说的是。”王崇古应道。

“学甫兄也以为，不会是大成比吉之女？”方逢时问。

“不会是大成比吉之女，且此等细节，不必急着问。行之兄还是再给我讲讲别的说法吧。”王崇古道。

“另有一说，俺答以外孙女嫁袄儿都司，因爱其美貌，自纳之。袄儿都司怒，起兵攻俺答。俺答自知理亏，夺把汉那吉所聘女，与袄儿都司。袄儿都司怒火平息，把汉那吉的怒火却被激起。”方逢时讲述道。

“这两个女子，哪一人是三娘子？”王崇古问。

“语焉不详，但据我想来，俺答所纳者，为三娘子。”方逢时说。

“有道理，”王崇古道，“不管先为把汉那吉所聘，还是先为袄儿都司所聘，反正俺答的外孙女又为俺答所纳，才是三娘子。”

“还有，不管把汉那吉聘的是三娘子，或是他人，反正他是被俺答夺妻，故而结仇。”

王崇古点点头，道：“把汉那吉来投，让我想起一个典故。”

“可是奇货可居？”方逢时问。

“是啊，今日大可学吕相不韦，丰其馆饩，饰其舆马，而且，可更胜一筹，予其官爵而尊显之。”王崇古说到这里，戛然而止，脸上露出一丝狐疑。

“学甫兄设计甚妙，有何顾虑？”方逢时问。

“但不知把汉那吉在官府手里，俺答当不当一回事。”王崇古说。

“那由不得他。”方逢时道。

王崇古听他说得很有把握，忙问：“行之兄为何这么说？”

“学甫兄一定也听说过，俺答所惧何人吧？”方逢时反问。

“听说过，”王崇古应道，“俺答妻妾众多，他唯一有所畏惧的，是大妇一克哈屯。”

“把汉那吉自幼由一克哈屯抚养，一克哈屯对他极是眷爱。他投诚官府，事因俺答而起，一克哈屯岂肯善罢甘休？她和俺答闹起来，俺答想不管这件事，都不行。”方逢时说。

“如此说来，朝廷只要以把汉那吉为筹码与俺答交涉，就可占得先机，怎样的条件都可以提。”王崇古道。

“学甫兄想提怎样的条件？”方逢时问。

“譬如，以板升叛逆汉人赎回把汉那吉。”王崇古举出一事。板升是鞑靼语，指城池及房屋等。嘉靖年间，自内地投奔俺答的汉人赵全、李自馨等，在丰州境内垦荒建屋，颇具规模。朝廷及边臣一直以这些叛附俺答的汉人为心腹大患。

“学甫兄何不试一试？”方逢时道。

“须奏明朝廷，朝廷若准，我会抓住把汉那吉不放的。”王崇古说。

# 第四十章

内阁门内，立一不高的牌坊，上面挂有圣谕。高拱、赵贞吉各从一边绕过牌坊，同时走到门口。两个人都想抢先一步出门，谁也不肯让谁，结果同时走出门外。

“肃卿先生不喜集议，今日怎的行色匆匆？”赵贞吉寻衅道。

“孟静先生指的是年初集议营制更改之事吧？廷臣集议乃祖宗制度，不在喜与不喜，而在有益无益。如营制更改，至今未见其效，集议有何益处！”高拱这几句话，比起赵贞吉的取笑要辛辣得多，说罢，他指指前方，“照孟静先生的说法，子实先生也是不喜集议的。可你看，他已走在你我的前面。”

李春芳和张居正走在前面。他似乎听到高拱的话，回头招招手，催他二人赶上去。陈以勤已在七月致仕，李春芳为首的阁臣全部参加廷议，更表明赵贞吉的取笑没有道理。他先找高拱的岔子，却落个下风，在二人的明争暗斗中，这不是第一次。

阁臣全部与会，是因为今次廷议之事，并非泛泛之议可了结的，而是必须要做出实质性的决定。王崇古的奏疏，皇帝下兵部议复，并命首辅李春芳和接替霍冀任兵部尚书的郭乾一起主持廷议。

郭乾任兵部尚书比霍冀晚，科第却先于霍冀，是嘉靖十七年进士。任陕西三边总督，他也在霍冀之前。只不过，他任过陕西三边总督后，召为南京兵部尚书；而霍冀任陕西三边总督后，直接召入朝中。

郭乾改北后，第一次主持大规模的廷议，有点儿不自在，想把李春芳拉到前面遮挡。

“子实先生，说几句开场的话吧。”他让道。

“议河套事，向来该大司马开场。”李春芳谦辞。

历来如此，郭乾不好再推托，只得硬着头皮说：“俺答孙把汉那吉来降，督、抚王公、方公奏请授以官职，厚给赏赐，诸公意下如何？”

处置降虏，是个实际问题，即便不一定议得十分热烈，也不至于冷场。但郭乾的开场白说完，而且他自忖这两句开场白并无错处，却没人开口，接过他的话。这使他更为不安。

“不如读一遍学甫先生等奏本。”张居正说。

“对，对。”郭乾被解围，自己读起王崇古、方逢时联名上的奏疏，“俺答横行塞外几五十年，今神厌凶德，骨肉离叛，其孙把汉那吉千里来降。宜给宅舍，授官职，丰饩廪服用，以悦其心；且严禁出入，以虞其诈。若俺答临边索取，则因与为市，然后以礼遣归把汉那吉。此策之上也。若俺答桀骜称兵，不可理论，则明示欲杀，以挠其志。此策之中也。若俺答弃而不求，则当厚加资养，授把汉那吉统领，略如汉置属国居乌桓之制。他日俺答死，令收集余众，自为一部。彼两族相持，则两利俱存；若相互仇杀，则按兵称助。彼无暇侵陵，我遂得休息。此又一策也。若循旧例安置海滨，彼顿生扬去之心，终贻反噬之祸，均为无策。”

“王、方二公奏议，把无策算在内，不下五六策，我看，以无策说得最为切实。”御史饶仁侃第一个说。

“近刚这话太刻薄吧？”郭乾道。御史把封疆大臣的奏议说得一无是处，并不稀奇；但在廷议时以这等轻佻的语气评论，让人难以接受。

饶仁侃字近刚，湖广崇阳人，嘉靖四十一年进士。

如果说，郭乾主持会议，还要注意分寸，高拱却没那么多顾虑。他说：“饶御史字近刚，想是要贴近海刚峰。”

饶仁侃把头一扭，果然有股子倔强的劲头。碍于身份的悬殊，他不便指名道姓地批驳，但还是大声嘟囔一句：“贴近海刚峰有什么不好！”

“贴近海刚峰没什么不好。只不过在有些人眼里，海刚峰过于讨嫌；而今他已去官，此辈可以拿他教训教训别人。”赵贞吉接过他的话说。

李春芳看一开始气氛就不和谐，觉得该出面干预一下：“今日议论的是王、方二位的奏章，怎么扯到海刚峰身上？近刚，你说二公所议无策最为切实，究竟何意？”

“把汉那吉不可安置海滨，这很切实。”饶仁侃说。

“王、方二位所谓无策，在近刚看来，不也是无策吗？”李春芳道。

饶仁侃没来得及解释，另一名御史叶梦熊抢在他前面说：“子实先生理会饶御史的话，有所偏差。”

“怎的有偏差，男兆说说看。”李春芳道。

叶梦熊字男兆，广东归善人，嘉靖四十四年进士。李春芳要他做一番解释，他却反问起来。

“在子实先生听来，饶御史以为王、方二公所议无策确是无策，是不是？”

他问。

“这不是他自家说的吗？”李春芳道。

“但子实先生却没听出来，饶御史以为，王、方二公所议上、中、下等策，亦为无策吗？”叶梦熊问。

“近刚话里有这层意思？”李春芳发现，泛泛一问，不会有人回应，不如专问几名阁臣里最为机敏的张居正，“叔大先生，你听出来没有？”

“但愿他话里没这层意思。”张居正的回答很聪明。他若说有这层意思，一定会让李春芳难堪；他若说没这层意思，要是饶仁侃称有，他会难堪。而且，他的这句答话也表明自己的立场。

别人也许对他的话还不太在意，郭乾却很在意。已经开口的各人中，饶仁侃、叶梦熊对王、方二人的奏议持否定态度，是确定无疑的；其他人的态度还不很明确。现在议论的人不太多，若是再多几人支持饶仁侃、叶梦熊，廷议说不定会一边倒。

当然，廷议真是一边倒，也无所谓。但从高拱一句话，可以隐隐感觉到，他不赞成御史的议论；从张居正的一句话，可以比较明确地感觉到，他不赞成御史的议论。这两个人合在一起，是绝不能忽视的。

“叔大先生为何不愿近刚的话里有这层意思？”他问。

“因为近刚和我一样是楚人呀，我不想他议事糊涂。”张居正调侃。

不少人笑起来。在笑声中，有些原来准备支持饶仁侃、叶梦熊的官员暗暗琢磨，是不是该改换立场。

饶仁侃对张居正一直是敬重的，所以虽被嘲弄，也只是问一句：“叔大先生为何说我议事糊涂？”

“王、方二公所议无策，议得切实，自不必说；但若以为，所议其他各策，都不切实，那就是糊涂。”张居正说。

“所议其他各策，亦为无策，是我推论的；叔大先生要说糊涂，不如说我糊涂。”叶梦熊插言道。

“你推论，他不反驳，还是他更糊涂。”张居正说。

“我看，你二人不必争这个‘糊涂’的名号。”高拱接过话头说，“男兆，我问你，王、方二公所议上、中、下等策亦为无策，怎讲？”

“上策，以把汉那吉交换赵全等叛人，并与俺答开市；中策，以把汉那吉要挟俺答；下策，以把汉那吉统领降众，处之塞下。三者无不一厢情愿，下官有四字奉上。”叶梦熊说。

“哪四个字？”高拱问。

“降人叵测。”叶梦熊道。

“仅此四字？”高拱显得很失望。

“还有前车之鉴。”叶梦熊说。

“这或有些趣味，但不知男兆要讲的是本朝故事，还是前朝故事？”高拱问。

“是宋朝故事。”叶梦熊说，“郭药师，宋辽东人，募饥民为军，号怨军，后改为常胜军。怨军初附辽，宋军攻辽，郭药师率部降宋，并献袭燕之策。宋得燕，命他镇守。后金军攻燕，郭药师率部迎降，并为金军向导，围攻宋都东京。降人不可用，由此可见。”

“男兆的故事，果然有趣！”听得出，高拱在嘲讽，“宋朝有一人，来历与郭药师相似，男兆，近刚，可知是谁？”

“来历相似，应是张觉。”饶仁侃说。张觉比郭药师略早，初亦附辽。不同的是，他曾考中辽国的进士，是地地道道的辽朝官员。还有一个不同，郭药师是先叛辽投宋，再投金；他则先叛辽投金，再投宋。饶仁侃说他与郭药师来历相似，是指二人的反复。

“我并非说他。”高拱道。又对张居正说，“叔大先生称其糊涂，确有些糊涂。还是叔大先生告与他吧。”

“大宋‘无敌’杨令公杨继业，不也是叛故国而投宋的吗？他却成为大宋扼守北边的干城。肃卿先生是要告诉二位御史，以郭药师故事，或张觉故事，比喻今日把汉那吉事，难以服人。”张居正说。

“但总可以作为‘降人叵测’之事例吧。”叶梦熊不服气地说。

“我正要与男兆说一说‘叵测’二字。”张居正道，“叵者，不可也；叵测者，不可测也。何事不可测？降人心迹也。但我要问一句：一不安置海滨，二不使带兵打仗，为何要测把汉那吉心迹？”

“问得好！”高拱大声叫好，“降人心迹叵测，朝廷年年与套虏打交道，谁个不知！若一定要揣测降人心迹，再行处置，那是被人牵着鼻子走。要降人为我所用，管他把汉那吉的心迹作甚！”

“欲制人，而不为人所制，则不必管把汉那吉心迹。”张居正进一步说，“不管把汉那吉心迹，再观王、方二公所议，上策果为上策，中策果为中策，下策果为下策。”

“如王、方二公所言，授把汉那吉官爵，厚予赏赐。俺答索要把汉那吉，则朝廷索要板升叛人。不得，则以把汉那吉为饵，令俺答事事掣肘。不得，则使把汉那吉统领降人，处之塞下。如此，进退咸宜，边事当有大变。”高拱用不同的话语阐述同样的意思。

集议前，饶仁侃、叶梦熊二御史确实议论过把汉那吉一事，而且取得共识。他们估计，廷臣对俺答及其族人既惧且恨，反对安抚把汉那吉者居多。他们本想前后呼应，造成一种声势，把王崇古、方逢时的奏议彻底驳回。没想到，两位阁臣要老练得多，只抓住他们说的“降人叵测”做文章，一下子就把局面扭转。

郭乾本无定见，既不愿意集议倒向一边，显得平淡；又不愿意争论太激烈，无法收场。议到现在这种程度，应该说火候正好。

“肃卿先生、叔大先生力主从边臣之议，若是再无他议——”他说到这里稍等，以便证实确无他议。

“此事有些蹊跷。”赵贞吉忽开口道。

他向来不甘寂寞，今日除说过一句与议题没有多大关系的话，一直在作壁上观，了解他的人都甚感奇怪。现在听他置二阁老、二御史的争论于不顾，而另发一论，都在想，这才是赵阁老本色。

“孟静先生说何事蹊跷？”郭乾问。

“总督、巡抚竟然都是嘉靖二十年进士。”赵贞吉说。

“孟静先生是说，他二人因同年，沆瀣一气？”郭乾觉得，对王崇古、方逢时这等大臣如此攻击，实在阴险。

“学甫先生、行之先生至多以边事为儿戏；以国事为儿戏的，另有其人。”高拱冷冷地说。

众人都听出来，他在说自己。但郭乾仍问：“肃卿先生是说——”

“其人即是鄙人，我也是嘉靖二十年的进士。”高拱道。

“孟静先生不至于横扫一片吧？”不知谁在下面说，这话反映相当一部分人的情绪。饶仁侃、叶梦熊的评论，不管合不合理，总还是就事论事；赵贞吉这么说，完全是对议事者的人身攻击，而且是拙劣的人身攻击。

李春芳也觉得，赵贞吉以此攻击高拱，太不高明；但同时，他又有点儿同情赵贞吉的处境。因此，他把方才那句问话改成陈述的句子：“当然，孟静先生不至于横扫一片。”

“我说的什么？”连赵贞吉本人也意识到自己的话不对，“我只说学甫先生、行之先生都是嘉靖二十年进士。我在想，一般督、抚都是各写各的疏，他二人连衔上疏，或与同年有关。这错吗？”这话不无道理，因为巡抚和总督，特别是和辖制他的总督，经常是很难相处的，但就在有些官员对赵贞吉的恶感有所减低时，他又失策地加上一句，“有人在这件事上也要抬高自家，实在令人费解。”

“孟静先生还要议一议对把汉那吉的处置吗？”郭乾适时地问一句，然后总结道，“饶、叶两位御史不赞成边臣提出的对把汉那吉的处置；肃卿先生、叔大先生力主从边臣之议。此外再无他议。如此复旨，请皇上圣裁，子实先生看是否妥当？”

“甚是妥当。”李春芳说。

皇帝采纳高拱、张居正之议，亦即采纳王崇古、方逢时之议，诏授把汉那吉指挥使，赐绯衣一袭。

有了这一处置，边臣可从容与俺答周旋。

# 第四十一章

俺答是在征战西番各国时，得知把汉那吉投奔官军的。他立即回师，先命辛爱率部犯边，索要把汉那吉，自己也准备随机而动。有两件事使得他烦恼不已：一是辛爱对他的号令阳奉阴违，答应向宣、大进发，却按兵不动；没有辛爱打前阵，他的大军是不会轻易出动的。二是其妻一克哈屯担心把汉那吉安危，天天和他哭闹。他若出师，一克哈屯肯定要随行，与其让她在征途中哭闹，还不如让她在营地里哭闹。

一克哈屯的哭腔哭调没多大变化，但每日谩骂的词句都不同，这天，她竟骂俺答为大不尊。

俺答不解其意，斥道："从哪里听来的鬼话，也在我面前搬弄！"

"用在他人身上是鬼话，用在你身上再合适不过。把孙儿媳妇收进自己帐里，可不就是为大不尊！"一克哈屯说。

"她年轻美貌，我一见就喜欢。身为大汗，把她收在帐里，有什么不可以的？"俺答并不觉得自己做得不对。

"你收她，却把孙儿逼走。"一克哈屯说。

"不是我逼的，是把汉那吉自己要走的。"俺答说，"把汉那吉也是喜欢也儿克，才离我而去。我年纪已大，活不了几年；等我死时，他可以再娶也儿克。"

三娘子的全名是也儿克兔哈屯，俺答用她名字的前半部叫她，一克哈屯偏要叫她名字的后半部。

"兔哈屯是狐狸转世，我才不要把汉那吉娶她！早晚有一天，我要把她撕成一百片！"她说。

"你要把她撕成一百片，我会把你撕成一万片！"俺答说。

一克哈屯知道，在俺答面前，哭一哭，闹一闹，还不要紧；俺答喜欢的女人，是动不得的，否则会被加倍报复。她不敢再发狠。

俺答的心腹护卫在营帐外站立一会儿，听不到里面的吵闹，才进帐禀报说，有汉人使者在外求见。

"是大明朝廷差来的，还是太师差来的？"俺答问。

"是太师差来的，姓鲍。"心腹护卫回话。

"原来是鲍崇德将军，前次来营地说把汉那吉的事，不也是他吗！"一克哈屯插话。

"小小百户，也称将军！"俺答不仅轻视鲍崇德，也嘲笑一克哈屯。

"我看在把汉那吉面子上，称他一声将军，有何不可！"一克哈屯道。

"姓鲍的自称，他今次来，身份不同。"心腹护卫说。

"有何不同？是否升职？"俺答问。

"升职不升职的，他没说；他只说，前次是大同巡抚方太师差他来的，今次是宣、大总督王太师差他来的。"心腹护卫道。

"那有多大不同！前次方太师来，今次王太师来，我还想见见；前次方太师差来，今次王太师差来，"俺答说着，把手一挥，"不见！"

心腹护卫才要退下，一克哈屯喝道："等等！"她对俺答说，"鲍将军复至，一定有把汉那吉的消息，见见何妨！"

俺答还有些犹豫，一克哈屯道："你不见，让他来见我。"

"要见我见，你不得见。"俺答说。

心腹护卫不等他说得再清楚，忙出去招呼鲍崇德。一克哈屯也退出帐外，但她没去远，而是在帐外窃听俺答和鲍崇德的对话。

"将军再来，还要与我分辩吾孙被劫持一事吗？"俺答虽盛气质问，但总算给鲍崇德面子，称他一声"将军"。

"俺答汗称官军劫持把汉那吉，我称把汉那吉自投边镇，此事争来争去，争不出个结果，还不如不争。"鲍崇德道。

"你为把汉那吉而来，不争此事，却议何事？"俺答问。

"议议把汉那吉生死。"鲍崇德说。

"吾孙果被杀害？如何，我说把汉那吉已死吧！"俺答知道一克哈屯在外面偷听，故意抬高声调，让她听到，"我用兵以来，镇将多死，你杀吾孙一人，我要杀你镇将十人！"

"我不是说把汉那吉已被太师所杀，我是问俺答汗，爱惜把汉那吉否？"鲍崇德道。

"我之亲孙，焉有不爱惜之理！"俺答说。

“俺答汗爱惜把汉那吉，一定关心他的生死。我说太师待他甚厚，且朝廷授予他官爵，俺答汗未必相信，有如不肯相信把汉那吉自投边镇一样。既如此，俺答汗不如差心腹人等去大同探探虚实。”鲍崇德说。

“用不着差人去探，太师把吾孙送还与我即可。”俺答道。

“太师料到，俺答汗会有此议。”鲍崇德说。

“太师应否？”俺答问。

“太师说，送还把汉那吉不难，但须以一二人交换。”鲍崇德说。

“板升的汉人？”俺答问。

“俺答汗明鉴。”鲍崇德道。

“把汉那吉是我亲孙，赵全等却是外人。以赵全等换回把汉那吉，我怎会不肯！这样，”俺答说他的条件，“请将军回复王、方两位太师，他把汉那吉送来，我即将赵全等缚去。”

“俺答汗此议，恐行不通。”鲍崇德说。

“为何行不通？”俺答问。

“大同也好，宣府也好，阳和也好，一百年、一千年也跑不掉的；俺答汗所部，却时时迁徙。若是太师将把汉那吉送还，俺答汗却不将赵全等缚去，让太师找谁要人！”鲍崇德道。

“依着将军呢？”俺答问。

“俺答汗午前将赵全等缚至，太师午后将把汉那吉送还；俺答汗傍晚将赵全等缚至，太师连夜将把汉那吉送还。”鲍崇德说。

“假若把汉那吉不肯回还呢？”俺答问。

“太师也将他缚还。”鲍崇德说。

“听将军的口气，太师不会食言？”俺答冷笑一声，道，“大同等城一百年、一千年也跑不掉，但太师若将城门一关，我去找谁要人？”

“太师想到这一层，让我来对俺答汗说，愿留人质。”鲍崇德说。

“以将军为质吗？”俺答由冷笑而哂笑。

鲍崇德也忍不住笑。留一百户为人质，与不留人质有什么区别！

“在下一百户耳，新近得到升迁，也不过副千户。留我为人质，俺答汗太小觑我太师！太小觑我天朝！”他说。

“原来人质另有其人，几时可到？”俺答问。

“与我同行，已在帐外。”鲍崇德说。

“既至帐外，为何不入？”俺答问。

“帐外护卫只许我一人进来呀！”鲍崇德说着，讥道，“俺答汗小觑我太师，身边之人自然也小觑我中华儿郎。在他眼里，与一百户同行者，会是何等了得的人物！”

“会是了得的人物吗？”俺答并不隐瞒自己和护卫的想法一样。

“肯定是个了得的人物。”鲍崇德说，“大同副总兵苑宗儒苑将军，俺答汗还看得上吗？”

俺答与官军打过几十年交道，不会不知副总兵的地位。在鞑靼人眼里，副总兵也是可以称为太师的。

“是苑太师驾临？当真胡闹，他怎么可以把鲍将军请进来，却将苑太师拦在外面！”俺答在责备心腹护卫胡闹的同时，也责备鲍崇德胡闹。

“苑太师未至，与我同来的是苑太师之子。”鲍崇德告知实情后，进一步加以解释，“王太师有话，非苑太师辈公子为质，不能取信俺答汗。可惜王太师的公子在家乡读书，不然，亦愿为质。”

“王太师、苑太师不怕我加害人质？”俺答问。

“王太师说，俺答汗乃响当当的人物，不会为难晚一辈人；本都堂视把汉那吉为子侄，俺答汗亦当视苑公子为子侄。苑公子在俺答汗营里住上一两个月，说不定变得又白又胖，连马也骑不成。”鲍崇德道。最后一句话，显然是他自己加上的。

俺答听罢，哈哈大笑。他说：“王太师视把汉那吉为子侄，可让我占个大便宜，须知，他是我孙儿。”

“子侄指晚辈，并不确定晚一辈、晚两辈。”鲍崇德说。

“汉人的话是这么用的？”俺答问。

“对，汉话含蓄，有时不那么直截了当。不过，”鲍崇德口气一转，说，“俺答汗驰骋河套时，我家王太师、方太师才取中进士，说俺答汗高出一辈，并不为过。”

俺答听了这话好不受用。他拉着鲍崇德的手说：“鲍将军陪着苑公子，在我这里安心住上些日子。我差人去看看把汉那吉，他果无恙，我立即缚来赵全等，交鲍将军带回领赏。”

把汉那吉被安置在大同，绯袍金带出见俺答使者。使者回营如实禀告，俺答大喜，设宴款待鲍崇德和苑公子，大碗喝酒，大声言欢。

“太师以诚相待，我负德不祥。”俺答说。

“俺答汗的人已见把汉那吉，我几时可见赵全辈？”鲍崇德问。

“三日之内。”俺答说。

“俺答汗既然彻底放心，赵全等缚至，我与苑公子随太师差遣的人马，一起回去。”鲍崇德说。

俺答摇摇头，说：“不！”

鲍崇德一直悬着的心好不容易落下，一下又提起来。

“这么说，俺答汗还没彻底放心？也罢，我和苑公子就多住几日，等俺答汗亲眼见到把汉那吉，再回去复命。”他说。

“不！”俺答这声“不”，比方才那句“不”说得更坚决。

“俺答汗要把我这个无用之人扣下不成？”鲍崇德忿道。

“我不是要扣下你，我是要你早走。”俺答说。

“早走？几时走？”鲍崇德大感意外。

“喝过这顿酒，立刻就走。”俺答说。

“苑公子呢？”鲍崇德不放心。

“你二人同来，自当同回。”俺答说。

“我二人不急，俺答汗怎么反倒急起来？”鲍崇德问。

“有几句话，鲍将军早一日回去，可早一日禀与王太师；王太师早一日听到，可早一日奏明朝廷。”俺答说。

“俺答汗有几句什么话要说？”鲍崇德问。

“我本不欲为乱，乱由赵全等而起。吾孙今已降汉，实乃天作之合。天子若能封我为王，永长北方，诸部孰敢为患！即我命不长久，有一日死，亦当吾孙袭封。他受朝廷厚恩，岂敢负耶！”俺答这几句话想过不止一日，今日说出口，比写成奏表还有条理。

“俺答汗以如此重大之事托付，在下一刻也不敢耽搁。要不，今日的酒就喝到这里？”鲍崇德再也坐不住。

# 第四十二章

“内阁又闹翻天了。”陈洪当作笑话说。

皇帝却不当作笑话听。他问：“谁个和谁个在闹？”

陈洪把嘴一撇，似乎在说：这还用问吗？

“的确用不着问。”皇帝性子出奇的好，对陈洪的失礼一点儿也不计较。他只是问，“这次又为何事呀？”

“回爷的话，为吏科给谏韩楫弹劾一事。”陈洪说。

“赵先生以为，韩楫劾他，是高先生指使？”皇帝问。

“爷圣明，一料即中。”陈洪谀道。

“明摆着的事，不必圣明，也料得中。”皇帝对他的谀词不感兴趣，却要陈洪裁决二人的是非，“老陈，你看这次吵闹，孰是孰非？”

“爷知道，奴才最分辨不清是非。”陈洪讪笑着说。

“是所有的是非都分辨不清呀，还是朕一问起阁臣们的是非，你就分辨不清？”皇帝问。

“爷当真问到节骨眼上。”陈洪说，“奴才若是所有的是非都分辨不清，爷还要奴才何用！奴才为爷管着司礼监，哪个实诚，哪个不实诚，哪个心里只有爷，哪个心里藏着掖着别的，奴才还分辨得清。阁老们都是爷的股肱大臣，每个人说起来都头头是道；但心里究竟怎么想的，奴才却分辨不清。爷要奴才分辨是非，奴才也只能说个皮毛。”

“好啊，朕就要听听你说的皮毛。”皇帝道。

陈洪逃遁不得，只好说：“奴才看，这次错在赵先生。”

“怎见得？”皇帝问。

“奴才办事这么多年，行走于各衙门间，看得出来：吏科是吏部的冤家对头，各科是各部的冤家对头。哪怕是做做样子，韩楫也不会听任高先生摆布的。”陈洪说。

“你说的这一条，还真是皮毛。”皇帝道。

“爷是说，韩楫会听任高先生摆布？”陈洪问。

“吏科给事中，未必会听吏部尚书摆布，也未必不会听吏部尚书摆布；听不听摆布，视情形而定。”皇帝说着，举一例，“譬如得看，吏书的权势是否够大。”

“奴才看，高先生权势够大。”陈洪说。

“还得看，该给谏品行是否够正，胆量是否够大。”皇帝又举一例。

“奴才记得，爷登极之初，韩楫曾上君道三劄，徐阁老称之为中兴第一疏。”陈洪说。

“你看，依着朕说的第一事，韩楫可能会听任高先生摆布；依着朕说的第二事，韩楫不会听任高先生摆布。所谓吏科和吏部是冤家对头，是不是只抓住皮毛？”皇帝道。

“爷让奴才看清皮毛以内，但奴才还是分辨不清，韩楫究竟听任高先生摆布，还是不听任高先生摆布。”陈洪说。

“韩楫有否听任高先生摆布，也是皮毛。”皇帝告诉他，不要再追究这一点，“韩楫劾赵先生庸横。若赵先生果然庸横，不管韩楫是否听高先生摆布，他都没错，高先生也没错。若赵先生并非庸横，韩楫没听任高先生摆布，他当然错，高先生却没错；他听任高先生摆布，他错得更厉害，高先生也有错。”

“是，奴才遵从爷教诲，不再追究皮毛。”陈洪心领神会。

“那你说说，赵先生是否庸横？”皇帝命道。

“爷，庸者即平庸、横者即骄横吧？”陈洪问。顺水推舟的小聪明，他还是有几分的。

“这不会错呀，为何要问？”皇帝道。

“奴才觉着，韩楫把这两个字合在一起，颇不寻常。”陈洪说。

“为人臣者，庸则不能横，横非庸臣所能，是不是？”皇帝问。

陈洪被这两句话吓一跳。他说：“赵先生在内阁就是这么对高先生说的。莫非爷有顺风耳，也听到！”

“他不但对高先生这么说，在给朕的奏章里也这么写，朕何须顺风耳！”皇帝说着，指指御案，“朕才阅过他的奏章，你也看看。”

赵贞吉的奏疏为申辩而上，前面果然写“人臣庸则不能横，横非庸者所为也”一句话。后面写道：高拱内阁近臣，入参密勿，外立铨选，权任大重。今经十月，仅考察相左，其他坏乱选法，纵肆大恶，昭然在人耳目。臣噤口不能一言，有负任使，真庸臣也。然横者，臣耶，拱耶？臣之去留，不足挂齿；惟愿令拱还内阁，勿久专大权。

“噢，原来赵先生自称庸臣。”陈洪道。皇帝的问题，可以借赵贞吉自己的奏疏作答，他显得很高兴。

“你看他是否庸臣？”皇帝不让他拣这个大便宜。

“奴才想，没人愿意承认自家平庸。赵先生既不讳言，爷不如就依其言，把他看作一个庸臣。”陈洪胡乱说道。

“是朕可以把他看作庸臣，还是他本就平庸？”皇帝追问下去。

陈洪听出皇帝话里的含义，变得敢说：“韩楫劾赵先生庸横，并以变乱营制为例。实则赵先生欲变更营制，而未曾得逞。议论不为朝廷采纳，已可见其平庸。赵先生称，仅考察与高先生相左。实则考察一事，赵先生与高先生持议相左时，最后都以高先生评语作准。考察不为朝廷采纳，亦可见其平庸。赵先生称，他凡事噤口不能一言。实则赵先生与高先生事事相左，事事发难，然又事事落于下风，事事不为朝廷所采纳。此尤可见其平庸。”

“你称阁老们说得头头是道，朕看你也说得头头是道嘛！”皇帝对他称赞一句，又为赵贞吉惋惜，“朕登极之初，巡幸太学，那时赵先生以礼部左侍郎摄国子监事，朕见他议论侃直，进止有仪，故留意于他，有心重用。孰料他入阁一年有余，不为同僚接纳，不为廷臣接纳，朕看，连你等内臣也不接纳他。”

“奴才等不敢看不上他；只是觉得，高先生和他比较，似乎不那么平庸。”陈洪这话说得很得体。

皇帝被提醒：“对，这是说的庸字；老陈，你再说说横字。”

“奴才以为，高先生骄横是有的，但只是比赵先生还要骄横一点儿而已。”陈洪说。

“你是说，赵先生也骄横？”皇帝问。

“是，”陈洪应道，“赵先生骄横也是有的，只是在高先生面前骄横不起来。”

“赵先生骄横是有的，但高先生更为骄横，故他在高先生面前骄横不起来。”皇帝把他两句话合为一句，问道，“老陈，是这个意思吧？”

“奴才说的是这个意思；奴才料想，说到骄横的横，这个意思仅是皮毛而已。”陈洪生怕再被皇帝贬低，干脆自贬。

“你颇有自知之明嘛！”皇帝并不因为他自贬而放过贬低他的机会，“遇强而弱，这不是赵先生的性情。在朕看来，赵先生的骄横，还在高先生之上呢。”

“爷，恕奴才眼拙，没看出来。”陈洪说。

“那你想想，他二人争执，是赵先生发难的次数多一些，还是高先生发难的次数多一些？”皇帝问。

“如果奴才方才说的不错，的确是赵先生事事发难，自是他发难的次数为多。”陈洪说。

“再说今次争执。”皇帝道，“就算韩楫疏劾赵先生，是高先生在背后指使，高先生好歹也是指使科、道弹劾；赵先生呢，一篇疏文却是直指高先生。一个收敛，一个放纵，你说哪个更骄横？”

“爷说的是，自是赵先生更骄横。”陈洪说。

“告诉你吧，赵先生的疏文，不仅直指高先生，还指向朕呢！”皇帝敲打着赵贞吉的奏疏说，“高先生兼署吏部，赵先生兼署都察院，皆出自朕意。赵先生挑毛病，挑的是朕的毛病，不是高先生的毛病。”

“照爷这么说，赵先生这回错大，得治重罪呀！”陈洪道。

“重罪免治。赵先生是朕要用的，他既想到去留，朕就遂他的意吧。”皇帝说。

十一月二十一日，赵贞吉致仕。经廷推，皇帝命太子太保、礼部尚书殷士儋加文渊阁大学士衔，入阁办事。

# 第四十三章

隆庆五年二月初，王崇古正关起门来写疏，忽得意外之喜——他最看重的儿子王谦，来边镇看望他。

几年不见的儿子已长得很高大，也长得很壮实。看着他进屋，一步步走过来，王崇古放下手里的笔，惊喜地问道："谦儿怎的来了？"

"孩儿见过父亲大人。"王谦规规矩矩地行礼、问候。

"谦儿旅途劳累，不必拘于礼数。"王崇古道。

王谦在一旁坐定，说："父亲为国家办成一件大事，朝廷加恩隆渥，孩儿的学友及父老乡亲，都怂恿孩儿来向父亲道贺。孩儿告诉他等，已上书，尽表敬爱、喜悦之意。他等却说，父亲建立如此丰功伟绩，仅上一书致贺，远远不够。孩儿一来思念父亲，二来免得被人说成无动于衷，故而收拾行囊，匆匆而来。"

因俺答以赵全等交换把汉那吉，朝廷加官晋爵甚丰：内阁，则已有少师尊衔的李春芳，加中极殿大学士；高拱，晋少师、建极殿大学士；张居正，晋少傅、吏部尚书、建极殿大学士；连才入阁的殷士儋，也晋少保、武英殿大学士。部、院，则兵部尚书郭乾，加太子少保。督、抚，则王崇古进少保、兵部尚书；方逢时进兵部右侍郎兼右佥都御史。

"你来得好，为父的也在想你。"王崇古说着，略一思忖，"不过，以为我建立什么丰功伟绩，却言过其实。"

"父亲是说，俺答将赵全等叛人缚送朝廷，不足为喜？"王谦问。

"并非此意。"王崇古摇着头说。

"是不足大喜？"王谦又问。

"亦非此意。"王崇古道。

"那么，父亲为何说孩儿言过其实？"王谦问。

"一则，将其功归于为父一人，言过其实。"王崇古道。

"父亲给孩儿取名谦，孩儿知道，父亲是要孩儿遇事谦和；但功即是功，父亲不该谦让。”王谦说。

“功即是功，这话不错；以把汉那吉换得赵全等叛人，此即是功，谦儿说得也不错。但谦儿可知，为劝谕俺答以赵全等换回把汉那吉，你方叔叔曾下多少功夫？”王崇古问。

“孩儿不知。”王谦说。

“我来讲与你听。”王崇古道，“把汉那吉投我边镇，俺答初闻讯，令其子辛爱率部入弘赐堡，令其侄永邵卜率部趋威远堡，自率大军犯平虏城。行之兄知为赵全等之谋，恰手边有赵全书函，言其悔祸思汉之意。行之兄以书函示俺答，才使得俺答打消用兵的念头。俺答不用兵，辛爱却不知，仍欲进犯大同。行之兄着人持把汉那吉弓箭以示辛爱，告之曰：我与汝父有约，把汉那吉已得朝廷授官，特以此报汝。辛爱抚箭而泣，道：此乃吾族信物。我为求把汉那吉而来；把汉那吉既授官，太师又与大汗有成约，吾当另计之。一封书函使俺答退兵，一副弓矢使辛爱退兵，谦儿以为如何？”

“不可谓无功。”王谦说。

“谦儿当真不懂得这个谦字！行之兄所为，岂止不可谓无功，直可谓奇功！”王崇古道。

“父亲说的是，”王谦应道。好像方逢时要分去父亲的功绩，他承认的总有点儿不情愿。

“再有，”王崇古又言及另一点，“要俺答罢兵讲和，非得朝廷准授把汉那吉官职才成。谦儿可知，半数以上廷臣都以为，把汉那吉不可信，不可用，不可授官？”

“孩儿有所耳闻。”王谦说。

“朝廷后来为何又授予把汉那吉官职，准以把汉那吉交易赵全等人呢？”王崇古问。

“父亲极陈利害，公卿为之动容。”王谦说。

“我可没那么好的才情，能说动整个朝廷。”王崇古笑道。

“孩儿听说，内阁高老先生力主父亲所奏可行。终于扭转局面，他功不可没。”王谦不能不把父亲的功绩分一些与高拱。

“我这位贤兄，见识的确不同于寻常之辈；他主持于庙堂之上，也不是功不可没，而是其功至伟。”王崇古说到这里，复又发问，“谦儿可知，肃卿先生起初也在犹疑之中？”

“孩儿这却不知。”王谦不知其中还有曲折，不由问道，“那么，是谁人使得高阁老拿定主张？”

“是同出蒲州的张翰林。”王崇古道。

“子维先生吗？”王谦问。现官吏部右侍郎的张四维，是王崇古的外甥，和王谦是表兄弟。

王崇古含糊地称张翰林，是不想把姻亲的关系搅和到朝政里。但既然王谦说出其人，他也顺势应道：“不错，是子维。”然后说，“谦儿看，我提到的这几个人，哪一个功绩不在尔父之上？”

王谦心说：至多是相当吧；若言功绩在父亲之上，才言过其实呢。但他知道，只要他这样说，父亲一定又有许多教训他的话，一定又要在“谦”字上做文章。那还不如换个话题。

“孩儿将功绩归于父亲一人，或是言过其实；此外还有何事，孩儿言过其实？”他问。

王崇古不答，两眼转向案上的疏稿。

王谦注意到他的这个动作，问道：“答案在父亲的奏疏里？”

“对！”王崇古点点头，指出，“谦儿用丰功伟绩四个字，在我看来，用得太早。以把汉那吉为奇货，授予官职，劝诱俺答罢兵媾和，算不得丰功伟绩；下面的事完成，才真是丰功伟绩。”

“不知父亲下面要完成何事？”王谦问。

“以两个字来说，我称之为封贡；以四个字来说，我称之为封王开市。”王崇古道。

“欲封王者，是俺答吧？”王谦问。

“首先要封他，然后再及他人。”王崇古道。

“开市，是开马市？”王谦又问。

“先帝有旨，严马市之禁，谦儿不知吗？我宁愿称之为贡市，或称之为互市。”王崇古道。

“父亲，先帝为何严禁马市？”王谦借着与王崇古闲谈的机会，正好了解、熟悉本朝掌故。

“开马市是咸宁侯仇鸾倡议。他被先帝擢为大将军，手握重兵出边，然与虏战则失利。为逃罪责，他奏请开市，并明确为马市。庚戌之变后，先帝既诛仇鸾，深恶仇鸾之媚虏欺罔，大误边计，乃降旨严禁，有言开市者斩。”王崇古简述其事原委。

“先帝既有严禁，父亲为何不只请封王，还请开市？”王谦问。

“只请封王，不请开市，不是不可以；但只请封王，不请开市，不如既请封王，又请开市，更能收效。”王崇古说。

“父亲此论，孩儿尚难理会。”王谦道。

王崇古点点头，表示可以再加讲解。他的讲解是从提问开始的：“谦儿可知，封王之议是谁先提出的？”

“孩儿不知。”王谦答道。

“是俺答自家先提出的。”王崇古告诉他。

“俺答提出，父亲为何代他奏请？”王谦问。

“这正是我要问你的呀！”王崇古道。

“想是此事利国利民。”王谦的回答很抽象。

“俺答是这么说的：天子若能封我为王，永长北方，诸部孰能为患！”王崇古转述俺答的话后，问道，“谦儿听他的话可有道理？”

“那要看他是否真心臣服。”王谦道。

“我却以为，不管他是否真心臣服，都不妨一试。成祖文皇帝当年封北元诸王，也不为他等真心臣服，而是为以夷制夷。”王崇古说。

“父亲镇边多年，说起制夷方略，孩儿自然望尘莫及。”王谦道，因为这不是谈论的重点，他想就此打住，转换到另一话题上，“父亲为何代俺答奏请，孩儿已懂。不过——”

“不过，这仅止封王而已。”王崇古替他说出。

王谦笑笑，说道：“是啊，奇效云云，父亲尚未言及。”

“请开市，也是俺答提出的。”王崇古道，“俺答缚送赵全等叛人后，提出入贡开市。我要他约土蛮、昆都力、吉能等部皆入贡，他照办。谦儿，你可知结果如何？”

“孩儿想，有的会从命，有的不会从命。”王谦说。

“你如此猜断，可见对虏情略知一二。”王崇古道，“不肯从命的，是土蛮。他以小王子后裔自居，不肯听从俺答号令。至于昆都力、吉能，虽非俺答部属，向来也不听从俺答号令，这次却都如约而来。”

“看来，俺答要永长北方，并非妄自尊大。”王谦评论一句。

“谦儿这话，只说对一半。”王崇古道。

“孩儿哪一半说对？”王谦问。

“俺答确雄于北虏他部。”王崇古道。

“孩儿哪一半说错？”王谦问。

“他酋非因俺答雄长而来。”王崇古道。

“那是为何而来？”王谦问。

“为入贡而来。”王崇古道，“既准入贡，则准其部与我民间贸易，互通有无，辽东开元、广宁之市皆然。”

“这就是父亲说的互市？”王谦问。

“对，”王崇古应道。“辽东各市，华夷以有无互易，不费朝廷一两银子，也不专市马匹。此为通贡之一节，非复请开马市。互市既可开于辽东，为何不可开于大同？”

“既请封王又请开市，比只请封王、不请开市更能收效，孩儿也已懂得；不过，孩儿仍有个顾虑。”王谦说。

“你说！”王崇古道。

“父亲以为，把马市改为贡市、互市，就可以不蹈仇氏的覆辙吗？”王谦提的问题很尖锐。

“王氏是王氏，仇氏是仇氏，王氏不会蹈仇氏覆辙。”王崇古对此充满自信，并以为这足以回答儿子的问题。

“何以见得？”王谦仍问。

王崇古把他当作持议不同的廷臣，侃侃而谈：“今日俺答，不如昔日俺答强大；今日我边兵，不似昔日怯懦。此一也。仇氏奏请开市，在兵败之后，是制于人；我奏请开市，在俺答受抚之后，是制人。此二也。昔日庙堂之上，由严氏父子把持，以国事为儿戏；今日内阁如高公、张公辈，皆敢于任事。此三也。”

王谦完全没有从政的经验，无话可辩。

# 第四十四章

会试张榜后，新科进士或三五人相约，或七八人相约，或十数人相约，拜谒本科主考官、内阁大学士张居正和主考官、吏部左侍郎兼翰林院学士吕调阳。至于房考，则因人而异，有的举子是因为分在某房，所以拜谒该房房考，有的举子因与某房考是乡党，所以拜谒该房房考。房考官多是职位并不很高的翰林，严格地说，新科进士不会视之为座主，与之交往不会太拘束。所以，他们往往独自前往。

赵用贤是苏州常熟人，肯定要去拜望苏州太仓籍的房考王锡爵。

王锡爵字元驭，嘉靖四十一年进士，现官左春坊左中允。见赵用贤进来，他叹口气，呼着赵用贤的字说："汝师，愧对江东父老呀！"

赵用贤听到这句没头没脑的话，不由大惊失色。他忙问："元驭先生何出此言？"

"我江南才子辈出，今科会试，竟无一人入一甲。"王锡爵说起这件不如意的事，仍然叹息不已。

"榜还没摘，元驭先生怎出此言？今科榜眼，正是来自我姑苏的举子呀！"赵用贤说。

"他不算！"王锡爵把手一挥，断然言道，"刘生冒籍苏州卫，原籍则是江西，与我等地道的苏州人不同。"

一甲第二名刘瑊，以苏州卫籍参加应天试，又作为应天举子参加会试，他的祖籍却是江西峡江。

赵用贤一张脸由微红而渐紫。江南来京师应试的举子是有数的，中第者更是有数的；除去一人，王锡爵责备他的几率就多一分。王锡爵是会试第一名，殿试第二名，即会元兼榜眼，当然有资格对晚辈寄予厚望，也有资格对没有考出好名次的晚辈加以责备。赵用贤的名次在三甲二十名之后，属于中下水平，应在被王锡爵责备之列。

"晚生程式文章没做好，着实惭愧！"赵用贤低着头说。

王锡爵摆摆手，道："我说的不是你。"

“由南幾来应试的诸生，名次多在晚生之前。”赵用贤说。

“我说的也不是他等。”王锡爵道。

这就怪了。责备江南举子无人入一甲，却说的不是应试的举子，那是说的哪个？赵用贤不得不重新问道：“元驭先生感慨缘何而发？”

“我在感慨自家无力回天。”王锡爵道。

“名次考得不好，是晚生们功夫下得不够，元驭先生怎的怪到自家头上！”赵用贤这么说，一面是为的劝慰王锡爵，一面也是好奇。

“当真没好文章，我不说什么；看中好文章，却不能使试者列于前茅，汝师，你说我抱愧不抱愧！”王锡爵道。

“元驭先生看中的好文章，想必是极好的。不过，也得主考看中，阁老们看中，礼部诸公看中，才能列于前茅。恰恰因出自同乡，元驭先生更不得不有所顾忌。”赵用贤继续劝慰。

“说到这一层，我应更加抱愧才是。”王锡爵道，“我看中一篇好文章，荐与主考叔大先生。汝师应该知道，我等阅卷之日，是不知其人的。我确是因为文章好，才看中的，因而推荐时，心底甚是坦然。汝师可知，我是如何推荐的？我对叔大先生说，此卷可抡魁。谁知叔大先生阅卷后却说：此必轻狂淫荡之士，难成大器。”

“房考以为抡魁之作，主考却称作轻狂淫荡之士所作，未免太不留情面吧！”赵用贤道。他表现出一定程度的愤慨，是有缘故的。因为王锡爵没说是谁的试卷，那就有可能是他的。

“还有更不留情面的呢。”王锡爵说，“叔大先生随即指着一行，道：你看，这句话是读圣贤书的人该写的吗？说罢，以笔抹去。又指着另外几行，道：你看，这个道理说得通吗？说罢，以笔抹去。一篇文章，被他抹来抹去，简直不成样子。”

赵用贤心里反而踏实。一篇试卷被主考官抹来抹去，多半早就除名；再者，王锡爵又不是一点儿人情世故不懂，丢人的若是自己，他现在肯定不会说个没完。

“元驭先生只得放弃？”他问。

“我不会轻言放弃的。”王锡爵道，一件在他自称抱愧的事情里，也有值得炫耀之处，“叔大先生让我看那些句子时，我也隐隐觉得，是有些毛病；但通读全篇，又觉得那些毛病不成其为毛病。于是，我将该试卷藏于袖中，在依名次填写举子姓名时，伺机拿出，再次呈于叔大先生前，陈述我见，请他再读一读。”

“叔大先生再读否？”赵用贤问。

“没读。其时已填写到三甲第二百八十八名，叔大先生随口说道，那就列在第二百八十九名吧。”王锡爵说到此，又泄气。

今次春闱，除一甲三人外，另取中三百九十三人，其中，二甲七十七人，三甲三百一十六人。自己赞为可以抡魁的举子，几乎成续貂的狗尾，难怪王锡爵觉得懊恼。

不过，也要看到，续貂的名次也比名落孙山好。赵用贤说：“无论如何，元驭先生于该举子有再造之恩呀。”

“填姓名时，我才知道其人；也才知道，他是我江南人。”王锡爵特别强调这个时间差，免得被人误会，然后，又解脱般地说，“幸亏他那个江南，距我等江南甚远；不然，真要颜面丢尽。”

“此生为何处人？”赵用贤问。

“休宁。”王锡爵道。休宁属徽州府，时人称江南，大而言之，指南直隶长江以南地区及浙江临近南直隶的地区；小而言之，特指太湖流域，徽州府不在这个范围内。

名次比自己还要靠后许多，且不是苏、松籍，赵用贤想不起这个人。他问：“元驭先生说的是——”

“曹生。”王锡爵告诉他。

虽只是姓氏，也提醒赵用贤。他以一指在空中缓缓地划出一个“诰”字，问道：“元驭先生，是这位兄台吗？”

“就是他。”王锡爵道，并问，“怎么，汝师与他有过交往？”

“交往说不上，但我与此兄前后脚进京，先后投入一家旅舍，出出进进时总要打个招呼。”赵用贤说。

“仅打招呼而已？皆来应试，就不切磋切磋文章？”王锡爵问。

“我倒有心请教，但此兄或自恃才情，或放纵玩心，从不给我请教的机会。”赵用贤说。

“汝师此话怎讲？”王锡爵问。

“曹兄才情，元驭先生见识过的。”赵用贤想偷个懒，两种可能只说一种。

王锡爵却说：“不然。我只从曹生文章中看出他甚有才情，至于自恃才情，从一两篇文章里未必看得出来。”

“那晚生就讲一件事。”赵用贤道，“晚生是来应试的，别的都可以不带，书不可以不带。晚生书带得少，也带二三十卷。晚生想，赴京应试的举子无不如此。唯独曹兄，一卷书未带。”

王锡爵不仅甚有才情，而且自恃才情，他赴春闱，还随身携带整整一箱子书。所以，曹诰赴试，不携一书，在他是难以置信的。他问：“曹生难道未携行囊？”

“有一只箱子。”赵用贤说。

“汝师怎知箱内无书？”王锡爵问。

“这就是晚生说的放纵玩心；不过，先要请元驭先生认可，赴试而不携一书，即是自恃才情。”赵用贤说。

“说自恃才情是好听的，再说难听些，乃游戏人生。”王锡爵道。

“好，我再说曹兄是如何放纵玩心的。”赵用贤道。当然，还得从那只箱子说起，“曹兄随身携有一箱，外面加锁，白日从不开启。等天一黑，邀二三举子聚饮，他命人把箱子抬来，当众打开。这才见，里面有锣鼓一副，鬼怪面具若干。每次饮酒，曹兄则换一假面，同饮者敲锣击鼓。他或是僵直自行；或是由旅舍伙计抬起而行，到各房走一遭。惊得各房客人狂呼乱奔，以此取乐。”

“汝师也被惊过吗？”王锡爵问。

“晚生不仅被惊过，也被曹兄约去饮过酒，但我只去一次，就再也不肯去。”赵用贤说。

“曹生竟如此荒诞不经？”王锡爵的一张脸也渐渐发红，他开始反省自己对曹诰的称许，“汝师呀，我在想，叔大先生称曹某为轻狂淫荡之士，或许是对的。”

“恕晚生直言，我正要对元驭先生这么说。”赵用贤道。

# 第四十五章

三月二十二日，经筵结束后，皇帝把几位阁臣留下议事。

“本月有两件大事，一是春闱，一是集议封贡。二事相互掣肘。因着春闱，集议封贡时，众多大臣，如诸位先生，不能与会。故廷议之后，兵部虽有奏表，至今未能降诏。今殿试已毕，朕想封贡事该有个了断。”皇帝述罢议事的主题，问道，“卿等以为如何？”

皇帝如果是问阁臣们如何看待封贡一事，又没有特别指定某人回话，谁率先作答都可以；但皇帝显然是在问今日议此事如何，那就只能由首辅出面回话。

“臣等这些日子奉旨策士，不知集议详情。”李春芳奏道。

“不妨，朕把冯大伴也找来。九日集议，朕特地让他去从头听到尾。”皇帝早有部署，他招呼站在身后的冯保，“冯大伴，你上前来给众爱卿讲讲吧。”

“回爷话，奴才得从月初几员科臣的奏疏说起。”冯保道。

“对，”皇帝接着他的话说，“朕记得，封贡一事，率先就是由这几员科臣发难的。他等皆不赞同宣、大总督王崇古奏议，是不是？”

“爷说的是。”冯保应道。

“那你先将他等议论，择其要说与各位先生听。”皇帝命道。

“是。”冯保应道，“本月之初，三科臣同时奏言封贡事。一个是兵科都给事中章甫端。他既反对封王，也反对入贡，说：俺答得封号，则众虏益附，是假之翼也，故不可封王；遣使入境，则窥我文物，是启其心也，故不可准贡。一个是兵科给事中宋应昌。他主要反对入贡，说：虏虽通贡，其情难测。我若防边，则有两费；撤兵，则非万全。一个是礼科给事中张国彦，他也是封王、入贡一起反对，说：虏向入寇，旋即出塞，是担心西北诸戎，掩杀其后。今日封王，俺答无天朝之患，则专心对付诸戎；诸戎不敌，必臣服俺答，为之左右臂。是使俺答益强。若准入贡，其乞请之费，岁加月倍。或以为俺答既贡，客饷不足，必扣主兵；主兵不已，必及市贾；市贾不已，必及内藏。”

三位科臣的奏疏，当初是冯保择其要，讲述给皇帝听的；现在，他又用差不多完全一样的语言，讲述给阁臣们听。

“他人尚未应付，朕先不得不应付。”皇帝笑着说，阁臣们虽然不能笑出声来，但殿里的气氛一下子变得轻松，“那时，卿等皆在辛苦阅卷，朕只命不在东阁的廷臣集议。”

说着，示意冯保讲下去。

“本月初三日，皇上命兵部郭尚书集廷臣会议，当然，是不在东阁阅卷的廷臣。”冯保一本正经地做这个说明后，忽然想到，这是皇帝才说过的；自己再强调，岂不是画蛇添足？他稍一走神，再往下说，有点凌乱，“皇上命廷臣集议宣、大总督王都堂的奏议，亦即集议科臣章甫端、宋应昌、张国彦等的奏议。”

“冯公公若告诉我等，皇上命集议封贡事，我等也听得懂的。”高拱插进一言，多少显得唐突。

冯保脸一红，还击道：“不仅议封贡，还要议互市。”接下来的话都是强调这两件事，“赞同封贡及互市者，多是重复王都堂奏疏里的话；反对封贡及互市者，多是重复章、宋、张等科臣奏疏里的话。”然后请旨，“爷，奴才还要将各人的话复述吗？”

“那你得问诸位先生要不要听。”皇帝道。

“既是重复，不听也罢。”张居正说，他知道，皇帝今日主要是让冯保讲述后一次的廷议，没必要在前一次廷议上多纠缠，但有一件事，冯保应该做个交代，“冯公公只需要告诉我等，赞同封贡及互市者有多少，反对封贡及互市者有多少。”

“朕记得，反对者十之九，赞同者不过十之一。”皇帝替冯保回答，还问他，“冯大伴，是吧？”

“爷说的是。”冯保应一声，道，“不过，该次集议，郭尚书使诸臣各言封贡及互市利害，故言其害者十之九，言其利者不过十之一。”

“言其害者自然反对，言其利者自然赞同，这又有何区别！”高拱再次给冯保一个难堪，随即又抨击郭乾，“大司马对此事向来无主见，我等于把汉那吉授予官爵一事，已领教。该次廷议复旨，想必他也要把封贡之事封杀。”

“并未封杀，但有所变通。”冯保见有个反驳高拱的机会，马上抓住。要是因此激得高拱出言不逊，才合他的心意。

高拱不会在皇帝面前失态，他不冷不热地回敬道：“那就请冯公公给我等说说他的变通吧。”

“是啊，”张居正最不愿意二人这时发生争执，他迎合着高拱的话说，但增加些许热情，“我等皆洗耳恭听呢。”

“郭尚书的变通，皇上是不满意的，所以才有第二次廷议。”冯保这句话似乎是专说给张居正听的，“其奏议要点有三：一则俺答封是要封的，但不宜封王，只可封都督；且诸酋各自为部，不得由他统摄。二则入贡准是可准的，但不宜眼下就准；可等两三年，见俺答真不犯边再准。且入贡只可留于边城，不得入京师。三则市可开于二至四月。”

“都督只好称授，怎可用封？”高拱听出毛病。

张居正推测，大概是冯保用错字；郭乾再糊涂，也不会犯这一类错误。他立刻把话题岔开，或者说，把议论引入正轨。

“皇上圣明，此议首鼠两殿，似是而非；且十之九、十之一含糊不清，一定要发下再议。”他说。

“一个似是而非，一个含糊不清，张先生算是把郭尚书的奏议驳得体无完肤。朕要他再集廷臣会议，首先就是要他明确，公卿大夫中，谁个赞同封贡，谁个反对封贡，谁个居中调和。”皇帝说着，命冯保，“冯大伴，你一一说与各先生听。”

“是，”冯保应道，“九日第二次廷议，定国公徐文璧、吏部右侍郎张四维以下二十二人赞同封贡；英国公张溶、户部尚书张守直以下十七人反对封贡；另有工部尚书朱衡等五人，言封贡可准，互市不可准。”

“卿等看，一写出姓名，哪里有十分之九者反对！朕看，反而是赞同者要多一些。”皇帝道。

“皇上说的是，尚书朱衡等五人亦是赞同封贡的。”高拱迎合一句。

“定国公、英国公等所言，卿等无须一一听之；冯大伴，你把郭尚书第二次廷议后的奏章，说与各先生听。”皇帝又命道。

“是。”冯保应一声，把郭乾奏议概括成以下几句话：漠北来王，古今盛事；而以此羁縻，实制驭长策。九边诸虏，俺答为雄长，自上谷至甘、凉，穹庐万里。先年以谢绝致愤，遂致贻患诸边三十年，中原苦不支矣。今俨然听命于藩篱之外，是三十年所祷祀而求者，何惜藁街寻丈之地，而以隔虏情，隘皇化，失神灵所想望！

“还有吗？”高拱问。

“还有一句：宜从其请。”冯保毫无表情地说。

高拱有话要说，但皇帝咳嗽一声，把他的话堵回去。

“别的事都在其次；朕今日宣卿等来，就是要请卿等议一议此疏，做个批复。”皇帝说。

“漠北来王，古今盛事，以此羁縻，制驭长策。臣郭乾这几句话，臣以为说得很切实。”李春芳一贯与人为善。

“臣以为，兵部前次奏议，尚且言及封，言及贡，言及市；今次奏议，则只言一个封字，可谓顾此失彼。”高拱却一贯直言。

一上来就有两种截然不同的议论，等着皇帝裁决。

“李先生称郭尚书几句话切实，朕有同感；高先生称郭尚书顾此失彼，也不是没有道理。”皇帝轻而易举地调和两种议论，然后问，“朕以为二位先生其实都赞同封贡，然否？”

“是，臣赞同封贡；然以为科臣所言，亦不可不虑。”李春芳说。

“臣赞同封贡；以为科臣所言，不值一哂。”高拱说。

“张先生和殷先生呢？”皇帝问。

“我等亦赞同封贡。”张居正、殷士儋齐声奏道。

“郭尚书议复已奏上多日，朕迟迟不作批复，就是因为科臣所言，亦朕所担心。高先生既称科臣所言不值一哂，那么，让朕也相信不值一哂，则不难批复。高先生，朕今日要多听你的见解。”皇帝说。

“臣遵旨，”高拱道，“冯公公讲述本月九日廷议，从月初三科臣上疏讲起，照理说，已经前后呼应。但臣以为，呼应得还不够。”

“依着高先生，还要呼应到几前？”皇帝问。

“臣以为，当从边镇王崇古奏议讲起。”高拱道。

“王崇古上疏在会试举行之前。朕想，卿等都是阅过，甚或议过的，故冯大伴省去。”皇帝说。连他都感觉到高拱与冯保之间的不和谐，所以要出面为冯保开解。

“但三科臣的奏疏，皆因王崇古奏议而上，将王疏与三科臣奏疏一比较，孰优孰劣，利大害大，即清晰可见。”高拱说。

“好啊，你说说看。”这正是皇帝要听的。

“是，”高拱应道，“臣章甫端言：虏得封号，则众且益附。这是针对王崇古奏疏里议锡封号、官爵一款而言。王崇古请封俺答王号，称：今俺答称一名号，雄制诸夷，除土蛮不随夷调度外，余虏行辈，唯俺答为尊。或可赐以王号，颁给镀金印信，如忠顺王及西番诸国例，使彼可号召其弟侄子孙，为国藩篱。请授予诸酋都督、都指挥、指挥等职，称：虏性好强而耻卑，若名位同而恩典异，必不相下，而愤怨争夺之端易生。是假名器而臣服强胡，以衣冠而羁縻夷虏，如各处土官、朵颜三卫事例。在朝廷无大烦费，庶各酋咸知荣感。”

高拱读过两遍王崇古的奏疏，听过一遍三科臣的奏议，就能条理分明地把二者对照着说，他的记忆力之强，让其他阁臣叹服。而高拱的评语，更有很强的感染力。

“一则担心众酋益附；一则以为号召其弟侄子孙可为国藩篱，且在朝廷无大烦费，庶各酋咸知荣感。二者中，臣宁取后者。”他说。

“高先生已驳半个章甫端，再接着驳。”皇帝道。

“臣章甫端称：虏入我境，则窥我文物；臣宋应昌称：虏虽通贡，其情难测。这都是针对王崇古奏疏里第二款定贡额及第三款议贡期、贡道而言。”高拱驳另外半个章甫端时，把宋应昌也捎带进去，“王疏之定贡额及议贡期、贡道，皆突出许贡之利，称：朝廷有公溥之德，边方得虏马之用，而各酋岁岁均被恩赉，无纷夺之虞。同时，贡额、贡期、贡道之定，无不对虏酋有所限制。如定贡额，王崇古称：夷虏进贡，各献马匹，名曰效敬，实欲得赏。须令俺答每次进马十匹，夷使十人；他酋进马多则八匹，少则二匹，夷使多则四人，少则二人。每年进马，不得过三百匹，夷使不过百人。如议贡期，王崇古称：夷性变诈不常，尤须阴示防范，且许以贡使之入，容其互市买卖，则当择马弱之时，庶伐狡谋。如议贡道，王崇古称：或谓居庸道路近京，不当令虏使往来。然喜峰口去京亦迩，现为朵颜三卫贡道。若容由紫荆入关，必经真定、保定腹里，不唯骚扰内地，亦恐得以窥我虚实，非若边地各有兵马防范。”

皇帝和其他阁臣知道下面他要加以评论，都更加用心地听。

“一则议准贡一无是处，一则议准贡利大于弊，且可抑制其弊，陛下道哪一议更为可信？”高拱做个明智的选择：与其自己再评论，不如请皇帝来评论。

“朕听得出来，高先生宁愿信王崇古之议，却要朕来说。好吧，朕可以说，准封王，准入贡，朕确实以为王崇古之议更可信。”皇帝很爽快地评论。同时又很明确地问道，“但高先生可知道，朕所担心者，不仅在封王、准贡有何弊端？”

“臣知道，陛下担心抚赏不已，必及内藏。”高拱说。

“抚赏之费，高先生也能宽朕的心吗？”皇帝问。

“臣试言之。”高拱道，“臣张国彦称：客饷不已，必扣主兵；主兵不已，必及市贾；市贾不已，必及内藏。这是针对王崇古奏疏第五款议抚赏之费而言。王疏称：每岁每镇可保百人之命，即可省优恤三五百金；各镇墩哨可渐减三二百名，即可省行粮三五千石；既无斩获、中伤之赏恤，每岁可免赏功数千金之费。又称：虏志已定，边患果息，调遣摆边可免，则所积之客饷，可用为主饷之支，而以主饷仍备客饷之积。数年之后，则客饷或间岁可省，或年可半给，而节省内帑将不可数计。”他这次比较的是二人使用最多的一个字，“张国彦动则言‘必’，王崇古则多言‘可’，臣以为，王疏的‘可’比张疏的‘必’更可信。”

“高先生驳过三科臣，王崇古的奏章朕记起一大半。”皇帝说。由于心情放松，身子要向后仰。他忽然觉察，坐的御榻，是不能向后靠的。他忙把身子挺直，并招呼李春芳等：“朕没的再问，卿等要问否？”

“事无全利，亦无全害。臣拱与臣议过，皆以为王崇古所言封贡及互市之利害，恰如其分。”张居正说。

李春芳、殷士儋亦称是。

“那好，卿等回阁拟旨吧。”皇帝命道。

二十八日，朝廷颁敕，封俺答顺义王，赐绯蟒衣一，彩币八。

四月二十日，授俺答弟把都儿、俺答子黄台吉都督同知，赐狮衣一，彩币四。其他首领授官、赏赐不一。

# 第四十六章

六科无逻卒可用。所以，韩楫见刑科给事中宋之韩带三五员逻卒来找他，吃惊地问：“元卿兄不是来捕我的吧？”

宋之韩字元卿，河南武安人，和韩楫同是嘉靖四十四年进士。韩楫则是山西蒲州人，字伯通。

“伯通兄是不是触犯天条，怕我来捕呀？”宋之韩戏言道。

“我行端立正，心中无鬼，缘何要怕！倒是兄台，并未改官，怎的做起巡城御史的勾当？”韩楫指着他身后的逻卒问。

“伯通兄问的他等呀！实不相瞒，是借来的；而且，”宋之韩压低话音，故作神秘地说，“正是向巡城御史借的。”

“好端端的，元卿兄借逻卒来作甚？”韩楫问。

“缉拿奸人。”宋之韩说。

“奸人不是本人吧？”韩楫又联想到自己。

“不是。”宋之韩回答。

“与本人有无干系？”韩楫问。

“无。”宋之韩回答。

“请元卿兄自去公干，在下恕不奉陪。”韩楫揖了揖，表示送客。

“奸人与兄台无干系，我却想兄台与他有点儿干系。”宋之韩却说。

“此言是何用意？元卿兄欲加害我吗？”韩楫责备道。

“不是加害，是推功，请伯通兄与我同去缉拿奸人。”宋之韩说。

“不可，”韩楫连连摆手，“元卿兄借逻卒捕人，虽不合制度；但好歹是刑科给谏，也算分内的事。我若同去，可真是荒诞不经。”

“伯通兄当真不去？”宋之韩带着一脸坏笑地说，“那是伯通兄不知奸人来自何处，一旦知道，就会抢着去的。”

“来自何处，我也不去！”韩楫道。

“来自松江，也不去吗？”宋之韩问。

“来自松江也——”韩楫话说到一半，改口问，“奸人确来自松江？”

“不仅来自松江，且来自徐府。我查访清楚，绝不会错。”宋之韩有十分的把握。

“奸人为何而来？”韩楫问。

“该送钱的送钱，该送物的送物，我已查访清楚。”宋之韩说，“以钱、物拉拢京师官员，伯通兄想他是为何而来！”

“走，我与元卿兄同去。”韩楫拉起宋之韩就走。

“我说嘛！”宋之韩目的达到，颇为得意，“我等那一科举子中，肃卿师对伯通兄的厚爱，连我这个河南人都看得眼红，伯通兄怎会不懂得他老人家的心思呢！”

高拱是嘉靖四十四年的主考官，他对及门弟子特别关照，难怪韩楫、宋之韩等都愿意为他出力办事。

宣武门外一家松江会馆，不时有人进出。一人藏身对面大树后，仔细观察进出之人。见宋之韩、韩楫率逻卒走来，他迎上前禀报：“大人要找的人并未外出。”

“好，你与他等守在外面。”宋之韩安排好逻卒后，对韩楫说：“我二人进去会会他，伯通兄怕不怕？”

“元卿兄一身好功夫，有何可怕！”韩楫半是认真半是取笑地说。

在一间客舍外，宋之韩站定，往里指了指，示意他们要找的人就在里面。他敲几下门，屋里有人问句“谁呀”，随即开门。听那人的口音，果然是来自苏、松一带。

见是两位官员，住客一愣。他问：“大人们找谁？”

“找你呀！”宋之韩说着，往屋里走，并把屋里的人推进去。等韩楫也跟进去，他随手把门关上。

“大人们找错人吧，我与两位大人素不相识呀！”住客说。

“难道你要见的大人都是相识的？”宋之韩问。

“有不识的也不怕，老爷有名帖给我。”住客说。

“说不定，我二人也在你家老爷的名帖上呀！”宋之韩道。

“不会，名帖上的人，小民已拜见完毕。”住客说。

“伯通兄，你看他动作倒快，来京没两天，老爷交代的事都办妥。”宋之韩冷嘲热讽地说。

“你说说，到京以后都拜见哪位大人？”韩楫问。

“老爷交代过，这不能说。”住客道。

“你家老爷有没交代，若是不说，要挨板子？”宋之韩问。

“老爷的板子，从不乱打人的。”住客说。

“不是你家里的板子，是衙门里的板子。”宋之韩说着，口气变得严厉，“你要是听话，在这里对我二人说；说过之后，把你送去刑部狱、都察院狱，那里板子轻一点儿。你要是不听话，在这里什么也不说，直接把你送去锦衣卫狱，或送去东厂。那里绝无情面可讲。”

“京城就不讲王法吗？”住客并没被吓住，“我来京城办事，又不犯法，怎的想送哪处狱就送哪处狱？”

“不犯法？”宋之韩冷笑几声，“若不犯法，你来京城见过哪位大人，有什么说不得！”

“小民见的大人，都是我家老爷私交；我家老爷不欲别人知道，吩咐小人不得说。这犯法吗？”住客强辩。

“致仕官员馈赠京师在职官员，以谋私利，就是犯法，就要追究。这你难道不知！”宋之韩道。

“此事小人倒是有所耳闻。”住客说。

“既如此，你还有何话好说！”宋之韩道。

“小民的老爷并未致仕呀！”住客说。

“那么，就是你家老太爷致仕。”宋之韩道。

“大人果真料事如神呀！”住客居然也敢冷嘲热讽，是宋之韩万万没想到的，“不过，我要告诉大人的是，我家老太爷不但早已致仕，而且早已仙逝。”

“好啊，你就这般效忠吗？为你家老爷掩饰，或者也是为你家老太爷掩饰，竟然不惜诅咒你家老太爷！”宋之韩道。

“小民祖父、父亲都在老太爷身边伺候，小民自小在老爷身边伺候，怎敢诅咒老太爷！老太爷确已仙逝。”住客说着，默默算计一下，“那是在十年前，小人的老爷还在应天府任事。”

越说越离谱。宋之韩还要斥他，被韩楫拦住。

“我来问问，如何？”韩楫道。

“伯通兄放开问！”宋之韩正好想歇一歇；但不忘警告一句，免得被韩楫看作无能，“松江苍头多狡黠，伯通兄别被他蒙混过去。”

“这位大人的话，你可听到？”韩楫指着宋之韩问住客，随即提出一个最简单的问题，“你是松江人吧？”

“小民是松江人。”住客承认不讳。

“是华亭人？”韩楫又问。华亭是松江府属县，和松江同城。但士大夫言及乡贯，往往说县，所以这一问并非毫无意义。

“是华亭人。”住客也承认。

“是从松江来京师？”韩楫问。

“不，是从汉阳来。”住客这回却不承认。

“伯通兄听听！”宋之韩道，“他不是从松江来，是从汉阳来。松江到京城，有宽敞的官道，还有运河可行船，他都不走；偏要绕道汉阳，再来京城。他家老爷是让他来京城办事，还是让他在外游耍！”

“小民住在汉阳，为老爷办事，不打汉阳直接来京城，难道还绕道松江再来？那才真成游耍。”住客说。

“反正花你家老爷银子，游耍不游耍，关我甚事！”宋之韩恼道。

“元卿兄少安毋躁，容我再问他几句。”韩楫说着，继续盘问，“我记得你说自小在老爷身边伺候，对吧？”

“对呀，大人不信，可问我家老爷。”住客说。

“那你几时离开你家老爷，去的汉阳？”韩楫问。

“小民并未离开老爷呀！”住客道。

“一个在松江，一个在汉阳，还说并未离开。难道你有分身术不成！”宋之韩讥道。

“谁说小民老爷在松江？小民老爷也在汉阳。”住客说。

韩楫担心宋之韩一味针锋相对，会越说越僵。他抢着问：“你家老爷不在松江享天伦之乐，却去汉阳作甚？”

“谁说不是！”住客反而有话说，“留在松江，不但老爷享天伦之乐，小民也可享天伦之乐。不过，话又说回来，老爷吃的皇粮，朝廷一定要他去汉阳做官，他也没法子。”

听他这话，韩楫、宋之韩不由相互看一眼。徐阶的几个儿子，都是荫官，但没一人打发到汉阳去做官的；连他的孙辈，以及他的近亲、姻亲，也没听说有去汉阳做官的。

“你家老爷在汉阳做何官？”韩楫加着小心问。

“我家老爷做的官，在湖广算不得什么，在京城更算不得什么，可在汉阳，当真了不得。”住客郑重地说，“我家老爷任的是汉阳知府。”

韩楫的第一个反应是，这话不像说谎，因为汉阳知府是谁，一查就可以查到。他的第二个反应，是这人不会来自徐府，因为徐府那么大的声势，谁也不屑于冒充他人的家人。他的第三个反应是，记起现任汉阳知府的名字，叫孙克弘。

“你家老爷姓孙，不姓徐？”他问。

“当然。小人老爷姓孙，不姓徐。连小民也几世姓孙，从来未与姓徐的拉扯上关系。”住客说。

宋之韩从住客的话里，更多是从韩楫的表情上，知道出了差错。他把韩楫拉到一旁，悄声问：“怎么，有误？”

“你自个儿也听到。”韩楫苦笑着说。

“可他的确是松江人呀！”宋之韩道。

“他老爷孙克弘，不仅是松江人，还是松江世家子弟呢。其荫官应天府治中，一步一步升至汉阳知府，也算不易。”韩楫说。

“你说他是松江世家子弟？”宋之韩忽来灵感。

“是啊，其父孙承恩曾任礼部尚书，说起来还在徐华亭任礼部尚书之前。”韩楫道。

“有松江人来京，有松江籍礼部尚书府上的人来京，怪不得会出差错！”宋之韩总结失误的原因，并决定要将错就错，“不管怎样，此人形迹可疑，先送去顺天府狱再说。伯通兄，把他送狱之后，我的差事办完，该你接着办差。”

“怎讲？”韩楫问。

“外官馈赠廷臣，这不是吏部和吏科该管的吗！”宋之韩道。

“你是说，参孙知府一本？”韩楫问。

在宋之韩招呼逻卒进来逮拿孙克弘家人之际，韩楫暗自斟酌上疏弹劾孙克弘的利弊。他的结论是可行。而且，在参奏孙克弘时，他特别牵连上徐阶的几个儿子。朝廷降旨，罢免孙克弘，并追究徐阶诸子。

# 第四十七章

苏、松兵备道副使蔡国熙看一眼来访客人的名刺，好不为难。按说，没有不见的道理，人家是前辈，自己任户部主事时，人家历经吏部验封、考功、文选三司郎中；更重要的是，当初大家汇聚在徐阶周围，对讲学一事都很上心。但此人来松江，不会不拜谒徐阶。从徐府出来，旋即走进兵备衙门，传出去，可不太妙。况且，他要说些什么，也想得出来。

接下来想，又不能不见。北、南直隶，不设布政司、按察司，北直隶各道，寄衔于山东；南直隶各道，寄衔于浙江。山东、浙江布、按二司，虽不具体管北、南直隶各道事务，但考察的事却是要管的。此人从浙江来，据说浙江布政使、按察使对他都很敬重。稍有得罪，就别指望他回去后会言好事。

思来想去，最后吩咐："有请！"当然，如何应付此人的游说，他也已经想好。

来客正是浙江平湖乡绅陆光祖。他一走进院子，蔡国熙忙从屋里迎出去，一边连连揖手，一边道："失迎，失迎，哪阵仙风把与绳先生吹来松江！"

"听蔡大人语气，不甚欢迎啊。"陆光祖边还礼边说。

"岂敢，岂敢，与绳先生是贵客，请也请不来的。"蔡国熙道。

"这是在责怪我来得少？"陆光祖问。

"言重，言重！"蔡国熙揖道，"晚生在想，当年在京师，何等亲近！而今晚生公事缠身，不便离衙；与绳先生不在其位，不谋其政，不妨多来走动走动。"

陆光祖听出来，这是想用"不在其位，不谋其政"来堵自己的嘴。他淡淡一笑，问道："蔡大人是不是说，我欲谋其政，就来不得？"

蔡国熙没想到他会说得这么直率，不由一愣。

"蔡大人放心，不在其位，不谋其政的规矩，我是不敢坏的；今日拜晤，只为叙故人之情。"陆光祖又说。

"好，好，与绳先生请。"蔡国光把他让进屋里。

陆光祖在宾席就座，说："蔡大人，茶讨一杯，饭不叨扰。我才从存翁处来，他吩咐我回去吃饭。”

“与绳先生随意。衙门里粗茶淡饭，自然比不上徐府珍馐。”蔡国熙的话听似轻描淡写，但已与陆光祖划清界限。

“这与饭的好坏不相干。”陆光祖一本正经地说，“存翁是前辈，在京讲学之际，情同师弟，他的吩咐，不可不从。即如蔡大人，是肃卿相公主顺天试时所取士，肃卿相公有所吩咐，蔡大人也不会不从。”

高拱主嘉靖三十七年顺天试，蔡国熙以广平府学生员赴试，被取中，第二年又顺利考中进士，他对高拱的感激之情可想而知。他在京任官，加入徐阶倡导的讲学中，是因为那时徐、高二人之间，还没产生矛盾；否则，他一定不会与恩师的敌党搅和到一起。

“肃卿师对晚生并无吩咐。”蔡国熙嘟囔着说。

“甚好，这也正是我要告诉蔡大人的。”陆光祖道。

“与绳先生才说，按吩咐，要回徐府吃饭。”蔡国熙话一出口，马上后悔：与其拿这话嘲讽陆光祖，还不如含蓄地报以一笑，让他不好往下说。这句略带嘲讽的话，等于给陆光祖个台阶。

果然，陆光祖说：“拜望蔡大人，却非存翁吩咐。”

“是。”蔡国熙不得不接他的话，“与绳先生才说，只叙故人之情。”

“只要蔡大人还记得故人之情，就好办。”陆光祖道，“与蔡大人以故人相称，在旁人眼里，我是高攀——”

蔡国熙打断他的话：“与绳先生记得故人之情，于晚生是幸事。”

“我却不觉得高攀。”陆光祖只当他并未插话，“我拜望蔡大人，是念着故人之情；拜望存翁，也是念着故人之情。陆某的这份故人之情，存翁尚且珍而重之，难道蔡大人能弃之若屣？”

“与绳先生的故人之情，晚生自也珍而重之。”蔡国熙说。

“但蔡大人有没有想过，存翁的那份故人之情，更须珍而重之？”陆光祖马上转到主题。

“与绳先生是来叙他人的故人之情吗？”蔡国熙面带愠色地质问。

“蔡大人别不耐烦，要不是存翁在京倡导讲学，你我间哪里来的故人之情！”陆光祖不客气地说。

这话没有毛病，蔡国熙很是无奈：“好，好！与绳先生想说谁的故人之情，就说谁的故人之情吧。”

“那我问一句，”陆光祖道，“十余年之前，你我等诸多后生，常聚于存翁府上小酌，不必多说；单说存翁对蔡大人另眼相看，极是赏识，蔡大人可记得一二？”

蔡国熙本想点头，但犹豫之后，却选择摇头。

“不记得？”陆光祖问。

“不是不记得，是并无其事。”蔡国熙想回避。

“怎的没有！”陆光祖既提起此事，就不容他回避，“一次讲学后，存翁说：蔡生口才，尔等不及；一次论辩后，存翁说：蔡生悟性，在尔等之上。听到存翁评论的，不止我一人。”

“不过就事论事而已，对与绳先生，老相公也没少称赏。他就是这么一个人，乐于提携后生。”蔡国熙说。

“蔡大人终于说到故人之情！”陆光祖道，“既然记得存翁旧日的好处，蔡大人为何不对他网开一面？”

“与绳先生，此言何意？”蔡国熙装作听不懂。

“蔡大人下问，我就说远一点儿。”陆光祖道，“存翁主持朝政若干年，错处不能说没有，不能说纠正不得；但今日朝廷上的一些做法，令人百思不得其解。如达和先生，你能说他不是个好司寇吗？子正先生，你能说他不是个好都宪吗？却因故给谏张某一言，夺官的夺官，削籍的削籍。张某讼言坦率，他二人的罪状是迎合依附存翁。我甚是奇怪，不就一给谏吗，哪来的这么大道行，前者论得首辅致仕，今者又论得众公卿削籍！再如羽流王金，进金石药物于先帝驾前，先帝宾天，实与服药相关。遵从先帝遗诏，王金论死系狱。不料去年年底，忽闻王金被宥死罪，编口外为民。再传来消息，才知先帝遗诏为存翁草拟，存翁所行之政，今须一切反之。”

“与绳先生实在说得太远。”蔡国熙冷冰冰地说。

“说得虽远，却与近事密切相关。”陆光祖道，“朝廷之上，有一股风浪，凡存翁所行之政，必欲反之。不仅反存翁所行之政，且维护存翁之人，必欲驱逐之，严惩之。不仅驱逐、严惩维护存翁之人，且存翁本人，必欲置之死地。其实，存翁所行之政，皆为反严氏之政，难道都是错的？维护存翁大臣，多为维护公议，难道也都是错的？”

“与绳先生身在江湖，心系庙堂，好不令人敬佩！不过，朝廷之事，是你我可在这里说的吗？”蔡国熙仍是冷冰冰的态度。

“就要说到可在这里说的，”陆光祖道，“若谓朝廷上的事，我等分辨不清，蔡大人在存翁乡里，难道一定要推波助澜？”

“所谓推波助澜，与绳先生指的何事？”蔡国熙问。

“蔡大人不如问问自家：徐府与外人的田亩、财产纠纷，共处置多少起；徐府的苍头、童仆，共关押多少人！”陆光祖道。

“与绳先生之意，凡牵涉徐府的纠纷，就不能处置；凡牵涉徐府的人员，就不该关押？”蔡国熙问。

“不，我是请蔡大人扪心自问：此等纠纷处置得是否公正，此等人员关押得是否合理？”陆光祖道。

“与绳先生若是问此，晚生倒有以告之。”蔡国熙说着，伸出一指，“其一，徐府与外人的纠纷，晚生处置过，华亭县、松江府也处置过；徐府的人，在兵备衙门有关押的，在县牢、府牢也有关押的。换言之，我不处置，也有人处置；我处不关人，也有地方要关人。其二，我处置徐府与外人的纠纷，关押徐府的下人，乃至徐府的亲眷，皆问心无愧。与绳先生不妨想一想，牵涉徐府的纠纷，从县里闹到府里，从府里闹到兵备，再往上，还要闹到巡抚衙门，闹到南京刑部、南京都察院；牵涉徐府的人员，关在县里的有，关在府里的有，关在兵备的有，甚而关在南京的也有。天怒人怨，老相公又一味姑息，我若不用重典，怎震慑得住恶奴，怎制止得了丑行！”

陆光祖是来劝阻蔡国熙的，却被蔡国熙一番话说得无话可说。

# 第四十八章

见高拱入阁时，阴沉着脸，对自己看也不看，张居正以为他又在摆首辅的架子，并没太理会。自五月中李春芳致仕，高拱递升为首辅，这种情形发生过不止一次。

到散阁时，殷士儋起身与高拱打个招呼，高拱颔首让他走。

张居正也起身与高拱打招呼："肃卿先生，还不走吗？"

"你也莫走。"高拱却说。

即便听到这句话，张居正仍没太在意。前几次高拱发作时，说话的态度也不友好；但张居正稍一解说，他的火气即烟消云散。

张居正想，这次也不外如此。他搬把椅子，往高拱面前一放，边想着如何应付，边准备坐下去。

没想到，高拱猛地站起来。

张居正吃一惊，感觉到事态的严重。幸亏他慢一步，或者说，高拱快一步。要是他先坐下去，高拱才站起来，他是跟着站起来好，还是安坐不动好？

坐是不能坐，问却不能不问。

"肃卿先生有话对我说？"张居正问。

"我等身为人臣，且居高位，做事须得上对得起天地，对得起朝廷，对得起祖宗，下对得起百姓，对得起儿孙。"高拱眼望别处，一字一字、字正腔圆地说教几句，然后转向张居正，问道，"叔大先生，是也不是？"

张居正领教过也忍耐过他的傲慢，但被当作蒙童教训，次数还不多。他只觉得心底生出一腔怒火，直往上蹿，要是不在答话里发泄一二，就要通过其他方式发泄出来。

"肃卿先生讲的是天大的道理，谁敢说个不字！"他回敬道。

"那好，我有话问你。"高拱说着，离开他的座位，往屋子中央走几步，好像嫌座位在角落上，站在那里问话，不够光明正大，等张居正缓慢地踱过来，他问，"叔大先生一而再再而三地劝我放过徐氏父子，究竟是为何？"

“其中缘故，我一而再再而三地对肃卿先生说过。”张居正听他问后，不由松口气。无论如何，此事没有天大。

“叔大先生不能再说一遍吗？”高拱问。

“肃卿先生要听，有何不可说的！”张居正道，“于巨蠹肆虐之日，调停于君臣之间，并引导先帝一举而扫除巨蠹，使阴霾顿散；在主持朝政之际，则时时、处处维护圣主。于公而言，存翁不可谓无功。对我来说，同朝二十余年；对肃卿先生来说，同朝几三十年。同在内阁，亦有年余。于私而言，我等不可无情。”

“叔大先生只言自家就好，别把我说进去。”高拱打断他的话。

张居正以前劝他，说的也是于公如何，于私如何，高拱没分彼此，那表明他还能听得进去；他现在的态度，说明他已经完全听不进去。

“对我来说，私情可能更多一些。”说到这件事，张居正并不怕涉及私情，“我那一科开馆，存翁为教习，关系颇为密切。后来存翁在京倡导讲学，交往自然更多。对了，存翁倡导讲学，肃卿先生不也是极力拥戴的吗？我记得，肃卿先生那些年也是徐府的常客。”

不经意间，他又把高拱说进去。

高拱不予理会，却问：“说到于私，除个情字，再无其他吗？”

“情与私连在一起，是私情。按照肃卿先生说的上要对得起天地，对得起朝廷，对得起祖宗，下要对得起百姓，对得起儿孙，已然很不应该。难道这还不够？”张居正以高拱自己的话反诘。

“叔大先生应该知道，我非此意。”高拱说。

“那是何意？”张居正问。

“叔大先生才说，与存翁私情更多一些；我现在只想问问，叔大先生与徐氏诸子又如何？”高拱道。

“肃卿先生问的是璠世兄、琨世兄、瑛世兄吗？”张居正也有意思，高拱越问得不苟私情，他在话语之间越对徐阶诸子表示亲切。

“我只听人称太常公、尚宝公等，还没听过这等称呼。叔大先生对徐氏诸子的私情远远超过他人！”高拱哂道。

“我向来是这么称呼，忽然之间，若是改称太常公、尚宝公，或改称某氏，才当真不妥。”张居正话虽平和，每句里也带着讥诮。

“好，好！”高拱极不耐烦，“你就说说，与你那璠世兄、琨世兄、瑛世兄相处得如何？”

“存翁离京前，确曾将三子托付与我。我与存翁私情既多，难免要移于璠世兄、琨世兄、瑛世兄身上。”张居正说着，好像想起什么，“对了，肃卿先生不是命我交代为何请你放过徐氏父子吗？请肃卿先生放过存翁，那是虚的，因为朝廷迄今尚无降罪存翁之意；请肃卿先生放过璠世兄、琨世兄、瑛世兄，说来惭愧，皆是私情所致。”

高拱重重地哼一声，道：“原来又是私情作祟！叔大先生以前求情时，可从未言及这两个字。”

“以前肃卿先生也没追问过呀！”张居正说得轻松，问得也轻松，“今日肃卿先生既追问，我无不如实告知，肃卿先生难道嫌晚？”

“毋庸讳言，今日才说，的确已晚。”高拱道。

“已晚？”张居正脸色大变。高拱的口气，无疑是置身于审判者的地位，而置他于被审者的地位；好像在说：你今时招供，已晚。

“已晚。”高拱既没发觉自己的口气有什么不对，也没发觉张居正的口气有什么变化，“因为才有人告诉我，叔大先生纳徐氏子三万金，故而竭力为其开脱。”

“无耻之尤！”张居正脸涨得通红。一句痛斥的话，没有经过大脑，脱口而出，失去确定的含义。收取赂金，可以说无耻；诬告大臣，可以说无耻；轻信诬告，也可以说无耻。

“叔大先生在说我吗？”高拱沉着脸问。

张居正不加解释，却说：“三万金买昔日首辅三公子的平安，买一太常二尚宝的平安，价钱不太低吗！”

“加上私情，就不低。”高拱道。

“看来肃卿先生深信不疑，好！”张居正从最初的打击中清醒过来，恢复一贯的镇定，他问，“此事肃卿先生是听谁说的？”

“这我不能说。”高拱道。

“那么，三万金是璠世兄、琨世兄、瑛世兄中的哪一位送到我手上的，可以说吗？”张居正问。

“要紧的是叔大先生收没收三万金；至于是徐太常还是徐尚宝将它送到叔大先生手里，有何要紧！”高拱道。

“肃卿先生难道不知，法司鞫讯贿赂一事，收受者谁，送出者谁，都要一一问明，才好定案？”张居正冷笑着说。

“叔大先生大错而特错。我不是作为法司鞫讯，我是作为挚友询问。你看，我等一天，不是等第三人走后，才问的吗？”高拱道。

“如此说来，我该承情？”不管怎么说，听到这句话，张居正的敌意消除不少，他说，“肃卿先生，我还有一事要问：检举我收受赂金之人，可曾立下重誓？”

“他不曾立，我也不曾要他立。”高拱道。

“肃卿先生也不曾要我立誓，但我愿在肃卿先生面前立下重誓。”张居正说着，指天指地，立下誓言，“张子居正，若受徐氏诸子三万赂金，天地诛之，合家遭谴，父不得善终，子不得续世！”

高拱绝没想到，张居正会发此重誓。要知道，张居正对父亲很是敬爱，对儿子的前程也很是看重。他的誓词里，不但自己甘愿受戮，而且把父亲、儿子都列进去，应该不会是假誓。

“叔大先生不必立此重誓，我不过听到此等传言，才来问个究竟。看来，是谬传。”高拱说着，揖道，“得罪之处，叔大先生勿怪。”

“好说。”张居正还一礼，“我一心一意佐肃卿先生整饬朝政，肃卿先生信得过我，不仅是我的福气，也是朝廷的福气。”

# 第四十九章

一到九月下旬，塞外寒意频生。一件件制作略显粗糙但厚实的皮货，当然更让人联想到严寒，而一捆捆绸缎薄布，又让人感觉还在享受秋日的温和。此外，还有车载人挑的谷物。自打议决开市以来，已筹备几个月。王崇古传檄各地，广招商贩，近则山西、直隶，远则江、淮、湖广，响应者虽然还不是太踊跃，但已使塞外热闹起来。

驻在阳和的兵备佥事蔡可贤一脸喜气，去总督衙门谒见。王崇古也是一脸喜气，招呼他坐下。

“学甫先生，今日又有一车菽粟前去得胜堡。”蔡可贤报告说。

“我不担心得胜堡，我担心的是大同的新平堡和宣府的张家堡，贸易货品有所不足。”王崇古道。

“是因为众人眼睛都盯住得胜堡吗？”蔡可贤问。

朝廷在准予开市的同时，拟定，与俺答的互市开在得胜堡，与黄台吉等的互市开在新平堡，与昆都力等的互市开在张家堡。

所以，王崇古说：“塞外有个俺答，天下皆知，至于黄台吉、昆都力等，山西、辽东商贾或知之。慕名而去，乃人情之常。不论生意大小，若能见上俺答一面，也了却个心愿。”

“要不要说服后来者，选择新平堡或张家堡？”蔡可贤出个主意。

“若说服不了呢？”王崇古问。

“可迫往之。”蔡可贤说。

“不好。”王崇古摇头，“你这是先礼后兵，我要的是礼而不兵。他等虽招募而来，但都是我总督衙门的客人，不可失礼。略加劝谕，他等肯听，则引往新平堡、张家堡；不肯听，任其所往。”

“是，下官这就去做些功夫。”蔡可贤欲告退。

“子期，这功夫我找人去做，你不必管。你先帮我合计一下，已至商贩，税银收上几多。”王崇古吩咐。

蔡可贤字子期，北直隶成安人，嘉靖四十一年进士。他似乎早料到王崇古要交办此事，颇为自得地禀报：“据下官粗略算计，税银已有五六千两之多。”

“还是有些少。”王崇古一边自言自语，一边掰着手指计算，他说，“要收到七八千两，才应付得过来。”

“学甫先生要应付何事？”蔡可贤问。

“犒赏贡使呀！”王崇古道。

“犒赏贡使，自然是多多益善。甫学先生怎的算出，七八千两即够？”蔡可贤好奇地问。

“多多益善，你要我拿朝廷财富、商民膏脂做人情吗！”王崇古虽责备他话说得太轻佻，但还是耐心地解释，“我粗略算计过，今秋各部贡使留在各市交易的马匹，在七千余，每匹马以十三四两银子计，共需九万至十万两，这笔银子该着官府出。另给贡使犒赏，每匹马以一两银子计，共需七八千两，这笔银子须得自筹。你想，我等除开市收税，却去哪里筹到银两？”

“承学甫先生教诲，此事交给下官办吧。下官于开市前定为学甫先生筹到七八千两银子。”蔡可贤请命。

“不，这事也有人办。”王崇古又摇头。

“学甫先生没有用下官的地方吗？”蔡可贤有些沮丧。

“有是有啊，但不知子期怕不怕辛苦。”王崇古说。

“学甫先生但有所命，下官死亦不辞，遑论辛苦！”蔡可贤道。

“没那么严重，我只想让你去一趟大同。”王崇古说。

“大同二市，宣府一市，侧重大同防务也是应该的。不过——”蔡可贤想说，大同有巡抚，受命于朝廷；自己虽受命于总督大人，也无法与之抗敌。但这话又不好说。

“大同防务有行之兄筹划，我放心得很，子期用不着插手。”王崇古告诉他，没那么重的使命。

“学甫先生要我在阳和、大同间联络？”蔡可贤问。

“大同有事，行之兄会着人联络，也不用子期费心。”王崇古说。

“学甫先生的差事，下官猜不出来。”蔡可贤道。

“说起来，简单之极。”虽然简单，王崇古却不急于说，他问，“无论赴得胜堡之市、新平堡之市，还是张家堡之市，亦即，无论俺答贡使、黄台吉贡使，还是昆都力贡使，都得从大同城经过，对吧？”

“对。”蔡可贤应道。

“我把大同城比喻为本朝窗口，不为过吧？”王崇古问。

“绝不为过。”蔡可贤应道。

“既曰窗口，不该有所展示吗？”王崇古出个题目。

“应有所展示，但不知学甫先生欲展示何物？”蔡可贤道。

王崇古用手指向他，而不答话。

“学甫先生要我说？”蔡可贤问。

“不。”王崇古摇着头，但不把手收回去。

蔡可贤忽有所悟，感到不可思议，又感到惶恐不安。

“学甫先生是说，要展示下官？”他问。

“好一个金玉其外、聪慧其中的蔡子期！”王崇古赞道。

“下官年近四旬，秩不过五品，无可展示。”蔡可贤道。

“子期休得妄自菲薄，难道你平日不对镜自赏？”王崇古问。

“偶一鉴之，自赏却说不上。”蔡可贤道。

“也没有人赞美子期有潘安之貌？”王崇古问。

“有是有，下官只当笑话听。”蔡可贤道。

“子期自家也不理会秀色可餐四个字？”王崇古问。

“秀色可餐，是言女子的。下官正当壮年，若见美貌女子，也会动心。”蔡可贤道。

“秀色二字，未必仅言女子。”王崇古说，“在我看来，女子美色，俗者可称秀丽，雅者可称清秀；男子美色，则可称俊秀。我见过无数官民人等，堪称俊秀的，唯子期一人。我萌生展示子期的念头，是想让套虏贡使见识我中华人物，从而仰慕我中华文明。还望子期勿辞。”

“学甫先生既有所命，下官自不敢辞，但不知学甫先生打算怎样展示下官？”蔡可贤问。

“每有贡使到时，子期可巡视于城上。对来往贡使，须示留意，却不可与之对视；须示笑容，却不可与之轻亵；须示亲切，却不可失之威严。有此三者，子期的展示可谓成功。”王崇古说。

“学甫先生所言分寸，不易掌握，但下官愿往一试。”蔡可贤道。

朝廷准许俺答入贡的使臣最多。他们或是单独一人，率随员而来；或是一二人结伴，率随员而来。每名贡使的队伍，多则上百匹马，少则二三十匹马，除入贡一至二匹，其余马匹皆在互市交易。

这天，又到一支入贡的队伍。除非特别留意，看不出这支队伍和其他入贡的队伍有什么区别。因为贡使是一人或二人，并不比其他入贡的队伍多；随员人数在中等，所携马匹的数目也在中等。

但特别要留意的，正在说不清贡使是一人或二人。贡使和随员一般是很容易分辨出来的，他们的装束不一样，饰品不一样，气势也不一样。这支队伍中，衣着华丽、坐骑行走在中央的中年男子，肯定是贡使。

而在他之后，娴熟地策马而行的少年，任谁也说不准他的身份。少年看上去在二十岁左右，面目清秀，眼睛不很大，但极有神采。他的衣着与贡使不同，与随员更不同；他本人所用饰品及马匹所用饰品，与贡使不同，与随员更不同。

在队伍中发号施令的是贡使；但贡使每次发号施令时，都要回头看看少年的脸色，或与他简单交谈一两句。甚至行走的速度，也因少年而定。他一松缰绳，自己的马走慢，后面的队伍先慢下来，前面的人得到信息，也放慢速度。他一紧缰绳，自己的马往前一蹿，冲得前面的队伍一阵混乱，但无不加快速度，后面的人也很快跟上。

到城下时，因为少年忽然跳下马来，整个队伍停顿很长时间。

少年看到站立城墙上的蔡可贤，眼中一下放出异样的光彩。他从没见过，也从没想过，一个男人竟有这么白皙的皮肤，这么俊秀的容貌。他目不转睛地盯着城墙上，盯住蔡可贤。

蔡可贤注意到这支停在城外的队伍，注意到队伍中的少年。也许想起王崇古不得与之对视的叮嘱，他马上又把目光移开。

他怎么不看我呢？少年一脸惆怅。

贡使也早已下马，站在少年身后。

少年手指城墙上，与贡使交谈，显然在询问蔡可贤的来历。

贡使摇着头，看来是一无所知。他对少年的性情很了解，也看出少年对城墙上这个大明官员的留恋，生怕他会惹出什么麻烦。

所幸并没惹出什么麻烦；或者说，眼下没惹出什么麻烦。因为少年眼中异样的光彩一直没消失，这无疑是在说，他不怕麻烦。

# 第五十章

今秋，徐州和淮安府的邳州，大河又淤。徐、邳隶属南直隶，而河患影响最大的，是山东段漕运。去秋，黄河在宿迁决口，冲入运河，颠覆漕船八百余艘。一时间，江北通漕成为山东各衙门各官员关注的焦点，也成为朝廷关注的焦点。

梁梦龙的轿子出山东巡抚衙门。在轿夫和一二随从看来，已经行走如飞；但他坐在轿中，仍然不住地催促。

行至济南城最宽敞的大街，一顶轿子迎面而来，一闪而过。本来相隔甚远，谁也碍不着谁，偏偏梁梦龙瞥一眼，认出对面走过的是布政司的轿子，他立刻喝令停下，让随从去打听轿里坐的是哪位大人。

巧得很，对面的轿子走过没多远，也停下来。坐在轿里的人吩咐随从过来询问。两边的随从在两顶轿子中间碰到一起，相互说两句话，又转身跑回各自主人这边。

“老爷，是王大人。”巡抚衙门的随从禀报说。

“是左方伯王大人？”梁梦龙庆幸无意中的一瞥，让他少跑不少冤枉路，“还好，没有错过。”

他步下轿子，向对面的轿子走过去。几乎同时，山东布政司左布政使王宗沐也向他走过来。二人不像两个随从那样拼命奔跑，但步子的大小快慢差不多，也在两个随从碰在一起的地方站定。

梁梦龙一揖，问：“新甫先生欲何往？”

王宗沐字新甫，浙江临海人，嘉靖二十三年进士。他还一揖，道：“正要去拜望都堂。”

“甚巧，我也要拜望新甫先生。”梁梦龙说着，看看所处的位置，不由抱怨起来，“新甫先生晚出门一刻不好吗？”

“为何我该晚出门一刻？”王宗沐问。

“此处距布政司衙门、巡抚衙门同等远；新甫先生晚出门一刻，距布政司衙门近而距巡抚衙门远，便于选择去向。”梁梦龙说。

“如此说来，我倒要怪乾吉先生走得太快。乾吉先生若命轿夫压住脚步，这会儿肯定距巡抚衙门近，根本用不着选择去向。”王宗沐说。

“我却不怕新甫先生走得快，你只要不停轿，我调头追上去，就不会耽误在衙门里恭候大驾。”梁梦龙说。

“乾吉先生以为我没看清尊轿吗？你也大可扬长而去，我自会紧随在后的。”王宗沐说。

二人你抱怨一句，我抱怨一句，互不相让。抱怨一通后，哈哈大笑。

“别的都不必说，乾吉先生但说，眼下去巡抚衙门，还是去布政司衙门吧？”王宗沐道。

“我看，新甫先生的衙门也不去，我的衙门也不去。”梁梦龙说着，指指前面不远的路口，“那里向左手转过去，走不上十步，有一茶舍。其后一泉眼，泉水极是甘洌，我二人不如去那里品茗说话。”

“好，就依乾吉先生。”王宗沐道。

二人同时转身，各自往自己的轿子走去；只走两步，二人又同时停下，转回身来。

“新甫先生欲何往？”梁梦龙问。

“乾吉先生又欲何往？”王宗沐问。

二人复又大笑。他们本来想的都是回去乘轿；后又都想，这么几步路，动动腿就到，何必乘轿！

“你等就近找个地方歇脚，我与王大人去说话。”梁梦龙命随从。

“都堂大人的话，听到没有！”王宗沐亦命随从。

茶舍清静整洁，主人和小二见梁梦龙、王宗沐进来，并不慌张，看来常有官人在此小聚。梁梦龙领王宗沐穿过房间，走进后院，果有一眼泉水，以砖石砌成小池。主人围绕泉眼，搭三五个小小的凉棚；每个凉棚下放一张桌子，几把凳子。整个环境甚是幽雅。

“想不到，济南城里还有这么好的去处。”王宗沐赞道。

“新甫先生对这间茶舍一无所知？”梁梦龙颇感奇怪。

“我为何会知道？”王宗沐也很奇怪。

“于麟先生常在此间会客，新甫先生难道不知？”梁梦龙道。

他说的于麟先生，即以文学驰名的山东籍士人李攀龙，梁梦龙知道，李攀龙与王宗沐是同年进士，且同授刑部主事。那时的刑部主事还有名士王世贞。王宗沐不仅与王、李私交甚笃，而且，王、李研习文学、创立诗社的活动，他也是积极参与的。不过，王宗沐更多的精力放在吏事上，最终成为干练的官员，而不是名士。

“于麟兄不是有白云楼吗，怎么还要在这里会客？”别人说起李攀龙的情形，王宗沐自然轻易不信。

“以于麟先生的性子，白云楼是可以随便进去的吗！”梁梦龙道。

“乾吉先生说的是。”王宗沐忆起李攀龙孤傲的个性，不由得微微一笑。李攀龙是历城人，历城是济南属县，与济南同城，他的白云楼就修筑在济南城里。听说，许多到山东任职的高官，或路过济南的大臣，慕李攀龙之名，欲往白云楼一见，都被他拒绝。王宗沐想，梁梦龙巡抚山东时，正好李攀龙病重去世；不然，他说起此事，也会有一肚子怨气。

“乾吉先生若是早一两年，哪怕早几个月，赴任齐鲁，恐怕也要被我于麟兄挡在门墙之外。”他说。

“那却不会。”梁梦龙道，“于麟先生复出后，性子改变许多，人变得较为谦和。”说到这里，他又问一句，“新甫先生难道不知？”

“是吗？”王宗沐看梁梦龙一眼，好像在问：于麟兄在此茶舍会客，你知，我不知；复出后，于麟兄性子改变许多，又是你知，我不知。到底我与他交情甚深，还是你与他交情甚深？

梁梦龙看出他的心思，微微一笑，说：“新甫先生后来与于麟先生天各一方，飞鸿送信亦难；我却曾与于麟先生同省为官。”

可不是吗！王宗沐心里说。李攀龙外放广东，他外放江西，相距还算较近；李攀龙辞官复出，任浙江副使、参政，他任山西右布政使；等李攀龙升任河南按察使，眼看离得较近，他却改广西左布政使。而李攀龙任河南按察使时，梁梦龙恰任河南布政使。难怪对他后来的情形，特别是他性情的改变，知道不少。

正好小二送上茶来，王宗沐斟满一盏，边往地上泼洒，边说：“以茶代酒，祭奠于麟兄英灵。”又为梁梦龙斟一盏，说，“今日乾吉先生给我讲述许多于麟兄的故事，聊表谢意。”

“不敢当！”梁梦龙揖道，“今日与新甫先生无意之中来此茶舍，又无意之中述说几件往事，说起来，只能算将错就错。”

“不错，已然一错再错，不能再错到底。”王宗沐说着，把茶盏握在手心把弄了两下，用心地闻闻，赞道：“好茶！”又啜一口，赞道，“好水！”然后才对梁梦龙说，

"乾吉先生，议正事吧。"

"好。"梁梦龙点点头，道，"我今日听说，朝廷上有开胶莱河之议，当即吩咐备轿，去见新甫先生。"

胶莱河是胶州至莱州的一段河流，它的南端接运河。工科有人上疏，请开胶莱河，目的就是以胶莱河水济漕。梁梦龙闻得此议，马上来找王宗沐，不像是急于表示赞同。

"同理，同理，我也是闻讯即出门。"王宗沐说着，忽问，"乾吉先生为何听到此事，即来寻我？"

"为的是'同理'呀！"梁梦龙笑着说。

"可是开胶莱河，其功难成？"王宗沐问。

"不止于此。"梁梦龙道。

"可是开胶莱河，难以济漕？"王宗沐问。

"亦不止于此。"梁梦龙道。

"再有，恐怕不在'同理'之内。"王宗沐说。

"不见得吧，"梁梦龙道，"新甫先生近日下功夫考证历代海运始末，及本朝海运始末，力陈海运之大利，以为别个不知吗！"

"此事我少与人说起，怎么传入乾吉先生耳中？"王宗沐困惑不解的表情只存在于瞬息之间，随后反击，"乾吉先生欲试行少量、短程海运，又筹办得如何？"

"试行海运之心，我确实有；能否行之，要看新甫先生。"梁梦龙道。

"怎讲？"王宗沐问。

"欲向新甫先生借些胆气，才好奏请于朝廷。"梁梦龙说。

"我哪有胆气借与乾吉先生？"王宗沐不解。

"有啊！"梁梦龙道，"新甫先生考证历代海运始末，及本朝海运始末，有'海运议之于唐、宋，行之于前元及本朝初年'一句足矣；然新甫先生力陈海运之大利，我愿详闻之。新甫先生举出海运一大利，我的胆气则增一分。"

"若有十二大利，乾吉先生的胆气岂不要勃然喷出！"王宗沐摇着头说，"我可不信有这等神奇。"

"纵然不信，何不试之！"梁梦龙道。

"好，就依乾吉先生！"王宗沐饮口茶，润润嗓子，朗声言道："自古通漕，以建都取向。汉、唐都秦，则通渭水；宋都梁，则通汴水。我朝定鼎幽、燕，地势极北，所恃者，邳河一线之路。近者淤塞，令有识者寒心。若别开海运，所费不多，两漕并输，此受阻而彼可至，国计益足。先臣丘浚固已言之，此国家至深至远之计也。”

“好，我为新甫先生计数，此一利也。”梁梦龙道。

自己不用计数，王宗沐说得愈发自如：“漕河狭窄，闸座联珠，漕船势必立帮以防争越，挨守日久，则百弊生而军食费。今海运开洋，不必立帮，无挨守之患。”

“此二利也。”梁梦龙数道。

“查据议单，每年漂流挂欠，不下数十万。有人、船、米俱在者，有人在船、米亡者，有船坏而米尚可捞者，情态万状。今海运既通，则虽有漂流而无挂欠，漂流亦不待于勘报稽违以误总计。”王宗沐述道。

“漂流是实损，挂欠是报损。海运虽通，漂流亦需报户部；即便不予挂欠，漂流仍可能情态万状呀！”梁梦龙提出异议。

“作奸犯科之人，何时无有，何地无有！朝廷会计不为所误，就是成效。”王宗沐说罢，问，“怎么，乾吉先生不以为此亦一利？”

“是一利。”梁梦龙边应边想，此事一时半会儿也辩不清楚，不如听他接着往下说，于是数道，“此三利也。”

“乾吉先生若不回应，我还真不好往下说。”王宗沐道，“今漕粮每石扣过江米七升，共该费米一十三万又二百石。而入淮以后盘剥、脚价之费，尚未计入其中。海运既通，则过江与夫盘剥之费，省者不下数十万。”

“此四利也。”梁梦龙数道。

“漕河运军，兑米已毕，惮于空归牵挽之劳，往往将船凿沉而逸，每岁计费不赀。海运无船，则不能归，沉船之费可省。”王宗沐说。

“此五利也。”梁梦龙数道。

“今各军有行粮，有赏钞，有安家之费。诚通海运，许其稍带南货，免其抽税，而渐减行粮诸色，每岁之省不在少数。”王宗沐说。

“此六利也。”梁梦龙数道。

“漕河运军行粮，水次随支者每每征收不齐，改征本色者官给不时。今开海运，则须尽给而后开帮；一应支给，有司皆不容缓。”王宗沐说。

“此七利也。”梁梦龙数道。

“浙江、江西、湖广，随船耗米，每石至七斗六升。”王宗沐才说开头，被梁梦龙打断。

耗米即漕运中的费用，一石米运到京师，费用近八斗，比例确实太大，所以梁梦龙要问一句："有这多？"

"我出自浙江，又任官江西数载，不会错的。"王宗沐说。

"抱歉，新甫先生接着说。"梁梦龙揖道。

"浙江等处，耗米七斗六升。"王宗沐重复之后，述道，"所以如此，其行日久而耗多故也。今海运乘风，势甚迅急，则耗米亦可稍议裁节。"

"此八利也。"梁梦龙数道。

"京师王畿，四方走集，近者累岁为行户市买，民间负累。海运既通，百货合凑，则物价稍轻，行户亦宽。"王宗沐说。

"此九利也。"梁梦龙数道。

"辽东孤悬，饷馈甚艰。海运既通，则辽东缓急可饷。"王宗沐说。

"此十利也。"梁梦龙数道。

"本朝漕运用军，且直达。军无更休，而直达路远，在途牵挽疲惫。海运既通，则每行五鼓开船，而巳时既泊，每岁只春初入兑，而夏尽即休，疲困亦苏。"王宗沐说到这里，等了等，见梁梦龙没有反应，又往下说，"兑运之时，军弊百出，盗卖侵扣，甚或官军俱逃。海运自开洋之后，欲盗而谁与为市，已盗而逃将焉往？"

"此十一利也。"梁梦龙数道。

"不对，是十二利。"王宗沐说。

梁梦龙不信自已糊涂到连数也数不对，默想一会，极有把握地说："新甫先生，是十一利。"并往前推算，"宽行户之累，是第九利。对吧？通辽东之饷，是第十利对吧？除兑运之弊，这不是第十一利吗？"

"还有苏漕军之困呢？"王宗沐道。

"苏漕军之困？"梁梦龙隐约记得，关于这一点是有几句话，"苏漕军之困，新甫先生不是和除兑运之弊一起说的吗？那应是一利呀！"

"不是我要一起说，是乾吉先生在走神。苏漕军之困是苏漕军之困，除兑运之弊是除兑运之弊，岂能混为一谈！"王宗沐道。

"是我走神，不，是我听得入神。"梁梦龙认错，并自已纠正，"此十一利也，此十二利也。"

"乾吉先生以为，这十二利可以壮壮胆吗？"王宗沐问。

"不仅我可以壮胆，而且，新甫先生奏言于朝，公卿大夫们也会为之折服；对试行海运之议，也不会断然驳回。"梁梦龙说。

"咦，乾吉先生不是要自家奏请于朝吗，怎么现在又要我奏言？"王宗沐打趣地问。

“原以为仅考证而已，怎知新甫先生谈古论今，把海运利弊说得如此透彻！十二利不奏于朝，一番苦心岂不埋没！”梁梦龙道。

“既如此，是你我合疏，还是各自上疏？”王宗沐问。

梁梦龙想了想，说：“以各自上疏为好。新甫先生先奏上历代及本朝海运始末和海运之利，我再奏请试行海运，更易获得那个‘可’字。”

“好，就这么办。”王宗沐赞成。

# 第五十一章

给事中和中书不同，不是内阁属官。但不知始于何时的传统，每月朔、望日，给事中入阁会揖。这或是因为，六科设于午门内，和内阁是仅有的设于宫墙之内的文职衙门。

十一月初一日，六科给事中依例入阁会揖。殷士儋见吏科都给事中韩楫目光不住地瞥向自己，不由犯起嘀咕：这个韩楫，是高拱的打手呀！是张四维的乡亲呀！说不定和张氏还联姻吧！自己和高、张二人的纠葛越来越摘不清，他眼里闪烁贼光，到底打的什么主意！

不等会揖举行，殷士儋耐不住性子，大声喝道：“伯通，有话说在明处，莫像望死人一般望我！”

“晚生望正甫先生，如望其他阁老，目光中只有崇敬，岂有他哉！”韩楫的戏谑之言，引来一阵哄笑，甚至有给事中叫起好来。韩楫又说：“正甫先生，有话待晚生们行过礼再说，如何？”

“虚情假意，谁要受你一揖！”殷士儋道。

“行礼的不止我一人，正甫先生均视为虚情假意，难免要犯众怒。”韩楫说。

“犯众怒又怎样！不是已有御史向我发难吗，结果如何？仓皇而去的，不是我，而是该御史欲维护之人。”殷士儋说的御史，叫赵应龙，他忽然想起，赵应龙和韩楫是同科的进士，又接着说，“伯通与该御史出自同门吧？看来，我得罪的就是你那一门户。你不是亦已向我发难，多次扬言，要我识相点儿，自请免官吗？差的就是你公然上疏。结果如何，我将拭目以待！”

他说的该御史欲维护之人，即张四维。赵应龙上疏弹劾殷士儋，在十月二十五日；吏部左侍郎张四维告假还乡，在十月二十八日。二十五日到二十八日之间，有科、道官把张四维的父亲为大盐商横行乡里的旧话重又提起，难怪局外的人都会以为，赵应龙劾殷士儋，是受张四维指使，或者干脆说是受高拱指使；而弹劾张四维的科、道官是受殷士儋指使。这一番较量的结果，是张四维先支撑不住，辞官而去。

而张四维辞官至今，只有短短两天。韩楫顾不得上疏理论，却已三番五次对人扬言，殷士儋须得自请免官，方可免祸。其施加报复的迫切心情可想而知。

而一说门户，主要还不是指韩楫等和张四维的关系，而是指韩楫等和高拱的关系。这是韩楫所忌讳的，而且他知道，也是高拱所忌讳的。

“御史论之，给谏复论之，可见正甫先生犯众怒之深，自古正邪不并立，正甫先生休得以门户之争掩饰。”韩楫说。

“自古以来，正邪不并立，伯通说的是。但自古以来，结党者多为奸邪，尤须留意。”殷士儋既抓住“门户”这一要害论点，自然不会轻易放过，“正必欲驱邪，邪亦欲驱正。驱除之际，先得辨明正邪。御史认定殷某为奸邪，大可口诛笔伐；伯通认定殷某为奸邪，大可口诛笔伐。但某有一言奉劝：伯通切勿结党，切勿为奸邪所使！”

不等韩楫琢磨好如何反驳，高拱已亲自上阵。

“身为大臣，当为后生做个表率。一被论劾，不思己过，不说这个结党，就说那个为奸邪指使，成何体统！”他用教训的口吻说。

“肃卿先生听不下去？”殷士儋冷笑，“我又没说肃卿先生结党，又没说他等为肃卿先生指使，何劳肃卿先生启齿！”

“路见不平，人人得而言之，何况是在阁中！”高拱道。他心里很清楚，殷士儋口出恶语，明着是对韩楫，还听似不经意地把张四维带出来，实际上是针对自己的。所以，一旦开口，就要滔滔不绝，就要击中目标，“不错，以史为鉴，自古以来结党者多为奸邪。然同仇敌忾，难道不是自古以来就有的吗？赵御史论劾，韩都谏论劾，怎见的就不是同仇敌忾！再者，就算御史论劾有私，你不妨与御史分辩；给谏论劾有私，你不妨与给谏分辩。又何必指桑骂槐，说三道四！口称没说我结党，没说我指使，但在场诸人，能指使伯通的有几人？不是我结伯通等为党羽，难道是叔大先生结他等为党羽！对了，叔大先生，我与正甫先生分辩，也是为的你，你不说两句吗？”

他忽然扯上张居正，是想先发制人。张居正与殷士儋有同年之谊，而自打为制裁徐阶诸子一事发生冲突以后，自己和他的关系又一直若即若离，要是他被殷士儋拉过去，自己在内阁岂不孤立！

“肃卿先生说我结伯通等为党羽？伯通等皆人中之杰，谁知肯不肯与我结党呀！”张居正打着哈哈说。高拱、殷士儋发生争执时，他的原则是两不得罪；当然，也犯不上两下里讨好。

“同年相对，有些话确不好说。”高拱道。

他说话向来不注意分寸，进为首辅后更甚。但说这句话，他却有目的，是想激张居正站到自己这一边，共同对付殷士儋。

“殷某说句同年，被肃卿先生弟子和肃卿先生本人好一通批驳，怎的又出尔反尔呀！”殷士儋估计，在今日场合下，张居正不会和自己联手；只希望他不和高拱联手，就是幸事。所以在话里有意加以维护。

“正甫先生责备的是，我不该对叔大先生说同年相对，该说同仇敌忾才是。”高拱说着，问韩楫，“时化论劾正甫先生，为的何事？”

时化是赵应龙的字。韩楫答道：“为正甫先生借内臣之力入阁。”

“你倡议人家自请免官，为的何事？”高拱问。

“亦为此事。”韩楫答道。

“我怎么没听你说起过？”高拱问。

“学生还没来得及说。”韩楫答道。

“这就难怪。你要人家自请免官，却不拿出要紧的理由，难怪人家感觉不出是同仇敌忾。”高拱说。

“是。”韩楫应道，“学生与本科若干同僚计议合疏，主要论劾的就是此事；学生还听说，其他各科也在酝酿之中。”

这无疑是在给殷士儋施加压力。

他们说的内臣，即司礼掌印太监陈洪。殷士儋在上得不到高拱的支持，在下有强劲的对手，只能求助于有力量的内臣。他的入阁，和陈洪的活动有关，这是一般官员都认同的；至于陈洪在皇帝面前说些什么，让他占得先机，却不知其详。

赵应龙言及此事，殷士儋无可奈何，谁让祖宗定的规矩，御史可以风闻奏事呢；高拱在众人面前肆无忌惮地谈论此事，殷士儋忍无可忍，二人之间彻底撕破脸皮。

“我没指明某人结党，没指明某人指使，为的是给肃卿先生留个面子；既然肃卿先生自家不要脸面，咱们就当着各科给谏的面说个清楚！”殷士儋说着，把袖子往上一捋，握紧拳头，摆出重拳出击的架势，“诸位都还记得，肃卿先生复出前，内阁有四人，依次是子实先生、逸甫先生、叔大先生、孟静先生。肃卿先生复入阁办事，列名李、陈二公间。今李、陈、赵三公安在哉！陈公先去；陈公之去，以与赵公同乡，为肃卿先生所不容。赵公复去；赵公之去，以议事每与肃卿先生不合。李公又复去；李公之去，以肃卿先生觊觎首辅之位。今肃卿先生又欲逐某矣；肃卿先生昔为张某人抑我，今欲逐我，以助张某人入阁。肃卿先生昔与徐存翁争，以科、道帮凶；逐赵公，以科、道帮凶；今逐我，仍以科、道帮凶。此为同仇敌忾耶，为私结党羽耶！”

他越说越怒，终于一拳挥过去。

张居正在他握紧拳头时，已在留意。见他要动粗，忙从后面把他抱住，并示意众给事中们上前劝止。

高拱和殷士儋关系一直不融洽，不足为怪。殷士儋这个历城人，入仕前就在乡里和李攀龙等谈诗论文，沾染太多名士习气。他能把谁放在眼里！但在以前，仅是不融洽而已。自赵贞吉去官，情形变得更加微妙。论资历，殷士儋以为接替赵贞吉者，非他莫属。当初皇帝为裕王时，高拱、陈以勤、张居正、殷士儋是裕邸的主要僚属。高拱、陈以勤、张居正一一入阁，接下来，还不该轮到他吗！

却不料高拱心目中有另一个人选，那就是张四维。高拱对张四维的赏识，异于他人。他兼署吏部不久，就将张四维从左谕德超擢为翰林学士；仅两个月，又超擢为吏部右侍郎。对俺答封王准贡，高拱以为是自己执政的得意之作；而这在很大程度上应归功于张四维。因此，他要给予回报。最好的回报是引张四维入阁；即或张四维未能入阁，也可在自己辞去吏部尚书后，升他为正卿。

张四维两件事都设想过，却不曾竭力争取。原因在于，他有个致命的弱点，即科、道所劾论的：山西盐政被势要之家把持，最具代表性的二人，一是张四维之父，二是王崇古之弟。高拱和这两个人都有不一般的关系，所以才顾虑重重，不得不在推举阁臣时默认殷士儋，不得不在张四维告假时忍痛放走他。

默认殷士儋入阁不等于认输。张四维有个致命的弱点，殷士儋也有个致命的弱点。其实，就算高拱不加指使，或给予暗示，言路对借助太监之力入阁的行为也会论劾的。高拱和殷士儋的矛盾，不过使得对殷士儋的论劾来得更快，更猛。

二人的直接交锋，因韩楫倡议殷士儋自请免官而起，也以殷士儋自请免官而止。大闹内阁后，科、道官劾殷士儋始进不正，求退不诚。殷士儋不得不力请辞官。十一月十一日得旨，准其致仕。

# 第五十二章

皇帝对首辅高拱、次辅张居正的恩赏，从隆庆五年底，延至隆庆六年初。因辽东总兵官李成梁在隆庆五年十二月大破虏寇，除李成梁本人升都督同知外，先荫高拱、张居正子为锦衣卫千户；转过年来，又加高拱柱国、中极殿大学士，张居正少师兼太子太师。

太仆寺少卿曾省吾、刑科给事中张楚城，约好一同去张府，一是给张居正拜年，二是向张居正道贺。二人都来自湖广，曾省吾是嘉靖三十五年进士，承天府钟祥县人；张楚城是隆庆二年进士，荆州府江陵县人。张楚城与张居正同姓同邑，更觉亲近；但曾省吾和张居正交往十余年，张居正对他的信赖，非他人可以比。在张居正面前，也是曾省吾较为活跃，张楚城较为拘谨。

“江陵公加官晋爵的诰敕一日多过一日，家中要放不下了吧？可否借我一两件，拿回我钟祥炫耀一二？”曾省吾戏谑道。

“三甫欲向小江陵公借，抑或向大江陵公借？”张居正开玩笑地问。小江陵公，指的自然是张楚城。

三甫是曾省吾的字，他说：“这不问得多余吗，小江陵公不但尚未得诰敕，恐怕连见都未见过。”

“那么，三甫是问，可否向我借？可！”张居正手在空中比画一下，说，“诰敕供奉何处，三甫尽知，大可自盗。”

“盗亦有道。别处可盗，江陵公府上有道，是不可盗的；别物可盗，诰敕有道，是不可盗的。”曾省吾说。

他把一句成语诠释得生动有趣，张居正和张楚城都笑起来。

“除殿、阁学士，叔大先生所加职衔，和首辅等同，实属本朝罕见。晚生为叔大先生贺。”张楚城边笑边说。

这是贺词，张居正虽不愿听，但不便指责。曾省吾深悉他的心思，断喝道：“错！”

“三甫先生是说，殿、阁学士的区别不可忽略？”张楚城问。

“不，”曾省吾摇头，“厘卿之意，叔大先生在追赶高先生的职衔；殊不知有一衔，却是高先生在追赶叔大先生。”厘卿是张楚城的字。

“三甫先生是说——”张楚城想不出是什么加衔。

“柱国。”曾省吾道。

张楚城仔细一想，确是如此。柱国衔，张居正是在隆庆四年十二月进少傅兼太子太傅时加的，而高拱是这次才加的。

“先加柱国，不知有无说法？”他问。

“当然有，”曾省吾道，“柱国者，国之柱石也。先加柱国，可见叔大先生才是国家柱石。”

“诚然，诚然！”张楚城附和道，忽发觉张居正在看着他二人冷笑，他担心地问，“叔大先生，晚生又错吗？”

“你是小错，三甫是大错。”张居正道，“什么我追赶他，他追赶我，不嫌小家子气吗！好似高先生得衔在我之上，在我之前，令我羡慕不已。这也太小看我张某人！”

“江陵公责备的是。”曾省吾先应后辩，“但称厘卿小错，下官大错，下官以为不然。江陵公追赶高先生，是厘卿起的头；高先生追赶江陵公，是下官说的。下官敢说，江陵公绝无追赶高先生之意；但谁敢说，高先生无追赶江陵公之意呢？充其量，下官犯的是小错。”

“这么说，是我委屈你？”张居正才不会被他辩倒，“厘卿说我加衔与首辅等，并无追赶之意；追赶之意是你挑明的。我看，将来厘卿不走正道，多半由你教唆。”

“叔大先生担心我带坏你，今后你远离我为好。”曾省吾对张楚城说。

“不会，”张楚城道，“三甫先生对叔大先生一片诚心；对叔大先生一片诚心，就不会错。”

这话张居正、曾省吾都爱听，二人一笑。

“对高先生，我是羡慕的，但羡慕的不是其职衔在我之上，在我之前。”张居正说着，问曾省吾，“三甫，你知我羡慕他何事？”

“江陵公不加罪，我才敢妄言。”曾省吾说。

“我在问你，你可随意妄言。”张居正道。

“高先生身边尽是堪用之人。”曾省吾说。

“三甫啊，我的心思已被你琢磨透。”张居正叹道，“高先生主过一次会试，我也主过一次会试。至多，他主会试比我早两科；至多，他还比我多主过一次顺天试。缓急之时，怎有那么多人为他所用！”

他们所谈论的堪用之人，主要是指科、道官。高拱得以纵横朝廷，除皇帝的宠信，就是依靠科、道官，而且主要是依靠他主会试那一科出身的科、道官。而张居正是去年会试的主考官，该科进士现在多是试职，命运掌握在高拱的吏部手里，一时还派不上用场。

这些张楚城都体会得到。他不服气地说："叔大先生不用长他人志气，若以为晚生堪用，晚生愿效犬马之劳。且科、道中很有几个晚生的同窗友好，叔大先生若有呼唤，响应者也不会少。"

"是吗？"张居正心里一动，问道，"前一两日，科、道纷纷上谏章，你曾上否？"

"叔大先生指的是谏进珠宝事吧？"张楚城问。

今年正月初二日，皇帝降旨，命云南、广东每年进宝石两万枚，进珠八千两，连续三年而止。此旨一下，引来朝廷一片反对之声。

"不错。"张居正点头。

"晚生不曾上疏。"张楚城说。

"为何不上？"张居正道。

"晚生想，这是户部的事，该户科给谏进言。"张楚城说，见张居正不住摇头，他问，"叔大先生，晚生的想法不对？"

"这是特大之错！"张居正道，并耐心教导他，"关系国计民生之事，不管在哪一科办事，都该争相进言。宋元卿也是刑科给谏吧？我料定，他一定有谏章呈进。"

"果如叔大先生所料，他曾上疏，并曾约晚生上疏。"张楚城说。

"你为何不应他？"张居正问。

"他以高先生高足自诩，晚生颇看不惯。"张楚城说。

"由此可见，多几年历练，即多几分老成。"张居正道，"以为事关户部、户科，身在刑科，可无动于衷，你错；因看不惯宋元卿，不肯应约进言，你更是错上加错。你因他与高先生亲近，不肯一起上疏；别人因你与我亲近，也不肯一起上疏，朝廷成何等景象！把敢于直言进谏的美誉都让与别人，朝廷还要你这个给谏作甚！"

"晚生知错！"张楚城怕的是在张居正面前出错，结果仍出大错，他问，"叔大先生，亡羊补牢，还来得及吗？"

"科道们的谏章，皇上皆置之不理；你再上疏，也不会有效果。我看，你与其仍言进珠宝事，不如改言他事。"张居正说。

"是，请叔大先生为晚生出题。"张楚城起身恭听。

"进珠宝一事，科、道可疏谏，阁、部大臣不宜疏谏，只宜面陈；皇上对科、道的奏章，可以置之不理，对阁、部大臣的话，却不可以置之不理。可惜的是，皇上已多时不召入大臣面议。”张居正说。

“是，晚生就去做这篇文章。”张楚城心领神会。

他回去后上一本奏疏，请皇帝不时御便殿，召见大臣面议。这一次，皇帝不再置之不理，而是批上“知道了”三字。

# 第五十三章

冯保离开内阁，径往宫中复旨。见到皇帝，他吃一惊。离宫前，皇帝一切如常。在痛斥才被罢免的陈洪后，他指派新任司礼掌印太监孟冲去做什么，指派自己去做什么，指派其他太监去做什么，有条不紊。怎的离开不到两个时辰，皇帝的脸色变得这么难看！御榻上几个枕头码放得很高，皇帝斜靠在枕头上，显得萎靡不振。

“奴才去找院使来吧。”冯保忙说。

皇帝摆摆手，又指指自己的嘴。这是在告诉他：用不着，自己才喝下汤药。

“那爷躺一躺，养养精神吧。”冯保说。

皇帝摆摆手，又指指他。这是在告诉他：不能躺，还没听你回话呢。

有那么一刻，冯保仿佛觉得皇帝患的是失语之症。但他马上想到，皇帝的眩晕之症又犯。在这时候，皇帝不但不愿说话，也不能听人说话；任何一点声音，都会使他烦躁。

冯保不出声，垂手侍立一旁。皇帝既然已服药，估计有半顿饭到一顿饭的工夫，不适的症状可以缓解。

果然，过半顿饭的工夫，皇帝抬起一只胳膊。这是在示意近侍上前，帮衬他坐起来。

坐起来后，皇帝把头左右动动，上下动动，都没妨碍。他又抬起一只胳膊，示意要站起来。

“爷还是再坐一会儿吧。”冯保说。

皇帝没有强求。他招招手，要冯保走近些。等冯保往前走两步，他说：“这个院使，朕再也不要见他！”

“院使开的方子，不是很见效吗？”冯保问。

“方子见效，但你可知道，正方之外，他还开副方？”皇帝反问。

“奴才不知，他开的是怎样的副方？”冯保问。

“他要朕把宫里的瓶瓶罐罐，更换一新！”皇帝不满地说。

冯保当然懂得，院使这个副方是什么意思。皇帝酷爱春宫画，隆庆年间每一批官窑瓷器里，都有许多带有男女私亵状的画面。皇帝每拿起一件，都要仔细欣赏，仔细把玩。院使一定以为，皇帝的眩晕症源于纵欲；而欣赏把玩春宫画，是纵欲的前奏。他不奏请皇帝节欲，而奏请皇帝把这些带有春宫画的器具换掉，可谓用心良苦。

“瓷器一窑一窑烧出来，难道不要用银子？真是不当家，不知俭省，更换一新，谈何容易！”皇帝继续发泄他的不满。

“爷说的是，院使的职责是开方子，别的事轮不到他管。”冯保只能先迎合皇帝，再劝解，“不过，院使的方子见效，先不急于罢免他吧。”

“朕只说不要见他，又没说要罢免他。”皇帝道，“好，且不说他。朕想听听，冯大伴去内阁，阁臣们都说些什么？”

“高先生、张先生共言三事，要奴才转奏。”冯保说。

“朕只要你议一事，你怎么一下议三事？”皇帝颇有责备之意。

“不是奴才要议，是高先生、张先生要议。奴才无能，想堵两位先生的嘴，没堵住；再者，奴才担心真的把两位先生的嘴堵住，连爷命奴才去议的事也议不成。”冯保解释说。

“好，好，你说。”皇帝亦是无奈。

“奴才先说爷命奴才去议的事，还是先说爷没让奴才去议的事，乞爷示下。”冯保请旨。不该自作主张的事，他绝不自作主张。

“高先生、张先生既议三事，你能仅转奏一事吗？既不能仅转奏一事，不如先转奏两位先生的议论。”皇帝倒也不为难他。

“爷圣明！”冯保奉承道，“第一件事，高先生、张先生说，自殷士儋去年十一月致仕后，内阁只有二臣，未免单薄，乞传谕廷推贤能之臣二三人，由皇上择用。”

“此事该办。”皇帝点头应允。

“是着阁臣拟旨，抑或着司礼监拟旨？”冯保问。

“再等等吧。”皇帝不急，“殷卿致仕时，朝中和宫里都忙着筹备年节；过完年，又逢朕染恙，这才耽搁的。你对高先生、张先生说，既然已挨一两个月，就再多挨两个月，等朕精神好些再议。反正高先生、张先生极是干练，两个人应付得下来。”

“奴才遵旨！”冯保应道。

“你再说说第二件事，朕看一两句话能否批复。”皇帝命道。

“第二件事，奴才看，爷得多说几句。”冯保道。

“怎么？”皇帝问。

“第二件事，高先生、张先生要奴才代为转奏，乞爷收回取太仓银十万的圣旨。”冯保说。

“朕已想到是此事。”皇帝道。

在年初命广东、云南进珠宝后，皇帝不顾廷臣谏止，在二月十九日又颁旨，命取太仓银十万供大内使用。从隆庆三年至今，不到三年的时间，皇帝曾四次命征太仓银、光禄寺银、户部银。每次征银令一下，先是主管大臣会奏言，请予减、免，然后科、道会进谏，然后内阁大臣会找机会说话。这次征银，若无人反对才怪呢。

当然，以往征银，多是采取折衷方案。如隆庆三年四月，皇帝命征太仓银三十万，实征进十万；七月，命征光禄寺银二十万，实征进十万；隆庆五年正月，命征光禄寺银二十万，实征进十万。只有隆庆四年正月，命征户部银十万，是如数征进。这次则是第五次征银。

既然几乎每次都经历降旨征银、大臣和科道进谏、酌减征银数额这样一个过程，所以皇帝要问一句：“不得通融吗？”

“两位先生只是请皇上收回成命。”冯保说。

“确是无法通融。”皇帝道，他对自己这句话的解释是，“大内征银，十万已是最低，若为一两万金，三五万金，朕也降下一旨，岂不把朕的脸面丢尽，岂不把皇家的脸面丢尽！”其实，阁臣每言及此事，一定是主张停止征银，而不会和皇帝讨价还价，皇帝又说，“冯大伴以为朕得多说几句，朕本来正好也想多说几句；但高先生、张先生既不肯通融，朕就一句话也不说。”

“爷是说，且不予复？”冯保问。

“且不予复，这句话说得好。”皇帝称赞道，“冯大伴，你记好，太仓银征进之前，朕不与大臣们面议朝政。”

“奴才遵旨。”冯保应道。

“该论到朕要你去询问的事了吧？两位先生怎么说？”皇帝问。

“两位先生说，所选东宫辅导皆堪胜任。”冯保回奏。

皇太子在二月初行冠礼，接下来该为他选辅导老师。吏部奏上人选：侍班四人，为太子太保、礼部尚书兼翰林学士高仪，在殷士儋致仕后被召回的吏部左侍郎兼翰林学士张四维，司经局洗马兼翰林院修撰余有丁，右春坊右赞善兼翰林院编修陈栋；值讲、读六人，为詹事府少詹事兼翰林院侍读学士马自强、陶大临，翰林院编修陈经邦、何洛文，翰林院检讨沈鲤、张秩；校书二人，为翰林院检讨沈渊、许国；侍书二人，为制敕房大理寺左寺正马继文、徐继申。

皇帝让冯保去内阁，是就这份名单征求阁臣的意见。

听冯保的回话，皇帝失望地问："再无其他？"

"这句是主要的；此外，高先生尚有一议。"冯保说。

"他怎么说？"皇帝问。

"他说，东宫出阁讲学，依旧例，阁臣止看视三日，更不复入。今东宫幼，讲官又皆新人，无老成者。一切委之讲官，臣等不在其侧，于心不安。然阁臣入侍，故典未有；不奉明旨，不敢擅入。乞皇上容臣等五日一叩讲筵看视，少尽劝进之忠。"冯保复述高拱的奏言。

"高先生此议，尽职尽责，朕看使得。"皇帝说着，看来要正式传旨，但忽然看到冯保不以为然的表情，他问，"冯大伴，你说呢？"

"东宫尚幼，讲官新人，确如高先生所言；但奴才以为，阁臣五日一看视讲筵，亦有不妥。"冯保说。

"有何不妥！"皇帝问。

"五日里一日看视，其他四日就可安心吗？再者，今日内阁只有两位先生，早晚还要补入新阁臣；补入一二人，就有三四名阁臣。这一日，忽多三四人，不仅妨碍讲官们开讲，亦妨碍太子爷听讲。"冯保说。

"冯大伴的担心，不无道理。"皇帝沉吟着，问道，"高先生的法子既有缺陷，冯大伴可有更好的法子？"

"不如由阁臣每日轮番看视。"冯保说。

"朕看，冯大伴的法子可行。"皇帝拿定主意。

# 第五十四章

隆庆六年闰的是二月。该月十一日降旨，次日举行常朝。自皇帝染疾的消息传出宫后，文武官员无不惊惶，此旨一下，给众人吃颗定心丸。

十二日一早，宫里金钟齐鸣，文武官员纷纷赶往会极门内，排列班次，等候入朝的时辰。高拱、张居正自内阁出，比别的官员离得都近，最先到达。出会极门，只见皇帝的乘舆停放在皇极门外的御道上。二人不由相互看一眼，都感到疑惑。皇帝临朝，乘舆停于御道，等皇帝入殿，乘舆撤去。今日乘舆一点儿撤去的意思也没有，难道皇帝不在皇极殿视朝，而径往文华殿？

“臣子进会极门，御辇仍停落御道，这等情形，叔大先生曾遇到过吗？”高拱悄声问。

张居正只是摇头，没有搭腔。

忽听一阵杂乱的脚步声，随即看到几名内臣飞奔而来，边跑边呼：“万岁爷传呼阁老，万岁爷传呼阁老！”

高拱、张居正预感出了大事，几乎同时把袍子往上一撩，疾速往乘舆奔去。待得离近，眼前的景象又使二人愣住：皇帝立于乘舆侧，龙颜震怒；众多内臣环跪于侧，不敢仰视。

并非他们预想的大事，高拱、张居正松口气。

皇帝见到他们，脸色也稍稍变得平和。

高拱、张居正行至皇帝面前，欲行礼如仪。皇帝却突然紧紧拉住高拱的衣袖，似乎受到惊吓，又似乎有许多话倾诉。

“皇上为何发怒？”高拱恭问。

“朕头晕目眩，心中郁闷。”皇帝说。

“皇上欲去何处？”高拱又问。

“去何处皆可，反正朕不回宫。”皇帝说。

“不回宫，却去何处？皇上还是回宫吧。”高拱劝道。

皇帝沉思片刻，说：“好，朕回宫。高先生送朕。”

“是，臣送皇上。”高拱应道。

皇帝松开高拱的衣袖，立刻抓住他一只手。由于动作过猛，皇帝手腕露出来。他指着手腕对高拱说：“朕腕上生疮，尚未落痂。”

“皇上静养，可祛百病。”高拱说。

皇帝拉高拱步上皇极门外金台，离其他人稍远。

“我祖宗二百年天下以至今日。国有长君，社稷之福；朕死不足惜，奈何东宫还小呢。”皇帝既忧且恨地说，边说还边跺着脚。

高拱不知皇帝怎么会有这样的感慨，一时接不上话。

皇帝把他的手紧握一下，又重复方才的话。

“皇上万寿无疆，何出此言！”高拱安慰道。

皇帝安静下来。停一会儿，他说：“有人欺负朕。”

高拱吓一跳。第一，这不像是皇帝说的话；第二，皇帝在宫里被人欺负，外朝大臣却一无所知。

“谁敢如此无礼！朝廷有重法，皇上说与臣知，定当依法处置！”高拱这几句话说得也很激动，但更像是在哄孩子，他又说，“皇上新近病愈，骤然发怒，恐伤圣怀。”

皇帝叹口气，说：“事情都是内官坏的，先生怎会知道！”

说罢，他拉着高拱的手，走进皇极门。

“朕要喝茶。”皇帝忽道。

一二内侍忙去传茶。另有内侍，搬来椅子，请皇帝坐下歇息。慌乱之中，他把椅子朝北摆放。皇帝看着椅子，不坐。等内侍醒悟过来，把椅子换个方向，皇帝才坐下。

高拱见此状，确信皇帝并没糊涂。

内侍奉上茶，皇帝喝几口，看着高拱说：“朕心稍宁，走吧。”

君臣二人出东角门，往后宫方向走去。到乾清门，皇帝径往里走，高拱却停下来。一进乾清门，就是后宫，非有旨，外臣不得进入。皇帝拉不动高拱，说：“高先生送我入宫。”

这算是特旨，高拱随皇帝步入宫门。

从皇极门至乾清宫，这一段路程不算太长，也不算太短，皇帝走得气喘吁吁。进入寝殿后，皇帝一屁股坐在御榻上，不想再动。

进到这里，再不给皇帝叩头，太失人臣礼。但高拱一只手被皇帝拽住，上身躬下，双膝怎么也跪不下去。榻前跪着二人，他与其说是看到的，不如说是感觉到的。等看清，才发现是张居正和成国公朱希忠。大概是张居正奉旨见驾后，未再得旨，一路跟着他们进来；随后赶到的朱希忠也跟着他进来。

二臣跪着，一臣躬身，皇帝也发觉不妥，于是松开手。

高拱退下，与张居正、朱希忠一起行礼。礼毕，三人退出。才退至乾清门外，内侍赶出来宣旨：着高阁老在宫门外莫走。

三臣同在，皇帝独留高拱，亲疏立刻显露。高拱刚想到此，偶尔与张居正四目相对，忽有所动。皇帝格外的亲近，自然是好事；但回想皇帝一路过来的表现，谁敢担保不出意外！若出意外，则是天大的责任，自己一人担着，实在危险。

“叔大先生，你看如何？”他问。

“皇上有旨，肃卿先生须得留下。”张居正说。

“我留，叔大先生出，让外人看出轻重形迹；不如我奏明皇上，你我一同留下。”高拱道，见张居正没有反对之意，他对内侍说，“奏知皇上，内阁二臣都不敢去。”

这一留，留到天黑下来。高拱、张居正不能离开，又不便请旨，眼巴巴地望着寝殿的方向，盼望皇帝对二人的去留再降一道旨意。

好不容易把内侍盼出来，说的是：阁老着在乾清门外留宿。传过圣谕，他回身就走。

“公公请代臣等启奏。”高拱拦住他说，“祖宗法度甚严。乾清宫系大内，外臣不得入。昼且禁止，况夜宿乎？臣等请出端门，宿于西苑内臣房。其地不远，皇上宣召，举足即到。”

不多时，内侍传谕，允其所请。

# 第五十五章

文华殿东小室，是被辟为皇太子的讲官们歇脚的地方。因为每日一阁臣看视，特别在里面放把椅子，以便开讲之前，阁臣可以坐一坐。但轮到张居正看视的日子，一把椅子不够。因为每当张居正来时，冯保会随之而来；张居正有椅子坐，冯保也得有椅子坐。于是，宦者会再搬把椅子来。讲官们这时会感到不自在。当然，不是由于多把椅子；而是由于冯保一来，就要和张居正密谈，他带来的长随，就很客气地把讲官们挡在门外。讲官们不知道是他二人私下里密议，还是皇帝命冯保来与张居正密议，只得在室外站立。

每当这时候，冯保就会大加称赞："叔大先生每日轮流看视的主意真好，不然，有许多话却去哪里说！"

"那也靠冯公去说，才得以成功。"张居正道。

"对了，叔大先生为何一定要我把它当作自己的主张，而不当作叔大先生的主张？"冯保请教。

"作为冯公的主张，可以随随便便地说出来，皇上不会多想；作为我的主张，冯公说得正式，皇上听得也正式，说不定会把它看成两阁臣之争。那么，皇上还会那么容易下决心吗？"张居正解释。

"叔大先生心思缜密，当真无与伦比。"冯保又称赞一句。

张居正笑笑，问道："皇上御体康复否？"

"皇极门之后，皇上一日好过一日。"冯保说。

"幸甚！"张居正道，"不然，遗诏有的要写！"

他话里的意思是：皇帝说被人欺负，皇帝说事情都被内臣坏了，都可以用来大做文章。

"皇上震怒，可不是为的我。"冯保说。

至于皇帝为何事而震怒，虽然室内只有两个人，冯保也不肯说。张居正当然也不会问。

“拿来做文章，人家才不问为的谁呢。”张居正道。

冯保明白，张居正这是在激他。他想，你能激我，我不能激你吗？于是说：“高某人不管是不是拿皇上的话做文章，凭他两次越过我，推举司礼掌印，我和他就势不两立。我倒是想问叔大先生，恭请出这路神仙，不后悔吗？”

陈洪罢免，无论如何该升他掌印，被高拱一句话，皇帝又用孟冲。对冯保来说，这一仇恨再也无法消除。

“请出这路神仙，不费吹灰之力，已驱走另一路神仙，我为何要后悔！”张居正故意说得很轻松。

“怪哉，叔大先生日日在他重压之下，竟以为仍能善处！”冯保道。

“冯公是说他指斥我收取徐家世兄赂银一事吧？这事过去多日，他也向我道过歉。”张居正说。

“可他在道歉之日，又开始查另一件事。”冯保说。

“哪一件事？”张居正问时，虽然做出不感兴趣的样子；但他知道，东厂是听命于司礼监的，东厂的侦伺官校不可胜数，冯保一定会得到别人得不到的消息。他从内心很想知道。

“巡按御史杜某参论福建将官金科、朱旺等事。”冯保说。

“是这事呀！”张居正本有些担心，听他一说，不再担心，“冯公的这个消息，怕是过时的。”

“叔大先生已知？”冯保问。

“不仅知道，且核实过。”张居正说，“放在别人身上，算不得什么；放在杜某身上，冯公想想，我能不疑心与他有染！杜某参论金、朱二将，算不得什么；此事牵连到戚元敬，我能不疑心是指向我！”

杜化中不仅是嘉靖四十四年进士，而且是河南人，这是张居正关注此事的原因之一。金科、朱旺后来在戚继光麾下听用。听说，二将在被参论后，各持金送戚继光，戚继光才奏请他等取赴北边听用。蓟镇选取吴、越之卒一事，正是二将去办的。这是张居正关注此事的原因之二。

“叔大先生是如何核实的？”冯保问。

“我可直接问他，不必向别人核实。”张居正说。

“他怎么说？”冯保问。

“他说，杜某参论金科、朱旺，在隆庆二年。其时，他休致在家，怎得指使万里之外的杜某。”张居正叙述一段高拱的话后，说，“我算了算，他不是巧言开脱。”

此事的经过，冯保说不定比张居正本人还记得清楚。但他还是问："叔大先生是几时核实的？"

张居正认真想想，说："应在隆庆四五年间。"

"难怪，"冯保做出恍然大悟的样子，"那时叔大先生与高某正把盏叙欢，他当然不会去查叔大先生。"

"冯公的意思，他现在又要查此事？"其实，用不着问，张居正自己也想到，这事的可能性是很大的。

"哼！"冯保冷笑道，"今非昔比。叔大先生知道要防他，他就不知道要防叔大先生？害人之心不可有，防人之心不可无，乃书生之见。防人之心得有，害人之心也得有；否则，定为人所害。"

"冯公的意思，他要加害于我？"张居正又问。

"查叔大先生，难道不为害叔大先生？"冯保道。

"冯公可知，他查出我何事？"张居正问。

"实不相瞒，不闻详情，我亦不知高某人的阴险恶毒。"冯保先以一句话，吸引住张居正，"他首先对人说，杜某参论金科、朱旺二将，并涉及戚帅时，叔大先生惊恐万状，多次言道：戚总兵站不住，南兵不必选。赞同选南兵的是叔大先生，欲罢选南兵的也是叔大先生，令人不解。一查才知，戚帅将金、朱二将取来北边使用，是叔大先生出的主意，且是叔大先生在朝中为他活动。"

"真是无稽之谈，将官调用，是兵部的职掌，我几时插手过兵部的事务！"张居正分辩道。

"叔大先生不必对我说，高某人的话我是一句不会信的。"冯保说罢，接着讲述，"或问，何以得知此事叔大先生所为？高某人说，证据有二：其一，叔大先生招纳戚帅已久，戚帅对叔大先生四时馈献，金银宝玩数以万计，并差心腹头目四五人，至叔大先生府上听用。"

"四五人，可说得出一人姓名？"张居正脸色阴沉地问。

"他真说出一个人的姓名，好像是叫钱珮。"似怕张居正不信，冯保又加上一句细节，"他还说，不是佩带的佩，是斜玉旁的那个珮。"

张居正暗暗吃惊。戚继光隔三差五地差人进京，到他宅中问候，其中确实有个钱珮。他等来去隐秘，连冯保都瞒着，想不到高拱居然能查出来。至于四时馈献，也是有的。

"还有吗？"张居正问。

“其二，是对金科、朱旺的处分。”冯保说。

“我是问冯公，其一还有没有。”张居正道。

“人亦有，物亦有，还不够？”冯保觉得奇怪。

“看来是没有，那就请冯公说其二吧。”张居正道。还好，高拱只查出有金银宝玩，却不知张居正最看重的，是戚继光送来的珍贵药材。谭纶不知从哪里搞到一张方子，照方配药，御女有奇效；而所需药材，都是戚继光送来的。这事要是传出去，岂不比收下金银宝玩等更丢人！

“其二，是对金科、朱旺的处分。”冯保重复一遍，“高某人说，二将被巡按御史参论，本该由兵部或都察院议处，兵部却奏请下巡抚都御史查处。巡按所勘，行巡抚勘问，在国朝二百年来，是不曾有过的。高某人说他已查明，兵部议复，行巡抚勘问，是遵叔大先生之命；巡抚何宽出脱金、朱二将，更是遵叔大先生之命。”

“隆庆二年，我在内阁附骥而已，人家大司马、巡抚都御史为何听我的！”张居正道。

“高某人说，徐、李、陈等，不管人品如何，脾气都是好的；独叔大先生倨见九卿，间出一言，无不中的。故人皆惮之。”冯保复述。

“间出一言，无不中的，难得他没有抹杀我的长处。但他那时不在朝中，又怎知人皆惮我！”张居正道。

“查呀！”冯保说，“戚帅与叔大先生交往，何等小心，连我都瞒过去，人家还查得出来；况且大臣立朝的风范，是人人见得到的。”

“金科、朱旺二将是我包庇的，兵部处分二将是我指使的，戚帅收容二将是我认可的，既然一切皆查出，为何不见科、道参我一本？”张居正提出他的最后一个疑问。

“是啊，我也琢磨过，高某人既然查出许多不利于叔大先生的旧事，或者说，他以为是不利于叔大先生的旧事，为何不使一二科、道官把它们翻腾出来呢？”冯保重复他的问题。

“冯公有何高见？”张居正问。

“他有所顾忌呀！”冯保不但说得自得，还自得地指指自己。

“他顾忌冯公？”张居正问。

“正是。”冯保点头，“叔大先生不妨想一想，以你和高某人的力道，哪个更大一些？我看，高某人力道未必比叔大先生大多少，但总不至于差过叔大先生。他所顾忌者，有我在皇上身边，我的话，皇上还听得进去。他这时对叔大先生发难，是以一战二,一掌难敌双拳。”

“所以，他打的得如意算盘是，先搬掉冯公这座大山，再对付张某一人。”张居正接着他的话说。

“叔大先生不是看得很清楚吗！”冯保道。

“冯公又担心何事呢？”张居正问，他手掌在空中一劈，态度坚决地说，“借用冯公一句话：不管高某人是否查我，凭他将对冯公不利，我也绝不作壁上观！”

二人拊掌而笑。

# 第五十六章

曾省吾提一坛酒，两包下酒的菜，找上门来，使得户科给事中曹大埜受宠若惊。曹大埜字仲平，四川巴县人，隆庆二年进士。他是通过同年好友张楚城与曾省吾结识的，一直以师辈视之。

“老师，这是——”他问。

“仲平家不在京，日子过得清淡，今日你我共饮几杯。”曾省吾说。

“那也该我请老师，怎好让老师破费。”曹大埜道。

“有缘相识，何分彼此！仲平再说这等话，就是见外。”曾省吾说着，自己往桌边一坐，像主人一样吩咐道，“仲平自家搬椅子来坐。酒酣之际，我还有事与你计议。”

曹大埜听说要议事，问道：“厘卿兄住得不远，要不要把他找来？”

“不必，二人对酌，最为畅快。”曾省吾说。

曹大埜搬来椅子，在对面坐下。他为曾省吾斟酒时，给自己斟酒时，举起杯子时，总在想着曾省吾要议的事情，难免心事重重。见曾省吾一口喝下去半杯，自己只抿一小口，他觉得难为情；但真要开怀畅饮，他又做不到。

而这正是曾省吾需要的效果。他嘴上说饮得畅快，但知道曹大埜没多大酒量，真要喝得畅快，就什么事也议不成。

两三杯酒后，他接过斟满的酒杯，也只抿一小口。

“仲平欲成名乎？”他问。

“晚生的心思，老师是知道的。”曹大埜略显羞涩地说。

“我看，仲平成名，此其时矣。”曾省吾道。

“老师这话怎讲？”曹大埜问。

“你看啊，韩伯通是嘉靖四十四年进士，四五年之后，因劾去赵阁老，而一举成名；你是隆庆二年进士，迄今亦有四年，岂不正该有所作为！”曾省吾道。

“其时阁臣有数人，劾去一人不难；眼下内阁只有两位老先生，再要劾去一人，怕是不易。”曹大埜有畏难情绪。

“事愈艰，功愈奇，机会愈是难得。”曾省吾激励道，随即又加上一句，“况且有人铺垫好阶梯。”

“是为晚生铺垫的吗？”曹大埜问。

“人皆可用，但看哪个抢先。”曾省吾说。

“晚生愚驽，请老师明示。”曹大埜道。

曾省吾点点头，举杯相邀。曹大埜大抿一口，他也抿一口。

“仲平知道刘尚宝昨日上的奏章吗？”他问。

他说的刘尚宝，是尚宝寺卿刘奋庸。曹大埜回答：“只听人说过，未读本章。”

“可知其要义？”曾省吾又问。

“所言五事，一是保圣躬，二是总大权，三是慎俭德，四是览奏章，五是用忠直。似皆泛泛之谈。”曹大埜说。

“此言差矣！”曾省吾道，“刘尚宝奏章开篇明义，有两句话：陛下践祚六载，朝纲若振饬，而大柄渐移；仕路若肃清，而积习仍故。一个‘大柄’，一个‘仕路’，指向甚明。”

“老师是说，指向兼署吏部的阁老？”曹大埜问。

“不是他，还会是别人吗！”曾省吾道，“刘尚宝不言其人，有他的苦衷——他不是科、道，不得随意弹劾当道大臣。但他既做此铺垫，科、道续言，就不难把朝中大蠹揪出来示众。”

“他可是首辅，不是末辅，老师以为无碍？”曹大埜仍有畏难情绪。

“有三事，可见无碍。”曾省吾道，“其一，刘尚宝是洛阳人，与该辅同乡，却直刺其非，可见真是恶贯满盈，天怒人怨。”

“老师今日议事，不使厘卿兄参与，也为避嫌吧？”曹大埜问。

“我就知道仲平悟性甚高。”曾省吾赞一句，继续说，“其二，刘尚宝奏章直刺该辅，我一眼就看得出来；皇上圣明，会看不出来？皇上看得出来，而不震怒，而不治刘尚宝的罪，可见对该辅之罪恶亦有所觉察。其三最为紧要。传闻皇上病重，拟出旨来，皆冯太监之意。冯太监与该辅势不并立，而与张阁老亲近；张阁老与该辅由近变疏，由疏生恨，而与冯太监亲近。故冯太监即张阁老，张阁老即冯太监。有这样两座大靠山，又哪里会有妨碍！”

“听老师一番话，茅塞顿开。晚生愿第一个借刘大人所做铺垫而上。”曹大埜被激励，跃跃欲试。

“好！”曾省吾击掌道，“我助你一臂之力，与你合计劾疏如何写法。”

“阁臣兼署吏部，向为大忌。晚生听说，当年严嵩擅权，也未掌过吏部大印。今该辅久署吏部，用舍予夺，尽在掌握；权柄之重，更过严氏。”曹大埜说罢，问道，“老师看此事可劾得？”

“须直呼其名。”曾省吾道。

“今阁臣高拱，久署吏部，权过严嵩。”曹大埜把一段话加以浓缩。

“此事劾得。”曾省吾道。

“高拱握权，专以报复为事。昔日直言其罪者，如岑用宾等二三十人，皆从降斥。”曹大埜又列举一事。

“此事亦劾得。”曾省吾道。

“高拱掌吏部，凡超擢者，皆其亲知门生。如副使曹金，其姻家也，超擢刑部侍郎；给事韩楫，其门生也，超擢右通政。”曹大埜说。

韩楫先由吏科都给事中升为掌四夷馆太常寺少卿，随即又升通政司右通政。这样的升迁并非没有过，但称之为“超擢”也不过分。曾省吾说：“这是他第三件罪。”

“科、道乃朝廷耳目，高拱欲蔽塞言路，每选科、道，先于部堂戒谕，不许擅言大臣之失。”曹大埜说。

“四罪矣。”曾省吾道。

“科、道多高拱腹心，凡皇上征求，即交章上奏；涉及高拱，皆隐晦不言。”曹大埜说。

“第五罪。”曾省吾道。

“列出五罪，是否足够？”曹大埜问。

“多多益善。”曾省吾要他再多罗列。

“杨顺、路楷，为严嵩私党；诬杀沈鍊，人人切齿。皇上即位，论杨顺、路楷死罪，天下称快。高拱强辩，欲脱路楷。”曹大埜说。

“他为何要为路楷强辩？”曾省吾问。

“此案乃徐相执政时所定；他怨恨徐相，旧案尽皆推翻。”曹大埜说。

“存翁之事，要单列一项，不必放在这里说。”曾省吾道。

“依老师之意呢？”曹大埜问。

“如此强辩，必受重贿。”曾省吾道。

“受贿也要单列一项。”曹大埜说。

“不妨，此项里提到受贿，仍可再列受贿一项。”曾省吾说着，问道，“受贿一项，仲平想举谁的例子？”

“副使董文彩，馈赠高拱六百金，即举东宫侍班。”曹大埜说。

“确凿吗？”曾省吾问。

“他亲口对人说的。”曹大埜道。

“确凿的证据，有一条就够；其他可用难以尽指一语带过。”曾省吾传授他写疏的经验，并算计，“为路楷强辩，是第六事；开贿赂之门，是第七事；因私怨诬害存翁，是第八事。”

“广东巡抚吴先生被贬云南副使，也是他排除异己的例子。”曹大埜补充说。他说的吴先生，即吴时来，素为高拱所不喜。

“可举事例着实不少。”曾省吾点着头说。

“老师，论其八罪够不够？”曹大埜问。

“够是够，但还有致命二事，仲平不曾言及。”曾省吾道。

“是哪两件事？”曹大埜忙请教。

“一者，圣躬违和，群臣寝食不安，高拱言笑自若，且过曹金家饮乐，视上疾若罔闻；二者，东宫出阁讲读，此为国家重务，高拱乃议五日一视，且叩首即出，是不以事陛下者事东宫。”曾省吾说。

“哎呀！亏得老师提醒。”曹大埜连揖致谢，“晚生罗织许多事，却忘根本的两件事，真是本末倒置！”

# 第五十七章

内阁三臣高拱、张居正、高仪神情肃穆地走进乾清宫寝殿。高仪是两个月前以太子少保、礼部尚书兼文渊阁大学士入阁办事的。内官宣旨时，已不隐瞒皇帝危殆。所以，一来，他们用不着对皇帝的病情讳莫如深；二来，不管有什么个人恩怨，也要先放到一边。

一直居于别室的陈皇后、皇太子翊钧生母李贵妃、皇太子翊钧，已被召入寝殿。皇帝勉强斜靠在御榻上，皇后、贵妃一人在一边侍奉；榻前，皇太子立于左首，冯保立于右首。

高拱等于榻前叩拜行礼。皇帝的眼睛眨一下，好似和阁臣们打招呼。高拱见此状，想到的许多事，积攒的一肚子的话，都抛到九霄云外去，只剩下一句话要问：皇上，怎成这模样！

当然，这句话他是不可能问出来的。冯保也不给他机会问出来。

“皇上有几句话，命我一定要晓谕三位老先生。”冯保说。

“臣等恭聆圣谕。”高拱等叩道。

“皇上谕曰：朕嗣统方六载，今疾甚，殆不起，有负先帝托付；东宫年幼，特属卿等辅之。”冯保说。

这等于是皇帝的顾命遗言。皇帝脸上一点表情也没有，对冯保宣示的圣谕，不做一字的增减。

“臣等恭领圣谕。”高拱等泣道。

退至乾清门外，三臣留在那里等进一步的消息。

“看来，是该准备遗诏。”高拱自言自语道。

张居正看他一眼，马上又掉过头去，好像在表示：这是首辅分内的事，你既身为首辅，就自己去操心吧。

“我在心里把圣谕复述两遍，肃卿兄要不要我写下来，回头再找冯公公对一对？”高仪问。他的意思是，今日冯保所宣圣谕作为皇帝遗言，是一定要写在遗诏里的。

高拱对他的提议不置可否，却说："草拟遗诏，须得遵照圣谕，但并非照搬上去。"说罢，招呼张居正，"我等且把精力放在这件大事上，回头我还有别的大事要与你计议。"

高仪心想：我与你呼应，你不理会；他不回应你，你偏要找他。好人真是做不得呀！他且不出声，看二人如何谈下去。

"有事，但请吩咐。"张居正说。

"有叔大先生这句话，我就放心。"高拱道。

张居正却不放心。他本来一个字也不愿多说，但还是忍不住提出要求："肃卿先生别的大事可否透露一二？"

"好说。"高拱道，他望着乾清宫寝殿的方向，拖着长腔说，"幼君最怕的是大阉奸滑诱惑，武宗毅皇帝前事可鉴。"

他说得丝毫不加掩饰，只差把冯保二字说出口。高仪知道，他这位年兄和冯保一直不和。让他不解的是，高拱为什么要在这时候把自己的心思向张居正公开？难道是因为冯保在寝殿宣示圣谕的情景，引起他内心的恐慌，故而下定决心与冯保一争高下？但以张居正与冯保的关系而言，又以张居正与你高拱的关系而言，这无疑是与虎谋皮！

如果没第三人在场，高仪一定要向高拱探问。但现在不能问，他只能静听张居正的回答。

"此事却须眼下大事办得妥当，才好计议；我看，肃卿先生怕是想得太早。"张居正说。

张居正的话柔中带刚，高拱的话则直露刚锋。和张居正交谈毕，高拱才对高仪说："怠慢勿怪，此事我并非不欲与子象兄议；但我深知，除奸除恶之事，子象兄一定是全力赞同的。"

柔中带刚也好，刚锋直露也好，都让高仪感觉到，一场疾风骤雨即将来临。这是他无法制止的，也是他不能不面对的。

五月二十六日，皇帝逝于宫中。

皇帝讳载垕，终年三十六岁，谥契天隆道渊懿宽仁显文光武纯德弘孝庄皇帝，庙号穆宗，葬昭陵。

隆庆凡六年，以公元纪年，为1567～1572。

# 人名索引[1]



1　人名后页码为该人物首次出现时所在的页码；书中有的人名用字保留繁体。